# TRANZLATY

## Language is for everyone

Taal is vir almal

# Folk Tales of Bengal

# Volksverhale van Bengale

## Part One
## Deel Een

# 1 / 2

Lal Behari Day

English / Afrikaans

## Folk Tales of Bengal
### Volksverhale van Bengale

**Life's Secret**

Die lewe se geheim

**Once upon a time there was a king.**
Eendag was daar 'n koning.
**This King had married two Queens.**
Hierdie Koning het met twee Koninginne getrou.
**The two queens were called Duo and Suo.**
Die twee koninginne is Duo en Suo genoem.
**Both of the queens were childless.**
Beide van die koninginne was kinderloos.
**One day a Faquir came to the palace gate.**
Eendag het 'n Faquir by die paleishek gekom.
**The Faquir had come to ask for alms.**
Die Faquir het gekom om aalmoese te vra.
**Queen Suo went to the door.**
Koningin Suo het na die deur gegaan.
**And she gave him a handful of rice.**
En sy het hom 'n handvol rys gegee.
**The mendicant asked her a question.**
Die bedelmonnik het haar 'n vraag gevra.
**"Do you have any children?"**
"Het jy enige kinders?"
**The queen had no children.**
Die koningin het geen kinders gehad nie.
**"I wish had children, but I have none"**
"Ek wens ek het kinders gehad, maar ek het niks nie"
**The holy man refused to take alms from her.**
Die heilige man het geweier om aalmoese van haar te aanvaar.
**In these times there were different traditions.**
In hierdie tye was daar verskillende tradisies.
**And the people believed many different things.**
En die mense het baie verskillende dinge geglo.
**Don't take charity from the hands of a childless woman.**
Moenie liefdadigheid aanneem uit die hande van 'n kinderlose vrou nie.
**Such hands were ceremonially unclean.**

Sulke hande was seremonieel onrein.

**The mendicant offered her a drug.**

Die bedelmonnik het haar 'n dwelm aangebied.

**This drug was to remove her barrenness.**

Hierdie dwelm was om haar onvrugbaarheid te verwyder.

**She expressed her willingness to take the drug.**

Sy het haar bereidwilligheid uitgespreek om die dwelm te neem.

**The mendicant told her how to take the drug.**

Die bedelmonnik het haar vertel hoe om die dwelm te neem.

**"This is the potion you must swallow"**

"Hierdie is die drankie wat jy moet sluk"

**"Prepare the juice of a pomegranate flower"**

"Berei die sap van 'n granaatblom voor"

**"Swallow the drug with the juice"**

"Sluk die dwelm saam met die sap"

**"If you do this, you will soon have a son"**

"As jy dit doen, sal jy binnekort 'n seun hê"

**"Your son will be exceedingly handsome"**

"Jou seun sal besonder aantreklik wees"

**"His complexion will be beautiful"**

"Sy gelaat sal pragtig wees"

**"He will have the colour of pomegranate flowers"**

"Hy sal die kleur van granaatblomme hê"

**"And you shall call him Dalim Kumar"**

"En jy moet hom Dalim Kumar noem"

**"But he will also have enemies"**

"Maar hy sal ook vyande hê"

**"They will try to take your son's life"**

"Hulle sal probeer om jou seun se lewe te neem"

**"But there is a secret to his life"**

"Maar daar is 'n geheim in sy lewe"

**"And I will tell you this secret"**

"En ek sal jou hierdie geheim vertel"

**"In front of your palace is a pond"**

"Voor jou paleis is 'n dam"

**"In that pond there is a big Boal fish"**

"In daardie dam is daar 'n groot Boal-vis"
**"Your son's life is connected to that fish"**
"Jou seun se lewe is aan daardie vis gekoppel"
**"In the heart of the fish is a small box"**
"In die hart van die vis is 'n klein boksie"
**"This small box is made of wood"**
"Hierdie klein boksie is van hout gemaak"
**"In the box of wood is a necklace of gold"**
"In die houtkissie is 'n goue halssnoer"
**"That necklace is the life of your son"**
"Daardie halssnoer is die lewe van jou seun"
**The mendicant gave her the drugs.**
Die bedelmonnik het haar die dwelms gegee.
**And they said their farewells.**
En hulle het hul afskeid geneem.

**Soon all in the palace whispered of an heir.**
Gou het almal in die paleis van 'n erfgenaam gefluister.
**Great was the joy of the King.**
Groot was die vreugde van die Koning.
**He had visions of an heir to the throne.**
Hy het visioene van 'n troonopvolger gehad.
**A never-ending succession of powerful monarchs.**
'n Eindelose opeenvolging van magtige monarge.
**He dreamt of how they perpetuated his dynasty.**
Hy het gedroom van hoe hulle sy dinastie sou verewig.
**These ideas floated before his mind.**
Hierdie idees het voor sy gedagtes gedryf.
**It made him the happiest he had ever been.**
Dit het hom die gelukkigste gemaak wat hy nog ooit was.
**Many ceremonies were performed for the occasion.**
Baie seremonies is vir die geleentheid uitgevoer.
**The people of the kingdom played loud music.**
Die mense van die koninkryk het harde musiek gespeel.
**The birth of a prince was a truly special event.**
Die geboorte van 'n prins was 'n werklik spesiale gebeurtenis.
**Soon queen Suo gave birth to a son.**

Kort daarna het koningin Suo aan 'n seun geboorte gegee.
**He was more beautiful than anyone had imagined.**
Hy was mooier as wat enigiemand ooit gedink het.
**The King saw his son's face.**
Die koning het sy seun se gesig gesien.
**And his heart leaped with joy.**
En sy hart het van vreugde opgespring.
**Soon the child ate his first rice.**
Gou het die kind sy eerste rys geëet.
**Mukhe bhaat was celebrated with great joy.**
Mukhe bhaat is met groot vreugde gevier.
**And the whole kingdom was filled with gladness.**
En die hele koninkryk was vol blydskap.

**Dalim Kumar grew up to be a fine boy.**
Dalim Kumar het grootgeword as 'n goeie seun.
**There was one activity he particularly liked.**
Daar was een aktiwiteit waarvan hy veral gehou het.
**He loved playing with the pigeons.**
Hy was lief daarvoor om met die duiwe te speel.
**However, the pigeons often flew to Queen Duo.**
Die duiwe het egter dikwels na Queen Duo gevlieg.
**Nobody knows why they did this.**
Niemand weet hoekom hulle dit gedoen het nie.
**And they flew into her apartment.**
En hulle het in haar woonstel ingevlieg.
**So Dalim Kumar often met Queen Duo.**
So het Dalim Kumar dikwels Queen Duo ontmoet.
**At first, she happily gave the pigeons back.**
Aanvanklik het sy die duiwe met blydskap teruggegee.
**But later she wasn't as willing to return the pigeons.**
Maar later was sy nie so gewillig om die duiwe terug te gee nie.
**She gave the pigeons up with some reluctance.**
Sy het die duiwe met 'n mate van teësinnigheid prysgegee.
**She felt she could use this to her advantage.**
Sy het gevoel sy kon dit tot haar voordeel gebruik.

**She naturally hated the child.**

Sy het die kind natuurlik gehaat.

**Since Dalim's birth the king had neglected her.**

Sedert Dalim se geboorte het die koning haar verwaarloos.

**And the King idolized the mother of Dalim.**

En die Koning het die moeder van Dalim verafgod.

**Somehow, she had heard of the mendicant.**

Op een of ander manier het sy van die bedelmonnik gehoor.

**She heard he had given queen Suo a medicine.**

Sy het gehoor dat hy vir koningin Suo medisyne gegee het.

**She had also heard about what he had said.**

Sy het ook gehoor van wat hy gesê het.

**There was a secret to the prince's life.**

Daar was 'n geheim in die prins se lewe.

**She had heard his life was bound to something.**

Sy het gehoor sy lewe was aan iets gekoppel.

**But she did not know what his life was bound to.**

Maar sy het nie geweet waartoe sy lewe bestem was nie.

**She was determined to get the secret.**

Sy was vasbeslote om die geheim te ontrafel.


**Of course, the pigeons came back to her.**

Natuurlik het die duiwe na haar teruggekom.

**And the pigeons flew into her room again.**

En die duiwe het weer in haar kamer ingevlieg.

**This time she refused to give the pigeons back.**

Hierdie keer het sy geweier om die duiwe terug te gee.

**"I won't just give you your pigeon back"**

"Ek sal jou nie net jou duif teruggee nie"

**"First, you have to tell me something"**

"Eerstens moet jy my iets vertel"

**"What do you want, aunty?" the boy asked.**

"Wat wil jy hê, tannie?" het die seun gevra.

**"Oh, my darling, do not worry"**

"Ag, my liefling, moenie bekommerd wees nie"

**"It's just a small thing I want"**

"Dis net 'n klein dingetjie wat ek wil hê"

**"I want to know where your life is hidden"**
"Ek wil weet waar jou lewe versteek is"
**The boy was very confused by this.**
Die seun was baie verward hierdeur.
**"What is that, aunty?"**
"Wat is dit, tannie?"
**"Where can my life be, except in me?"**
"Waar kan my lewe wees, behalwe in myself?"
**"No, child, that is not what I meant"**
"Nee, kind, dis nie wat ek bedoel het nie"
**"A holy mendicant told your mother a secret"**
"'n Heilige bedelmonnik het vir jou moeder 'n geheim vertel"
**"Your life is bound up with something"**
"Jou lewe is met iets verbind"
**"I wish to know what that thing is"**
"Ek wil graag weet wat daardie ding is "
**The boy was confused by what she said.**
Die seun was verward deur wat sy gesê het.
**"I never heard of any such thing"**
"Ek het nog nooit van so iets gehoor nie"
**But Queen Duo insisted it was true.**
Maar Koningin Duo het volgehou dat dit waar is.
**"Promise to find out from your mother"**
"Beloof om by jou ma uit te vind"
**"Ask her where your life is hidden"**
"Vra haar waar jou lewe weggesteek is"
**"Then I will let you have the pigeons"**
"Dan sal ek jou die duiwe gee"
**"Otherwise, I will keep the pigeons"**
"Andersins sal ek die duiwe hou"
**The boy wanted his pigeons back.**
Die seun wou sy duiwe terug hê.
**So he agreed to get the information.**
Hy het dus ingestem om die inligting te bekom.
**But first she made him promise.**
Maar eers het sy hom belowe.
**"Promise me you won't tell your mother"**

"Beloof my jy sal nie vir jou ma sê nie"
**And the boy promised not to tell her.**
En die seun het belowe om haar nie te vertel nie.
**"I promise I won't tell my mum"**
"Ek belowe ek sal nie vir my ma sê nie"
**Queen Duo freed the prince's pigeons.**
Koningin Duo het die prins se duiwe vrygelaat.
**Dalim was overjoyed to have his birds again.**
Dalim was verheug om weer sy voëls te hê.
**And he forgot the entire conversation.**
En hy het die hele gesprek vergeet.

**The next day Dalim was playing again.**
Die volgende dag het Dalim weer gespeel.
**You can imagine what happened again.**
Jy kan jou voorstel wat weer gebeur het.
**The pigeons flew to Queen Duo's apartment.**
Die duiwe het na Koningin Duo se woonstel gevlieg.
**And they flew into her room again.**
En hulle het weer in haar kamer ingevlieg.
**Dalim went in to his stepmother's apartment.**
Dalim het na sy stiefma se woonstel gegaan.
**And he asked her for the pigeons.**
En hy het haar vir die duiwe gevra.
**Of course she asked him for the information.**
Natuurlik het sy hom vir die inligting gevra.
**Dalim could not tell her where his life was hidden.**
Dalim kon haar nie sê waar sy lewe weggesteek was nie.
**"I promise I will ask her today"**
"Ek belowe ek sal haar vandag vra"
**"But please can I have my pigeons"**
"Maar kan ek asseblief my duiwe kry?"
**She didn't give the pigeons back so quickly.**
Sy het die duiwe nie so vinnig teruggegee nie.
**But, in the end, he got his pigeons again.**
Maar uiteindelik het hy sy duiwe weer gekry.

**After playing, Dalim went to his mother.**

Nadat hy gespeel het, het Dalim na sy ma gegaan.

**"Mamma, please tell me where my life is hidden"**

"Mamma, sê asseblief vir my waar my lewe weggesteek is"

**"What do you mean, child?" asked the mother.**

"Wat bedoel jy, kind?" het die moeder gevra.

**She was astonished at the question.**

Sy was verbaas oor die vraag.

**Why would her child ask her this?**

Waarom sou haar kind haar dit vra?

**"Yes, mamma," replied the child.**

"Ja, Mamma," antwoord die kind.

**"I have heard of a holy mendicant"**

"Ek het van 'n heilige bedelmonnik gehoor"

**"He told you something about my life"**

"Hy het jou iets oor my lewe vertel"

**"He said my life is hidden in something"**

"Hy het gesê my lewe is in iets versteek"

**"Tell me what that thing is"**

"Sê vir my wat daardie ding is"

**"My child, my darling, my treasure"**

"My kind, my liefling, my skat"

**"My golden moon," his mother pleaded.**

"My goue maan," het sy ma gepleit.

**"Do not ask such a question"**

"Moenie so 'n vraag vra nie"

**"Cover my enemies' mouths with ashes"**

"Bedek die monde van my vyande met as"

**"Let my Dalim live forever," she begged.**

"Laat my Dalim vir ewig lewe," het sy gesmeek.

**But the child insisted knowing the secret.**

Maar die kind het daarop aangedring om die geheim te weet.

**He refused to eat or drink until he knew.**

Hy het geweier om te eet of te drink totdat hy geweet het.

**Queen Suo had no choice but to tell him.**

Koningin Suo het geen ander keuse gehad as om hom te vertel
nie.

**Eventually she told him the secret of his life.**
Uiteindelik het sy hom die geheim van sy lewe vertel.


**The next day Dalim was playing again.**
Die volgende dag het Dalim weer gespeel.
**You can imagine where the pigeons flew.**
Jy kan jou voorstel waarheen die duiwe gevlieg het.
**Dalim chased after the birds into the apartment.**
Dalim het die voëls die woonstel in gejaag.
**His stepmother told him many sweet words.**
Sy stiefma het hom baie soet woorde gesê.
**And finally, she got his secret from him.**
En uiteindelik het sy sy geheim van hom gekry.
**She wasted no time to start her wicked plan.**
Sy het geen tyd gemors om met haar bose plan te begin nie.
**And she gave orders to her servants.**
En sy het aan haar dienaars bevele gegee.
**"Get some dried stalk from the hemp plant"**
"Kry 'n bietjie gedroogde stingel van die hennepplant"
**"Make sure the stalks are very brittle"**
"Maak seker dat die stingels baie bros is"
**Brittle hemp stalks make a cracking sound.**
Bros hennepstingels maak 'n kraakgeluid.
**The sound is similar to the cracking of joints.**
Die geluid is soortgelyk aan die kraak van gewrigte.
**And it sounds like the bones of old people.**
En dit klink soos die bene van ou mense.
**She put the brittle hemp stalks under her bed.**
Sy het die bros hennepstingels onder haar bed gesit.
**And then she lied on her bed.**
En toe het sy op haar bed gelê.
**She wanted to test the hemp stalks.**
Sy wou die hennepstingels toets.
**The stalks cracked just as much as she wanted.**
Die stingels het net soveel gekraak as wat sy wou.
**She was satisfied with how her plan was going.**
Sy was tevrede met hoe haar plan verloop het.

**She gave more orders to her servants.**
Sy het meer bevele aan haar dienaars gegee.
**"Tell the King I am very ill"**
"Sê vir die Koning ek is baie siek"
**"He must come to see me immediately"**
"Hy moet dadelik na my toe kom"
**The king did not love this queen.**
Die koning het nie hierdie koningin liefgehad nie.
**But he still had a duty to care for her.**
Maar hy het steeds 'n plig gehad om vir haar te sorg.
**If she was ill, he had to look after her.**
As sy siek was, moes hy na haar omsien.
**The King came to her bedroom.**
Die Koning het na haar slaapkamer gekom.
**She rolled on the bed in pain.**
Sy het van die pyn op die bed gerol.
**The King heard the cracking of her bones.**
Die Koning het die kraak van haar bene gehoor.
**He ordered his best physician to attend her.**
Hy het sy beste geneesheer beveel om haar te behandel.
**But the queen had thought of this.**
Maar die koningin het hieraan gedink.
**She had already spoken with the physician.**
Sy het reeds met die dokter gepraat.
**"There is only one remedy," he told the king.**
"Daar is net een oplossing," het hy vir die koning gesê.
**"There's a pond in front of the palace"**
"Daar is 'n dam voor die paleis"
**"In the pond there's a large Boal fish"**
"In die dam is daar 'n groot Boal-vis"
**"The remedy is in that fish"**
"Die middel is in daardie vis"
**So the king let the physician catch the fish.**
Toe laat die koning die dokter die vis vang.
**Meanwhile Dalim was busy playing.**
Intussen was Dalim besig om te speel.
**He knew nothing of his aunt's illness.**

Hy het niks van sy tante se siekte geweet nie.
**The fish was taken out the water.**
Die vis is uit die water gehaal.
**Dalim fell to the ground immediately.**
Dalim het onmiddellik op die grond geval .
**He flopped around on the floor.**
Hy het op die vloer rondgefladder.
**And he could not breathe.**
En hy kon nie asemhaal nie.
**The guards immediately noticed.**
Die wagte het dadelik opgemerk.
**Dalim was taken to his mother's room.**
Dalim is na sy ma se kamer geneem.
**And the King was informed of his son.**
En die Koning is van sy seun in kennis gestel.
**He couldn't believe his son's illness.**
Hy kon nie glo dat sy seun siek was nie.
**The fish was taken to Queen Duo.**
Die vis is na Queen Duo geneem.
**Queen Duo was being saved.**
Koningin Duo is gered.
**At the same time Dalim was dying.**
Terselfdertyd was Dalim besig om te sterf.
**The fish was cut open.**
Die vis was oopgesny.
**And they found the wooden box.**
En hulle het die houtkis gevind.
**In the box lay a necklace of gold.**
In die boks het 'n goue halssnoer gelê.
**Queen Duo put on the necklace.**
Koningin Duo het die halssnoer aangetrek.
**And Dalim died at the very same moment.**
En Dalim is op dieselfde oomblik oorlede.

**News of the tragedy reached the king.**
Nuus van die tragedie het die koning bereik.
**He was plunged into an ocean of grief.**

Hy was in 'n oseaan van hartseer gedompel.

**News of Queen Duo's recovery did not help.**

Die nuus van Queen Duo se herstel het nie gehelp nie.

**He wept painful and bitter tears.**

Hy het pynlike en bitter trane gestort.

**No one thought he would recover.**

Niemand het gedink hy sou herstel nie.

**He could not bear to bury his son.**

Hy kon dit nie verdra om sy seun te begrawe nie.

**Nor did he allow his body to be burned.**

Hy het ook nie toegelaat dat sy liggaam verbrand word nie.

**He could not accept that his son had died.**

Hy kon nie aanvaar dat sy seun gesterf het nie.

**His death was so sudden and senseless.**

Sy dood was so skielik en sinneloos.

**He had the dead body moved to a garden-houses.**

Hy het die dooie liggaam na 'n tuinhuisie laat verskuif.

**This garden-house was in the suburbs.**

Hierdie tuinhuis was in die voorstede.

**Here his son was laid in state.**

Hier is sy seun in staatsie ter aarde gestel.

**All sorts of provisions were put there.**

Allerhande voorrade is daar geplaas.

**Although everyone knew it was unnecessary.**

Alhoewel almal geweet het dit was onnodig.

**The young boy did not need food anymore.**

Die jong seun het nie meer kos nodig gehad nie.

**The house was kept locked day and night.**

Die huis was dag en nag gesluit gehou.

**Dalim had had one very close friend.**

Dalim het een baie goeie vriend gehad.

**Only this friend was allowed to visit.**

Slegs hierdie vriend is toegelaat om te kuier.

**He was the son of the prime minister.**

Hy was die seun van die eerste minister.

**He was entrusted with the key of the house.**

Hy is met die sleutel van die huis toevertrou.

**Once a day he could visit his dead friend.**
Een keer per dag kon hy sy oorlede vriend besoek.


**Queen Suo retired after the loss of her son.**
Koningin Suo het afgetree na die verlies van haar seun.
**Now the King spent the nights with Queen Duo.**
Nou het die Koning die nagte saam met Koningin Duo
deurgebring.
**The Queen wanted to avoid suspicion.**
Die Koningin wou agterdog vermy.
**So she took the necklace off at night.**
So het sy die halssnoer in die nag afgehaal.
**But Dalim's life was tied to the necklace.**
Maar Dalim se lewe was aan die halssnoer gekoppel.
**And his death was not so simple.**
En sy dood was nie so eenvoudig nie.
**He was dead when the queen wore the necklace.**
Hy was dood toe die koningin die halssnoer gedra het.
**But when she took the necklace off, he returned to life.**
Maar toe sy die halssnoer afhaal, het hy teruggekeer na die
lewe.
**And so he returned to life every night.**
En so het hy elke aand tot lewe teruggekeer.
**Every morning she put the necklace on again.**
Elke oggend het sy die halssnoer weer aangesit.
**And so, he died again every morning.**
En so het hy elke oggend weer gesterf.
**At night he ate whatever food he liked.**
In die aand het hy geëet wat hy ook al wou hê.
**Because there was plenty of food for him.**
Want daar was genoeg kos vir hom.
**He walked around in the premises.**
Hy het in die perseel rondgeloop.
**And he meditated on the strangeness of his life.**
En hy het gemediteer oor die vreemdheid van sy lewe.
**Dalim's friend only visited him during the day.**
Dalim se vriend het hom net gedurende die dag besoek.

**So he always saw him as a lifeless corpse.**
So het hy hom altyd as 'n lewelose lyk gesien.
**But his body never seemed to change.**
Maar dit het gelyk of sy liggaam nooit verander het nie.
**There was no sign of putrefaction.**
Daar was geen teken van verrotting nie.
**The body was lifeless and pale.**
Die liggaam was leweloos en bleek.
**But there were no symptoms of death.**
Maar daar was geen simptome van dood nie.
**It all seemed too strange for him.**
Dit het alles te vreemd vir hom gelyk.
**So he decided to watch the corpse more closely.**
So het hy besluit om die lyk van naderby dop te hou.
**And he visited his friend at night.**
En hy het sy vriend in die nag besoek.
**He was astonished at what he saw that night.**
Hy was verbaas oor wat hy daardie nag gesien het.
**His dead friend was walking about in the garden.**
Sy oorlede vriend het in die tuin rondgeloop.
**At first he thought Dalim might a ghost.**
Aanvanklik het hy gedink Dalim is dalk 'n spook.
**So he went to see if he could touch him.**
So het hy gegaan om te kyk of hy hom kon aanraak.
**And then he saw it was really his friend.**
En toe sien hy dit was regtig sy vriend.
**Dalim told his friend everything that had happened.**
Dalim het vir sy vriend alles vertel wat gebeur het.
**He told him all the circumstances of his death.**
Hy het hom al die omstandighede van sy dood vertel.
**And soon they solved the mystery.**
En gou het hulle die misterie opgelos.
**They understood why he revived only at night.**
Hulle het verstaan hoekom hy net snags herleef het.
**Every night the king came to see Queen Duo.**
Elke aand het die koning Koningin Duo kom sien.
**When the King visited, she took off her necklace.**

Toe die Koning kom kuier het, het sy haar halssnoer afgehaal.

**The life of the prince depended on the necklace.**

Die lewe van die prins het van die halssnoer afgehang.

**So the two friends worked on a plan.**

So het die twee vriende aan 'n plan gewerk.

**Night after night they consulted together.**

Nag na nag het hulle saam beraadslaag.

**But they could not think of any feasible scheme.**

Maar hulle kon aan geen haalbare skema dink nie.


**Eventually the Gods must have taken pity.**

Uiteindelik moes die gode jammer gekry het.

**And they decided to free Dalim.**

En hulle het besluit om Dalim vry te laat.

**But we must understand how the Gods work.**

Maar ons moet verstaan hoe die gode werk.

**These things are planned long before.**

Hierdie dinge word lank vooruit beplan.

**The sister of Bidhata-Purusha had had a daughter.**

Die suster van Bidhata-Purusha het 'n dogter gehad.

**Bidhata-Purusha was a great fortune teller.**

Bidhata-Purusha was 'n groot waarsêer.

**He had written something on the child's forehead.**

Hy het iets op die kind se voorkop geskryf.

**"This child will marry the dead bridegroom"**

"Hierdie kind sal met die dooie bruidegom trou"

**Her mother was very saddened by this.**

Haar ma was baie hartseer hieroor.

**She did not want this destiny for her daughter.**

Sy wou nie hierdie lot vir haar dogter hê nie.

**But she could not argue with him.**

Maar sy kon nie met hom stry nie.

**He never changed what he had written.**

Hy het nooit verander wat hy geskryf het nie.

**The child became exceedingly beautiful.**

Die kind het besonder mooi geword.

**But the mother could not take any pleasure in this.**

Maar die moeder kon geen plesier hierin skep nie.
**Because she knew the destiny of her child.**
Omdat sy die lot van haar kind geken het.
**Eventually the girl came to marriageable age.**
Uiteindelik het die meisie die hubare ouderdom bereik.
**She had to find a way to avoid her fate.**
Sy moes 'n manier vind om haar lot te vermy.
**So the mother fled the country with her child.**
So het die ma met haar kind landuit gevlug.
**Perhaps she could avoid her dreadful destiny.**
Miskien kon sy haar verskriklike lot vermy.
**But what was written was written.**
Maar wat geskryf was, is geskryf.
**And fate cannot be overruled like this.**
En die noodlot kan nie so oorheers word nie.
**Together they journeyed through the land.**
Saam het hulle deur die land gereis.
**You can imagine how fate was working.**
Jy kan jou voorstel hoe die noodlot gewerk het.
**They wandered past Dalim's resting place.**
Hulle het verby Dalim se rusplek gedwaal.
**The shade of the evening was approaching.**
Die skaduwee van die aand het nader gekom.
**"Mother, I am thirsty," said her child.**
"Moeder, ek is dors," het haar kind gesê.
**"Sit at this gate," replied her mother.**
"Sit by hierdie hek," antwoord haar ma.
**"I will search for water in the village"**
"Ek sal water in die dorp soek"
**The girl was curious about the garden.**
Die meisie was nuuskierig oor die tuin.
**And in the garden she saw strange house.**
En in die tuin het sy 'n vreemde huis gesien.
**She pushed the gate, which opened itself.**
Sy het die hek gestoot, wat vanself oopgemaak het.
**When she went in, she saw a beautiful palace.**
Toe sy ingaan, het sy 'n pragtige paleis gesien.

**But she had an uneasy feeling about the palace.**
Maar sy het 'n ongemaklike gevoel oor die paleis gehad.
**However, the door had shut itself.**
Die deur het egter vanself toegemaak.
**So she had no way of getting out.**
So sy het geen manier gehad om uit te kom nie.


**When night came the prince revived.**
Toe die nag aanbreek, het die prins herleef.
**As usual, he walked around in the garden.**
Soos gewoonlik het hy in die tuin rondgeloop.
**But this time he saw a female figure.**
Maar hierdie keer het hy 'n vroulike figuur gesien.
**The figure was standing near the gate.**
Die figuur het naby die hek gestaan.
**Soon he saw that it was a girl.**
Gou het hy gesien dat dit 'n meisie was.
**And he saw she was of unsurpassed beauty.**
En hy het gesien dat sy van ongeëwenaarde skoonheid was.
**"Who are you?" he asked her.**
"Wie is jy?" het hy haar gevra.
**She told Dalim everything that had happened.**
Sy het vir Dalim alles vertel wat gebeur het.
**All the details of her little history.**
Al die besonderhede van haar klein geskiedenis.
**"My uncle is the divine Bidhata-Purusha"**
"My oom is die goddelike Bidhata-Purusha"
**"He wrote on my forehead at birth"**
"Hy het by my geboorte op my voorkop geskryf"
**"This child will marry the dead bridegroom"**
"Hierdie kind sal met die dooie bruidegom trou"
**"My mother did not want that life for me"**
"My ma wou nie daardie lewe vir my hê nie"
**"So we left our house and city"**
"So het ons ons huis en stad verlaat"
**"And we wandered through the country"**
"En ons het deur die land gedwaal"

"We had come to the gate of your palace"

"Ons het by die poort van u paleis gekom"

"After our journey I was thirsty"

"Na ons reis was ek dors"

"So my mother went to look for water"

"So het my ma water gaan soek"

"And now I am standing here before you"

"En nou staan ek hier voor jou"

Dalim Kumar knew the meaning of the story.

Dalim Kumar het die betekenis van die storie geken.

"I am the dead bridegroom," he told the girl.

"Ek is die dooie bruidegom," het hy vir die meisie gesê.

"It is me who you will marry"

"Dit is met my met wie jy sal trou"

"Come with me to the house," he asked of her.

"Kom saam met my huis toe," het hy haar gevra.

But the girl wasn't so easily persuaded.

Maar die meisie was nie so maklik om te oortuig nie.

"You are standing and speaking to me"

"Jy staan en praat met my"

"How can you be the dead bridegroom?"

"Hoe kan jy die dooie bruidegom wees?"

The prince understood her objection.

Die prins het haar beswaar verstaan.

"You will understand it afterwards"

"Jy sal dit later verstaan"

The girl followed the prince into the house.

Die meisie het die prins die huis binne gevolg.

She had been fasting the whole day.

Sy het die hele dag gevas.

So the prince gave her wonderful food.

Toe het die prins haar heerlike kos gegee.

Meanwhile, the girl's mother had come back.

Intussen het die meisie se ma teruggekom.

She was standing at the gates of the garden.

Sy het by die poorte van die tuin gestaan.

But her daughter was not there anymore.

Maar haar dogter was nie meer daar nie.
**She cried out for her daughter.**
Sy het na haar dogter gehuil.
**But she got no reply from her daughter.**
Maar sy het geen antwoord van haar dogter gekry nie.
**So she went looking for her in the village.**
So het sy haar in die dorp gaan soek.

**As usual, Dalim's friend came that night.**
Soos gewoonlik het Dalim se vriend daardie aand gekom.
**Dalim was still entertaining his guest.**
Dalim was steeds besig om sy gas te vermaak.
**He was not expecting to see a stranger.**
Hy het nie verwag om 'n vreemdeling te sien nie.
**And the girl retold him her story.**
En die meisie het hom haar storie oorvertel.
**You can imagine his surprise when she told him.**
Jy kan jou sy verbasing voorstel toe sy hom dit vertel.
**He was able to confirm Dalim's story.**
Hy kon Dalim se storie bevestig.
**Soon they had all accepted destiny.**
Gou het hulle almal die lotsbestemming aanvaar.
**That night they fulfilled their fates.**
Daardie nag het hulle hul lotgevalle vervul.
**They decided to unite the couple in matrimony.**
Hulle het besluit om die paartjie in die huwelik te verenig.
**It was going to be impossible to get a priest.**
Dit sou onmoontlik wees om 'n priester te kry.
**So Dalim's friend performed the hymeneal rites.**
So het Dalim se vriend die hymeneale rituele uitgevoer.
**The friend of the bridegroom left the palace.**
Die vriend van die bruidegom het die paleis verlaat.
**The newly-weds had the palace to themselves.**
Die pasgetroudes het die paleis vir hulself gehad.
**The happy couple did not sleep much that night.**
Die gelukkige paartjie het daardie nag nie veel geslaap nie.
**So it was long after sunrise that they woke up.**

So dit was lank na sonsopkoms dat hulle wakker geword het.
**Of course it was only the young wife that woke up.**
Natuurlik was dit net die jong vrou wat wakker geword het.
**The prince had become a cold corpse again.**
Die prins het weer 'n koue lyk geword.
**The queen had put on her necklace.**
Die koningin het haar halssnoer aangesit.
**And life had departed from him again.**
En die lewe het hom weer verlaat.
**You can imagine how the young wife felt.**
Jy kan jou voorstel hoe die jong vrou gevoel het.
**She shook her husband to try and wake him.**
Sy het haar man geskud om hom te probeer wakker maak.
**She kissed him on his cold lips.**
Sy het hom op sy koue lippe gesoen.
**But all her efforts were in vain.**
Maar al haar pogings was tevergeefs.
**He was as lifeless as a marble statue.**
Hy was so leweloos soos 'n marmerstandbeeld.
**The young wife was stricken with horror.**
Die jong vrou was met afgryse getref.
**She smote her breast with her fists.**
Sy het haar bors met haar vuiste geslaan.
**She struck her forehead with her palms.**
Sy het met haar handpalms teen haar voorkop geslaan.
**And she tore her hair from her head.**
En sy het haar hare van haar kop af geruk.
**She ran through the garden like a mad woman.**
Sy het soos 'n mal vrou deur die tuin gehardloop.
**Dalim's friend did not come during the day.**
Dalim se vriend het nie gedurende die dag gekom nie.
**He did not want to see his friend this way.**
Hy wou nie sy vriend so sien nie.
**The poor girl did not know what to do.**
Die arme meisie het nie geweet wat om te doen nie.
**Time could not pass quickly enough.**
Tyd kon nie vinnig genoeg verbygaan nie.

**The day seemed as long as a year.**
Die dag het so lank soos 'n jaar gevoel.
**But the even longest day has its end.**
Maar selfs die langste dag het sy einde.
**The shades of evening were descending.**
Die skaduwees van die aand het begin neerdaal.
**Her dead husband was awakened into consciousness.**
Haar oorlede man is tot bewussyn wakker gemaak.
**He rose up from his bed again.**
Hy het weer uit sy bed opgestaan.
**And he embraced his new wife.**
En hy het sy nuwe vrou omhels.
**Again they ate, drank, and became merry.**
Weer het hulle geëet en gedrink en vrolik geword.
**His friend made his usual appearance.**
Sy vriend het sy gewone verskyning gemaak.
**And the whole night was spent celebrating.**
En die hele aand is gevier.

**They spent the next seven years this way.**
Hulle het die volgende sewe jaar so deurgebring.
**During the day Dalim was lifeless.**
Gedurende die dag was Dalim leweloos.
**But at night he came to life.**
Maar in die nag het hy lewendig geword.
**And their life was quite usual.**
En hulle lewe was heel normaal.
**The princess gave her husband two lovely boys.**
Die prinses het haar man twee pragtige seuns gegee.
**They were the exact image of their father.**
Hulle was die presiese beeld van hul pa.
**Of course the king and Queens did not know.**
Natuurlik het die koning en koninginne nie geweet nie.
**They did not know they were grandparents.**
Hulle het nie geweet hulle is grootouers nie.
**And they did not know Dalim was alive.**
En hulle het nie geweet Dalim leef nie.

**To be precise I should say he was alive at night.**
Om presies te wees, moet ek sê hy was snags lewend.
**They all thought he had long been dead.**
Hulle het almal gedink hy was lankal dood.
**They assumed his corpse would now be gone.**
Hulle het aangeneem dat sy lyk nou weg sou wees.
**But the heart of Dalim s wife was yearning.**
Maar die hart van Dalim se vrou het verlang.
**She wanted nothing more than her mother-in-law.**
Sy wou niks meer hê as haar skoonma nie.
**Over the years she had come up with a plan.**
Oor die jare het sy 'n plan bedink.
**Perhaps she could see her mother-in-law.**
Miskien kon sy haar skoonma sien.
**Maybe they could get hold of the necklace.**
Miskien kan hulle die halssnoer in die hande kry.
**She asked for the consent of her husband.**
Sy het haar man se toestemming gevra.
**And he allowed her to disguise herself.**
En hy het haar toegelaat om haarself te vermom.
**She took on the appearance of a female barber.**
Sy het die voorkoms van 'n vroulike barbier aangeneem.
**Like every female barber, she needed equipment.**
Soos elke vroulike barbier, het sy toerusting nodig gehad.
**She took the following tools;**
Sy het die volgende gereedskap geneem;
**An iron instrument for preparing finger nails.**
'n Ysterinstrument vir die voorbereiding van vingernaels.
**Another iron instrument for scraping the feet.**
Nog 'n ysterinstrument om die voete te skraap.
**A piece of burnt jhama brick.**
'n Stuk verbrande jhama-baksteen.
**For rubbing the soles of the feet.**
Vir die vryf van die voetsole.
**And paint for the edges of the feet.**
En verf vir die kante van die voete.
**She took all her tools with her.**

Sy het al haar gereedskap saamgeneem.
**And she stood at the gate of the King's palace.**
En sy het by die poort van die koning se paleis gestaan.
**I forgot something else she brought.**
Ek het nog iets vergeet wat sy gebring het.
**She had come with her two sons.**
Sy het saam met haar twee seuns gekom.
**She spoke with the guards.**
Sy het met die wagte gepraat.
**"I work as a barber"**
"Ek werk as 'n haarkapper"
**"I have come to offer my services"**
"Ek het gekom om my dienste aan te bied"
**"I desire to see Queen Suo"**
"Ek verlang om Koningin Suo te sien"
**Queen Suo quickly gave her an interview.**
Koningin Suo het haar vinnig 'n onderhoud gegee.
**The queen was quite fond of the two little boys.**
Die koningin was baie lief vir die twee seuntjies.
**They strangely reminded her of her own son.**
Hulle het haar vreemd genoeg aan haar eie seun herinner.
**And she remembered her lost treasure.**
En sy het haar verlore skat onthou.
**Tears fell profusely from her eyes.**
Trane het oorvloedig uit haar oë geval.
**She had not the remotest idea who they were.**
Sy het nie die vaagste idee gehad wie hulle was nie.
**Of course we know who they are.**
Natuurlik weet ons wie hulle is.
**The two little boys are her grandsons.**
Die twee seuntjies is haar kleinseuns.
**She spoke to the barber.**
Sy het met die haarkapper gepraat.
**"My son died when he was young"**
"My seun is oorlede toe hy jonk was"
**"I have given up these vanities"**
"Ek het hierdie ydelhede prysgegee"

**"I stopped having my feet ceremoniously dyed"**
"Ek het opgehou om my voete seremonieel te laat kleur"
**"But I would be glad to see your two fine boys"**
"Maar ek sal bly wees om jou twee pragtige seuns te sien"
**The barber agreed to let Queen Suo see her boys.**
Die barbier het ingestem om Koningin Suo haar seuns te laat sien.
**But she had one question before she went.**
Maar sy het een vraag gehad voordat sy gegaan het.
**"Are there other ladies in the palace?**
"Is daar ander dames in die paleis?"
**"Someone else I could provide my service to"**
"Iemand anders aan wie ek my diens kan lewer"
**She was told there was another queen.**
Sy is meegedeel dat daar nog 'n koningin was.
**And she was also allowed to go to that queen.**
En sy is ook toegelaat om na daardie koningin te gaan.
**Queen Duo allowed her to prepare her nails.**
Koningin Duo het haar toegelaat om haar naels voor te berei.
**And she was allowed to scrape her feet.**
En sy is toegelaat om haar voete te skraap.
**She painted her feet with alakta.**
Sy het haar voete met alakta geverf.
**And the queen was very pleased with her skill.**
En die koningin was baie tevrede met haar vaardigheid.
**She also enjoyed the sweetness of her disposition.**
Sy het ook die soetheid van haar geaardheid geniet.
**So she booked to have more of her services.**
So het sy bespreek om meer van haar dienste te hê.
**The female barber had come for something else.**
Die vroulike barbier het vir iets anders gekom.
**And she quickly noticed the necklace.**
En sy het die halssnoer vinnig raakgesien.
**The necklace was around the Queen's neck.**
Die halssnoer was om die Koningin se nek.

**The day of her second visit had come.**

Die dag van haar tweede besoek het aangebreek.
**She gave her eldest son the instructions.**
Sy het die instruksies vir haar oudste seun gegee.
**"We are going into the palace again"**
"Ons gaan weer die paleis binne"
**"When in the palace you have to cry"**
"Wanneer jy in die paleis is, moet jy huil"
**"Say you would like the queen's necklace"**
"Sê jy wil die koningin se halssnoer hê"
**"Don't stop crying until you have her necklace"**
"Moenie ophou huil totdat jy haar halssnoer het nie"
**The female barber went to queen Duo's apartment.**
Die vroulike barbier het na koningin Duo se woonstel gegaan.
**Soon the elder boy started to cry.**
Gou het die oudste seun begin huil.
**The boy acted his role well.**
Die seun het sy rol goed vertolk.
**Nothing would console the boy.**
Niks sou die seun troos nie.
**"What is wrong?" Queen Duo asked.**
"Wat is fout ?" het Koningin Duo gevra.
**They boy could hardly speak.**
Die seun kon skaars praat.
**"Your necklace is so beautiful"**
"Jou halssnoer is so mooi"
**And he continued to sob.**
En hy het aangehou snik.
**"Can I please hold the necklace?"**
"Kan ek asseblief die halssnoer vashou?"
**Queen Duo did not want to let him.**
Koningin Duo wou hom nie toelaat nie.
**"I cannot part with my necklace"**
"Ek kan nie van my halssnoer afskeid neem nie"
**"It is my most valuable jewel"**
"Dit is my waardevolste juweel"
**But the boy did not stop crying.**
Maar die seun het nie opgehou huil nie.

**So she took the necklace off her neck.**

So het sy die halssnoer van haar nek afgehaal.

**And she put the necklace into the boy's hand.**

En sy het die halssnoer in die seun se hand gesit.

**The boy quickly stopped crying.**

Die seun het vinnig opgehou huil.

**And he held the necklace in his hand.**

En hy het die halssnoer in sy hand gehou.

**The female barber had finished her work.**

Die vroulike barbier het haar werk klaargemaak.

**She was packing up her tools.**

Sy was besig om haar gereedskap op te pak.

**And she was about to leave the palace.**

En sy was op die punt om die paleis te verlaat.

**So the queen wanted the necklace back.**

So wou die koningin die halssnoer terug hê.

**But the boy would not let her have the necklace.**

Maar die seun wou haar nie die halssnoer laat kry nie.

**His mother attempted to snatch the necklace from him.**

Sy ma het probeer om die halssnoer van hom af te gryp.

**But he wept bitterly when she tried.**

Maar hy het bitterlik geween toe sy dit probeer het.

**And he cried as if his heart would break.**

En hy het gehuil asof sy hart sou breek.

**The female barber politely asked the queen;**

Die vroulike barbier het die koningin beleefd gevra;

**"Please let the boy take the necklace home"**

"Laat die seun asseblief die halssnoer huis toe neem"

**"He will fall asleep after drinking his milk"**

"Hy sal aan die slaap raak nadat hy sy melk gedrink het"

**"And then I will bring your necklace back"**

"En dan sal ek jou halssnoer terugbring"

**She could see she had no choice.**

Sy kon sien sy het geen keuse gehad nie.

**The boy would not allow her to take the necklace.**

Die seun wou haar nie toelaat om die halssnoer te neem nie.

**So she agreed to the proposal.**

Sy het dus tot die voorstel ingestem.

**"Dalim must now be long dead," she thought.**

"Dalim moet nou lankal dood wees," het sy gedink.

**And she had nothing to worry about.**

En sy het niks gehad om oor bekommerd te wees nie.


**The princess had the prized necklace.**

Die prinses het die gesogte halssnoer gehad.

**The treasure bound to her husband's life.**

Die skat wat aan haar man se lewe gebind is.

**She rushed back to the garden-house.**

Sy het teruggehardloop na die tuinhuisie.

**And she gave the necklace to Dalim.**

En sy het die halssnoer vir Dalim gegee.

**Dalim had been alive all morning.**

Dalim was die hele oggend lewendig.

**It was the first time he saw the sun again.**

Dit was die eerste keer dat hy weer die son gesien het.

**Their joy of his life knew no bounds.**

Hul vreugde oor sy lewe het geen perke geken nie.

**Their friend advised them to go to the palace.**

Hul vriend het hulle aangeraai om na die paleis te gaan.

**"Go to the palace tomorrow"**

"Gaan môre na die paleis"

**"Present yourselves to the King and Queen"**

"Stel julleself voor die Koning en Koningin"

**"Let them know you're alive and well"**

"Laat hulle weet jy leef en is gesond"

**The couple accepted their friend's advice.**

Die paartjie het hul vriend se raad aanvaar.

**And they prepared everything for their arrival.**

En hulle het alles vir hul aankoms voorberei.

**An elephant was brought for the prince.**

'n Olifant is vir die prins gebring.

**A pair of ponies were brought for the boys.**

'n Paar ponieë is vir die seuns gebring.

**And there was a grand chaturdala.**

En daar was 'n groot chaturdala.
**It was furnished with curtains of gold lace.**
Dit was gemeubileer met gordyne van goue kant.
**Word was sent to the king and the Queen Suo.**
Daar is 'n woord aan die koning en die koningin Suo gestuur.
**"Prince Dalim Kumar is alive and well"**
"Prins Dalim Kumar leef en is gesond"
**"And he is coming to visit you"**
"En hy kom jou besoek"
**"Now he has a wife and two sons"**
"Nou het hy 'n vrou en twee seuns "
**The King and Queen Suo could hardly believe it.**
Die Koning en Koningin Suo kon dit skaars glo.
**But they were assured that it was all true.**
Maar hulle was verseker dat dit alles waar was.
**Queen Duo quickly realized her predicament.**
Koningin Duo het vinnig haar penarie besef.
**And she became overwhelmed with grief.**
En sy het oorweldig geword deur hartseer.
**A band of musicians followed the prince.**
'n Orkes musikante het die prins gevolg.
**Prince Dalim Kumar approached the palace-gate.**
Prins Dalim Kumar het die paleishek genader.
**The King and Queen Suo went to the gates.**
Die Koning en Koningin Suo het na die poorte gegaan.
**And they welcomed their long-lost son.**
En hulle het hul lank verlore seun verwelkom.
**You can imagine how happy they were.**
Jy kan jou voorstel hoe gelukkig hulle was.
**Dalim told his parents of his death.**
Dalim het sy ouers van sy dood vertel.
**He told them of the pond by the palace.**
Hy het hulle van die dam by die paleis vertel.
**And he told them of the fish in the pond.**
En hy het hulle vertel van die visse in die dam.
**He told them of the wooden box in the fish.**
Hy het hulle vertel van die houtkissie in die vis.

**He told them of the necklace in the wooden box.**
Hy het hulle van die halssnoer in die houtkissie vertel.
**And he told them the secret of his life.**
En hy het hulle die geheim van sy lewe vertel.
**He told them how he died each night.**
Hy het hulle elke nag vertel hoe hy gesterf het.
**Of course he also mentioned his new wife.**
Natuurlik het hy ook sy nuwe vrou genoem.
**The king was inflamed with rage at the news.**
Die koning was woedend oor die nuus.
**He ordered Queen Duo into his presence.**
Hy het Koningin Duo in sy teenwoordigheid beveel.
**A large hole was dug in the ground.**
'n Groot gat is in die grond gegrawe.
**The hole was as deep as the height of a man.**
Die gat was so diep soos die lengte van 'n man.
**Queen Duo was made to stand in the hole.**
Koningin Duo is in die gat laat staan.
**Prickly thorns were heaped around her.**
Stekeldorings was om haar opgehoop.
**The thorns went up to the crown of her head.**
Die dorings het tot by die kroon van haar kop opgekom.
**And in this manner she was buried alive.**
En op hierdie manier is sy lewend begrawe.

## Phakir Chand
### Phakir Chand

**There was once a king, who had a son.**
Daar was eens 'n koning, wat 'n seun gehad het.
**The king's minister also had a son.**
Die koning se minister het ook 'n seun gehad.
**The two sons loved each other dearly.**
Die twee seuns het mekaar innig liefgehad.
**And they did everything together.**
En hulle het alles saam gedoen.
**The two sons sat and stood up together.**
Die twee seuns het saam gesit en opgestaan.
**They walked together to the same places.**
Hulle het saam na dieselfde plekke gestap.
**They ate their meals together.**
Hulle het hul maaltye saam geëet.
**They slept and got up together.**
Hulle het saam geslaap en opgestaan.
**They spent years in each other's company.**
Hulle het jare in mekaar se geselskap deurgebring.
**One day they both felt a new desire.**
Eendag het hulle albei 'n nuwe begeerte gevoel.
**They wanted to see foreign lands.**
Hulle wou vreemde lande sien.
**And so they set out on their journey.**
En so het hulle op hul reis vertrek.
**One of them was the son of a king.**
Een van hulle was die seun van 'n koning.
**One of them was the son of his chief minister.**
Een van hulle was die seun van sy hoofminister.
**So of course they were both quite rich.**
So natuurlik was hulle albei redelik ryk.
**But they did not take any servants with them.**
Maar hulle het geen dienaars saamgeneem nie.
**They went by themselves, on horseback.**
Hulle het alleen gegaan, te perd.

**The horses were beautiful to look at.**
Die perde was pragtig om na te kyk.
**They were Pakshirajes horses.**
Hulle was Pakshirajes-perde.
**Such horses are known as the kings of birds.**
Sulke perde staan bekend as die konings van voëls.
**The two sons rode together for many days.**
Die twee seuns het vir baie dae saam gery.
**They passed through extensive plains.**
Hulle het deur uitgestrekte vlaktes gegaan.
**And the plains were covered with paddy.**
En die vlaktes was met rysgras bedek.
**And they passed through strange cities.**
En hulle het deur vreemde stede gegaan.
**And they passed through towns, and villages.**
En hulle het deur dorpe en dorpe gegaan.
**They passed through treeless deserts.**
Hulle het deur boomlose woestyne gegaan.
**And they passed through forests.**
En hulle het deur woude gegaan.
**And the forests were dense with trees.**
En die woude was dig met bome.
**These forests were the abode of the tiger.**
Hierdie woude was die tuiste van die tier.
**And the bear also lived in these forests.**
En die beer het ook in hierdie woude gewoon.
**One evening they were overtaken by the night.**
Een aand is hulle deur die nag ingehaal.
**They had not seen any human habitations.**
Hulle het geen menslike wonings gesien nie.
**But it was getting darker and darker.**
Maar dit het al hoe donkerder geword.
**So they dismounted beneath a lofty tree.**
So het hulle onder 'n hoë boom afgeklim.
**They tied their horses to the tree.**
Hulle het hul perde aan die boom vasgemaak.
**And then they climbed up the tree.**

En toe het hulle in die boom geklim.
**They covered the branches with thick foliage.**
Hulle het die takke met dik blare bedek.
**So that they could sit on the branches.**
Sodat hulle op die takke kon sit.
**The tree had grown near a large body of water.**
Die boom het naby 'n groot watermassa gegroei.
**The water was as clear as the eye of a crow.**
Die water was so helder soos die oog van 'n kraai.
**The two friends made themselves comfortable.**
Die twee vriende het hulself gemaklik gemaak.
**Of course it wasn't very comfortable in a tree.**
Natuurlik was dit nie baie gemaklik in 'n boom nie.
**But it wasn't uncomfortable in the tree either.**
Maar dit was ook nie ongemaklik in die boom nie.
**They had decided to spend the night there.**
Hulle het besluit om die nag daar deur te bring.
**They sometimes chatted together in whispers.**
Hulle het soms fluisterend met mekaar gesels.
**They felt whispering was better than talking.**
Hulle het gevoel dat fluister beter was as praat.
**Because the region seemed very strange to them.**
Omdat die streek vir hulle baie vreemd voorgekom het.
**And soon they were falling into a doze.**
En gou het hulle in 'n slaap geval.
**But their attention was suddenly jolted.**
Maar hulle aandag is skielik afgetrek.
**From the water they heard a noise.**
Uit die water het hulle 'n geluid gehoor.
**It sounded like the rushing of water.**
Dit het geklink soos die geruis van water.
**In front of them was a terrible sight!**
Voor hulle was 'n verskriklike gesig!
**A huge serpent came from under the water.**
'n Groot slang het onder die water uit gekom.
**The snake swam ashore and slithered around.**
Die slang het aan wal geswem en rondgegly.

**But something else attracted their attention.**
Maar iets anders het hul aandag getrek.
**The crested hood of the serpent was shining.**
Die kuifkap van die slang het geskyn.
**The snake had a brilliant manikya embedded.**
Die slang het 'n briljante manikya ingebed.
**The jewel shone like a thousand diamonds.**
Die juweel het geskitter soos 'n duisend diamante.
**The crystal lit up the water in the tank.**
Die kristal het die water in die tenk verlig.
**The embankments and trees were irradiated.**
Die walle en bome is bestraal.
**The serpent doffed the jewel from its crest.**
Die slang het die juweel van sy kruin afgehaal.
**And the serpent threw the jewel on the ground.**
En die slang het die juweel op die grond gegooi.
**And then the serpent went in search of food.**
En toe het die slang op soek na kos gegaan.
**They could not believe what they had seen.**
Hulle kon nie glo wat hulle gesien het nie.
**They stayed in the safety of the tree.**
Hulle het in die veiligheid van die boom gebly.
**But they greatly admired the jewel.**
Maar hulle het die juweel baie bewonder.
**The ruby shed an ineffable luster.**
Die robyn het 'n onuitspreeklike glans afgewerp.
**Everything had a magical glow around it.**
Alles het 'n magiese gloed daarom gehad.
**They had never seen anything like it.**
Hulle het nog nooit so iets gesien nie.
**Although, they had heard of this treasure.**
Alhoewel hulle van hierdie skat gehoor het.
**The jewel equaled the treasures of seven kings.**
Die juweel was gelykstaande aan die skatte van sewe konings.
**But their admiration soon changed to fear.**
Maar hulle bewondering het gou in vrees verander.
**The serpent came to the foot of their tree.**

Die slang het aan die voet van hulle boom gekom.

**The serpent had found their horses!**

Die slang het hulle perde gevind!

**The poor horses had been tied to the tree.**

Die arme perde was aan die boom vasgemaak.

**The animals had no way of escaping.**

Die diere het geen manier gehad om te ontsnap nie.

**One by one the serpent ate their horses.**

Een vir een het die slang hulle perde geëet.

**But the serpent's appetite did not seem satisfied.**

Maar die slang se eetlus het nie bevredig gelyk nie.

**They feared they would be the next victims.**

Hulle was bang dat hulle die volgende slagoffers sou wees.

**But their fears were soon relieved.**

Maar hul vrese is gou verlig.

**The gigantic cobra had not seen them.**

Die reusekobra het hulle nie gesien nie.

**And eventually the snake left again.**

En uiteindelik het die slang weer vertrek.

**The minister's son saw an opportunity.**

Die seun van die predikant het 'n geleentheid gesien.

**This was his chance to take the gem.**

Dit was sy kans om die juweel te neem.

**But there was one problem they had.**

Maar daar was een probleem wat hulle gehad het.

**The jewel shone incredibly bright.**

Die juweel het ongelooflik helder geskyn.

**The serpent would know what had happened.**

Die slang sou weet wat gebeur het.

**But there was a way to overcome this problem.**

Maar daar was 'n manier om hierdie probleem te oorkom.

**And the minister's son knew the solution.**

En die predikant se seun het die oplossing geken.

**He had to cover the stone with horse-dung.**

Hy moes die klip met perdemis bedek.

**And there was some horse-dung by the tree.**

En daar was 'n bietjie perdemis by die boom.

**He quietly came down from the tree.**
Hy het stilweg van die boom af gekom.
**He picked up the horse-dung off the floor.**
Hy het die perdemis van die vloer af opgetel.
**And he threw the dung upon the precious stone.**
En hy het die mis op die kosbare steen gegooi.
**And then he climbed up into the tree again.**
En toe klim hy weer in die boom op.
**The serpent noticed something had happened.**
Die slang het opgemerk dat iets gebeur het.
**The light of the jewel had vanished.**
Die lig van die juweel het verdwyn.
**The serpent rushed back with great fury.**
Die slang het met groot woede teruggestorm.
**The serpent returned to where it had left the stone.**
Die slang het teruggekeer na waar dit die klip gelos het.
**The serpent let out a frightful hiss at the night.**
Die slang het in die nag 'n verskriklike sisgeluid laat hoor.
**The snake's groans and convulsions were terrible.**
Die slang se gekreun en stuiptrekkings was verskriklik.
**The snake went round and round the jewel.**
Die slang het om en om die juweel gegaan.
**But the stone was covered with horse-dung.**
Maar die klip was met perdemis bedek.
**This way the serpent could not see its treasure.**
Só kon die slang nie sy skat sien nie.
**Finally, the serpent breathed its last breath.**
Uiteindelik het die slang sy laaste asem uitgeblaas.

**The two friends did not sleep much that night.**
Die twee vriende het daardie nag nie veel geslaap nie.
**In the morning they came down from the tree.**
In die oggend het hulle van die boom afgekom.
**They went to where the crest-jewel was.**
Hulle het gegaan na waar die helmteken-juweel was.
**The mighty serpent was still laying there.**
Die magtige slang het steeds daar gelê.

**But now the snake's body was perfectly lifeless.**
Maar nou was die slang se liggaam heeltemal leweloos.
**The friend of the prince stepped over the dead snake.**
Die vriend van die prins het oor die dooie slang getrap.
**And he picked up the dung covered jewel.**
En hy het die misbedekte juweel opgetel.
**Both of them went to the bank of the water.**
Hulle twee het na die oewer van die water gegaan.
**And they washed the precious stone.**
En hulle het die kosbare klip gewas.
**Finally, all the dung had been washed off.**
Uiteindelik was al die mis afgespoel.
**And the jewel shone as brilliantly as before.**
En die juweel het so helder geskyn soos voorheen.
**The jewel lit up the entire bed of the tank of water.**
Die juweel het die hele bed van die tenk water verlig.
**Now they could see the innumerable fishes.**
Nou kon hulle die ontelbare visse sien.
**But the light also revealed something else.**
Maar die lig het ook iets anders onthul.
**This astonished them more than all the fishes.**
Dit het hulle meer verbaas as al die visse.
**In the bottom of the water there was something.**
Op die bodem van die water was daar iets.
**They could see there were lofty walls.**
Hulle kon sien dat daar hoë mure was.
**The walls were from a magnificent palace.**
Die mure was van 'n manjifieke paleis.
**The prince's friend was feeling venturesome.**
Die prins se vriend het waagmoedig gevoel.
**He convinced the king's son to follow him.**
Hy het die koning se seun oortuig om hom te volg.
**And then they wanted to swim to the palace below.**
En toe wou hulle na die paleis onder swem.
**The prince's friend took the jewel in his hand.**
Die prins se vriend het die juweel in sy hand geneem.
**And they both dived into the waters.**

En hulle het albei in die waters geduik.
**Soon they stood at the gate of the palace.**
Gou het hulle by die hek van die paleis gestaan.
**To their surprise the gate was open.**
Tot hulle verbasing was die hek oop.
**They saw no being, human or superhuman.**
Hulle het geen wese, menslik of bomenslik, gesien nie.
**So they decided to venture inside the gate.**
So het hulle besluit om binne die hek te waag.
**Inside the walls there was a beautiful garden.**
Binne die mure was daar 'n pragtige tuin.
**In the middle of the garden was a house.**
In die middel van die tuin was 'n huis.
**No one had ever seen so many flowers.**
Niemand het nog ooit soveel blomme gesien nie.
**There were roses of all imaginable varieties.**
Daar was rose van alle denkbare variëteite.
**There were endless numbers of yellow jessamine.**
Daar was eindelose getalle geel jessamine.
**And there were numerous white bell flowers.**
En daar was talle wit klokblomme.
**These flowers were the king of smells.**
Hierdie blomme was die koning van geure.
**The most scented lily of the valley.**
Die mees geurige lelie van die vallei.
**There were the flowers from the champaka tree.**
Daar was die blomme van die champaka-boom.
**And a thousand other sweet-scented flowers.**
En 'n duisend ander soetgeurige blomme.
**Acres covered with the delicious jessamine.**
Hektare bedek met die heerlike jessamine.
**All the plants were gemmed with flowers.**
Al die plante was met blomme besaai.
**And all the flowers were in full bloom.**
En al die blomme was in volle bloei.
**So the air was loaded with rich perfume.**
So was die lug gelaai met ryk parfuum.

**A wilderness of sweet scents everywhere.**
'n Wildernis van soet geure oral.
**They went through this paradise of perfumery.**
Hulle het deur hierdie paradys van parfuums gegaan.
**And eventually they reached the house.**
En uiteindelik het hulle by die huis aangekom.
**The house was surrounded by lofty trees.**
Die huis was omring deur hoë bome.
**Soon they stood at the door of the house.**
Gou het hulle by die deur van die huis gestaan.
**Now they could see it was a fairy palace.**
Nou kon hulle sien dit was 'n feetjiepaleis.
**The walls were of burnished gold.**
Die mure was van gepoleerde goud.
**Here and there shone diamonds of dazzling hue.**
Hier en daar het diamante van verblindende kleur geglinster.
**But they did not see any beings.**
Maar hulle het geen wesens gesien nie.
**So they went inside the palace.**
So het hulle die paleis binnegegaan.
**The palace was richly furnished.**
Die paleis was ryklik gemeubileer.
**They went from room to room.**
Hulle het van kamer tot kamer gegaan.
**But they did not see anyone.**
Maar hulle het niemand gesien nie.
**It seemed to be a deserted house.**
Dit het gelyk soos 'n verlate huis.
**At last, however, they found a special room.**
Uiteindelik het hulle egter 'n spesiale kamer gevind.
**In this room there was a young lady.**
In hierdie kamer was daar 'n jong dame.
**She was sleeping on a golden bed.**
Sy het op 'n goue bed geslaap.
**The young lady was of exquisite beauty.**
Die jong dame was van uitsonderlike skoonheid.
**Her complexion was a mixture of red and white.**

Haar gelaatskleur was 'n mengsel van rooi en wit.
**She seemed to be about sixteen years of age.**
Sy het gelyk of sy omtrent sestien jaar oud was.
**The two friends gazed upon her.**
Die twee vriende het haar aangekyk.
**They were enchanted by her beauty.**
Hulle was betower deur haar skoonheid.
**But they could not admire her for long.**
Maar hulle kon haar nie lank bewonder nie.
**Because the young lady opened her eyes.**
Omdat die jong dame haar oë oopgemaak het.
**Her eyes seemed like the eyes of a gazelle.**
Haar oë het gelyk soos die oë van 'n gemsbok.
**On seeing the strangers she said;**
Toe sy die vreemdelinge sien, het sy gesê;
**"How have you come here, ye unfortunate men?"**
"Hoe het julle hier gekom, julle ongelukkige manne?"
**"Be gone, be gone! I beg of you two"**
"Gaan weg, gaan weg! Ek smeek julle twee"
**"This is the abode of a mighty serpent"**
"Dit is die woonplek van 'n magtige slang "
**"The serpent which has devoured my parents"**
"Die slang wat my ouers verslind het"
**"And my brothers, and all my relatives"**
"En my broers, en al my familielede"
**"I am the only one that he has spared"**
"Ek is die enigste een wat hy gespaar het"
**"Flee for your lives while you still can"**
"Vlug vir julle lewens terwyl julle nog kan"
**"Or else the serpent will eat you both"**
"Anders sal die slang julle albei opeet"
**The prince's friend told her what had happened.**
Die prins se vriendin het haar vertel wat gebeur het.
**"The serpent has breathed his last breath"**
"Die slang het sy laaste asem uitgeblaas"
**"The snake's body lies lifeless on the floor"**
"Die slang se liggaam lê leweloos op die vloer"

**"We took the head-jewel of the serpent"**
"Ons het die hoofjuweel van die slang geneem"
**"The jewel's light showed us to the palace.**
"Die juweel se lig het ons na die paleis gewys.
**She thanked the strangers for their bravery.**
Sy het die vreemdelinge vir hul dapperheid bedank.
**"You have freed me from the infernal serpent"**
"U het my van die helse slang bevry"
**"Please live with me in my palace"**
"Woon asseblief saam met my in my paleis"
**"But please promise never to desert me"**
"Maar belowe asseblief om my nooit te verlaat nie"
**They gladly accepted the invitation.**
Hulle het die uitnodiging met graagte aanvaar.
**The king's son was smitten with the princess.**
Die koning se seun was verlief op die prinses.
**He adored the charms of the peerless princess.**
Hy het die sjarme van die ongeëwenaarde prinses aanbid.
**And he married her after a short time.**
En hy het na 'n kort tydjie met haar getrou.
**There was no priest at the palace.**
Daar was geen priester in die paleis nie.
**So the hymeneal knot was tied by other means.**
So is die hymeneale knoop op ander maniere vasgemaak.
**A simple exchange of garlands of flowers.**
'n Eenvoudige uitruiling van blommekranse.
**The king's son became inexpressibly happy.**
Die koning se seun het onuitspreeklik gelukkig geword.
**He delighted in the company of the princess.**
Hy het hom verlustig in die prinses se geselskap.
**The prince's friend also had a wife.**
Die prins se vriend het ook 'n vrou gehad.
**Of course she was living in the upper world.**
Natuurlik het sy in die boonste wêreld gewoon.
**But he participated in his friend's happiness.**
Maar hy het deelgeneem aan sy vriend se geluk.
**The time they spent together passed merrily.**

Die tyd wat hulle saam deurgebring het, het vrolik verbygegaan.

**But they could not live here forever.**

Maar hulle kon nie vir ewig hier woon nie.

**The prince had to return to his kingdom.**

Die prins moes na sy koninkryk terugkeer.

**But he knew the return would require some planning.**

Maar hy het geweet die terugkeer sou beplanning verg.

**The occasion would come with a lot of pomp.**

Die geleentheid sou met baie prag en praal kom.

**There were going to be many ceremonies.**

Daar sou baie seremonies wees.

**Because there was a lot to be celebrated.**

Want daar was baie om te vier.

**First the prince's friend was going to go.**

Eers sou die prins se vriend gaan.

**And then he was going to return with the attendants.**

En toe sou hy saam met die bediendes terugkeer.

**Horses, and elephants for the happy pair.**

Perde en olifante vir die gelukkige paartjie.

**The prince accompanied his friend.**

Die prins het sy vriend vergesel.

**Together they went back to the surface.**

Saam het hulle terug na die oppervlak gegaan.

**And they saw the upper world again.**

En hulle het weer die bowêreld gesien.

**The two friends bid each other adieu.**

Die twee vriende het mekaar totsiens gesê.

**The prince returned to his lovely wife.**

Die prins het teruggekeer na sy pragtige vrou.

**Before leaving everything had been organized.**

Voor vertrek was alles gereël.

**The prince's friend arranged his return.**

Die prins se vriend het sy terugkeer gereël.

**He said when he was going to go the embankment.**

Hy het gesê toe hy die wal sou gaan.

**He was going to have the horses that they needed.**

Hy sou die perde hê wat hulle nodig gehad het.
**Elephants were going to be there too, and attendants.**
Olifante sou ook daar wees, en bediendes.
**They were going to wait upon the prince and princess.**
Hulle sou vir die prins en prinses wag.
**The snake-jewel gave them the rights to this.**
Die slangjuweel het hulle die regte hiertoe gegee.
**The prince's friend went back to his country.**
Die prins se vriend het na sy land teruggegaan.
**To prepare for the return of his friend.**
Om voor te berei vir die terugkeer van sy vriend.

**One day the prince was sleeping.**
Eendag het die prins geslaap.
**He had just had his midday meal.**
Hy het so pas sy middagete geëet.
**The princess had never seen the upper regions.**
Die prinses het nog nooit die boonste streke gesien nie.
**She felt the desire to see the upper world.**
Sy het die begeerte gevoel om die bowêreld te sien.
**For this she needed the snake-jewel.**
Hiervoor het sy die slangjuweel nodig gehad.
**Only this could help her through the water.**
Slegs dit kon haar deur die water help.
**The jewel was shining its bright light in the room.**
Die juweel het sy helder lig in die kamer geskyn.
**She took the snake-jewel into her hand.**
Sy het die slangjuweel in haar hand geneem.
**And then she left the palace and the garden.**
En toe het sy die paleis en die tuin verlaat.
**She successfully swam to the upper world.**
Sy het suksesvol na die boonste wêreld geswem.
**No mortal had caught sight of her.**
Geen sterfling het haar gesien nie.
**At the edge of the water were some steps.**
Aan die rand van die water was 'n paar trappies.
**The steps were for the convenience of bathers.**

Die trappe was vir die gerief van baders.
**And this is also where she sat.**
En dis ook waar sy gesit het.
**She scrubbed her body with the sand.**
Sy het haar liggaam met die sand geskrop.
**She washed her hair with the fresh water.**
Sy het haar hare met vars water gewas.
**And she played with the water for fun.**
En sy het vir die pret met die water gespeel.
**She walked about on the water's edge.**
Sy het op die waterkant rondgeloop.
**And she admired all the scenery around.**
En sy het al die natuurskoon rondom bewonder.
**But finally she returned back to her palace.**
Maar uiteindelik het sy teruggekeer na haar paleis.
**Her husband was still deep in sleep.**
Haar man was nog diep aan die slaap.
**But eventually he had slept enough.**
Maar uiteindelik het hy genoeg geslaap.
**She did not tell him about her adventures.**
Sy het hom nie van haar avonture vertel nie.
**The next day her husband fell asleep again.**
Die volgende dag het haar man weer aan die slaap geraak.
**And again she paid a visit the upper world.**
En weer het sy die bowêreld besoek.
**And she remained unnoticed by mortal man.**
En sy het ongemerk gebly deur die sterflike mens.
**Her success was starting to give her courage.**
Haar sukses het haar begin moed gee.
**So she repeated her adventure a third time.**
So het sy haar avontuur 'n derde keer herhaal.
**The rajah's son was out hunting that day.**
Die raja se seun was daardie dag op jag.
**He had his tent not far from the water.**
Hy het sy tent nie ver van die water af gehad nie.
**His attendants were cooking his meal.**
Sy dienaars was besig om sy maaltyd te kook.

**So, he wandered about along the water.**
So het hy langs die water rondgedwaal.
**Nearby an old woman was gathering sticks.**
Daar naby was 'n ou vrou besig om stokke bymekaar te maak.
**She was collecting dried branches of trees.**
Sy was besig om droë takke van bome te versamel.
**She needed the sticks for kindling wood.**
Sy het die stokke nodig gehad om hout aan te maak.
**This was when the princess came out the water.**
Dit was toe dat die prinses uit die water gekom het.
**She gazed around and she saw a man.**
Sy het rondgekyk en sy het 'n man gesien.
**And then she saw there was also a woman.**
En toe sien sy daar was ook 'n vrou.
**The princess knew she didn't want to be seen.**
Die prinses het geweet sy wou nie gesien word nie.
**So she went back down to her palace.**
So het sy teruggegaan na haar paleis.
**But the rajah's son had caught a glimpse of her.**
Maar die radja se seun het haar raakgesien.
**And the old woman gathering sticks saw her too.**
En die ou vrou wat stokke bymekaarmaak, het haar ook gesien.
**The rajah's son stood gazing on the waters.**
Die seun van die radja het na die waters gestaar.
**He had never seen such a beautiful woman.**
Hy het nog nooit so 'n pragtige vrou gesien nie.
**She seemed to him to be a deva-kanyas.**
Sy het vir hom soos 'n deva-kanyas gelyk.
**Heavenly goddesses he had read of in old books.**
Hemelse godinne waarvan hy in ou boeke gelees het.
**They are said to visit the upper world.**
Daar word gesê dat hulle die boonste wêreld besoek.
**And the upper world is honored to have them.**
En die boonste wêreld is vereer om hulle te hê.
**But it is said to happen only rarely.**
Maar daar word gesê dat dit slegs selde gebeur.

**The way that angels only visit rarely.**
Die manier waarop engele net selde besoek aflê.
**He had seen the princess' unearthly beauty.**
Hy het die prinses se onaardse skoonheid gesien.
**She had made a deep impression on his heart.**
Sy het 'n diep indruk op sy hart gemaak.
**Although he had seen her only for a moment.**
Alhoewel hy haar net vir 'n oomblik gesien het.
**But her beauty distracted his mind.**
Maar haar skoonheid het sy gedagtes afgelei.
**He stood there like a statue, for hours.**
Hy het daar gestaan soos 'n standbeeld, vir ure.
**All he could do was gaze into the waters.**
Al wat hy kon doen was om in die waters te staar.
**In the hope of seeing the lovely figure again.**
In die hoop om die pragtige figuur weer te sien.
**But all his time was spent in vain.**
Maar al sy tyd was tevergeefs vermors.
**The princess did not appear again.**
Die prinses het nie weer verskyn nie.
**The rajah's son became mad with love.**
Die raja se seun het mal geword van liefde.
**He kept muttering, "now here, now gone!"**
Hy het aanhou mompel, "nou hier, nou weg!"
**He refused to leave the water's edge.**
Hy het geweier om die waterkant te verlaat.
**His attendants had to forcibly remove him.**
Sy dienaars moes hom met geweld verwyder.
**They took him to his father's palace.**
Hulle het hom na sy vader se paleis geneem.
**But he was in a state of hopeless insanity.**
Maar hy was in 'n toestand van hopelose waansin.
**He couldn't be made to speak to anyone.**
Hy kon nie gedwing word om met enigiemand te praat nie.
**And he spent his days sobbing heavily.**
En hy het sy dae hewig gehuil.
**No others words came out of his mouth.**

Geen ander woorde het uit sy mond gekom nie.
**"Now here, now gone!"**
"Nou hier, nou weg!"
**"Now here, now gone!"**
"Nou hier, nou weg!"
**You can imagine the rajah's grief.**
Jy kan jou die raja se hartseer voorstel.
**"What could have deranged my son's mind?"**
"Wat kon my seun se verstand versteur het?"
**"'Now here, now gone,' what does it mean?"**
"'Nou hier, nou weg,' wat beteken dit?"
**He could not unravel the words' meaning.**
Hy kon die betekenis van die woorde nie ontrafel nie.
**His attendants couldn't decipher the words either.**
Sy dienaars kon ook nie die woorde ontsyfer nie.
**The land's best physicians were consulted.**
Die land se beste dokters is geraadpleeg.
**But their consultation had no effect.**
Maar hul konsultasie het geen uitwerking gehad nie.
**The sons of æsculapius were not able to help.**
Die seuns van Æsculapius kon nie help nie.
**No one could ascertain the cause of the madness.**
Niemand kon die oorsaak van die waansin vasstel nie.
**Without knowing the cause there was no cure.**
Sonder om die oorsaak te ken, was daar geen genesing nie.
**The physicians tried to ask the prince.**
Die dokters het probeer om die prins te vra.
**But all he said was, "now here, now gone!"**
Maar al wat hy gesê het, was: "nou hier, nou weg!"
**The rajah was distracted with grief.**
Die raja was afgelei van hartseer.
**Day and night he worried for his son.**
Dag en nag het hy hom oor sy seun bekommer.
**He wished for his son's intellects to return.**
Hy het gewens dat sy seun se intellek moes terugkeer.
**A proclamation was made in the capital.**
'n Proklamasie is in die hoofstad gemaak.

Town criers were sent into the city.
Stadsomroepers is die stad ingestuur.
And they beat their drums for attention.
En hulle het op hul tromme geslaan vir aandag.
"The rajah's son has lost his mental faculties"
"Die seun van die raja het sy verstandelike vermoëns verloor"
"The rajah seeks a cure for his son"
"Die raja soek genesing vir sy seun"
"A reward is offered for the cure"
"'n Beloning word aangebied vir die genesing"
"The hand of the rajah's daughter"
"Die hand van die dogter van die raja"
"Her hand comes with half his kingdom"
"Haar hand kom met die helfte van sy koninkryk"
The drum was beaten around the city.
Die trom is regoor die stad geslaan.
But no one felt they could touch the drum.
Maar niemand het gevoel dat hulle die trom kon aanraak nie.
No one knew the cause of his madness.
Niemand het die oorsaak van sy waansin geken nie.
At last an old woman came forward.
Uiteindelik het 'n ou vrou vorentoe gekom.
And she stepped up to touch the drum.
En sy het nader getree om die trom aan te raak.
"I will discover the cause of his madness"
"Ek sal die oorsaak van sy waansin ontdek"
"And I will cure him from his disease"
"En Ek sal hom van sy siekte genees"
She had seen what happened to the boy.
Sy het gesien wat met die seun gebeur het.
She was at the water's edge that day.
Sy was daardie dag aan die waterkant.
It was her who was gathering up sticks.
Dit was sy wat stokke bymekaargemaak het.
This woman had a crack-brained son.
Hierdie vrou het 'n seun met 'n kranksinnige brein gehad.
Her son was named of Phakir-Chand.

Haar seun is Phakir-Chand genoem.
**So she was called Phakir's mother.**
So is sy Phakir se moeder genoem.
**The woman was brought before the rajah.**
Die vrou is voor die raja gebring.
**And the following conversation took place.**
En die volgende gesprek het plaasgevind.
**"You are the woman that touched the drum"**
"Jy is die vrou wat die trom aangeraak het"
**"You know the cause of my son's madness?"**
"Weet jy wat die oorsaak van my seun se waansin is?"
**"Yes, oh incarnation of justice!"**
"Ja, o, die beliggaming van geregtigheid!"
**"I know the cause of your son's madness"**
"Ek ken die oorsaak van jou seun se waansin"
**"But I will not say the cause of his madness"**
"Maar ek sal nie die oorsaak van sy waansin sê nie"
**"First I will cure your son of his madness"**
"Eers sal ek jou seun van sy waansin genees"
**"How can I believe you are able to?"**
"Hoe kan ek glo jy is in staat om dit te doen?"
**"The best physicians of the land have failed"**
"Die beste dokters van die land het misluk"
**"You need not now believe, my king"**
"U hoef nou nie te glo nie, my koning"
**"Wait till I have performed the cure"**
"Wag totdat ek die genesing uitgevoer het"
**"Many an old woman knows many secrets"**
"Baie ou vroue ken baie geheime"
**"Secrets wise men are unacquainted with"**
"Geheime waarmee wyse manne nie vertroud is nie"
**"Very well, let me see what you can do"**
"Goed dan, laat ek kyk wat jy kan doen"
**"In what time will you perform the cure?"**
"In watter tyd sal jy die genesing uitvoer?"
**"It is impossible to fix the time"**
"Dit is onmoontlik om die tyd vas te stel"

**"Ff course I will begin work immediately"**
"Natuurlik sal ek dadelik begin werk"
**"But I need your lordship's assistance"**
"Maar ek het u heer se hulp nodig"
**"What help do you require from me?"**
"Watter hulp benodig jy van my?"
**"Your lordship will please order a hut"**
"U heerskappy sal asseblief 'n hut bestel"
**"Have the hut raised on the embankment of the water"**
"Laat die hut op die wal van die water oprig"
**"Where your son first caught the disease"**
"Waar jou seun die eerste keer die siekte opgedoen het"
**"I mean to live in that hut for a few days"**
"Ek bedoel om vir 'n paar dae in daardie hut te bly"
**"And please order some of your servants"**
"En beveel asseblief sommige van u dienaars"
**"They have to be in attendance at a distance"**
"Hulle moet op 'n afstand teenwoordig wees"
**"Tell them to be about a hundred yards away"**
"Sê vir hulle om omtrent honderd meter weg te wees"
**"That way I can call them over when we need them"**
"So kan ek hulle ontbied wanneer ons hulle nodig het"
**The king had listened attentively.**
Die koning het aandagtig geluister.
**"I will order that to be immediately done"**
"Ek sal beveel dat dit onmiddellik gedoen word"
**"Do you want anything else?"**
"Wil jy enigiets anders hê?"
**"Those are all the preparations I need"**
"Dit is al die voorbereidings wat ek nodig het"
**"But let me remind you of the agreement"**
"Maar laat ek jou aan die ooreenkoms herinner"
**"You promised the hand of your daughter"**
"Jy het die hand van jou dogter belowe"
**"And you promised half your kingdom"**
"En jy het die helfte van jou koninkryk belowe"
**"But I can't marry your daughter"**

"Maar ek kan nie met jou dogter trou nie"
**"Because your daughter has to marry a man"**
"Omdat jou dogter met 'n man moet trou"
**"But I also have a son of marriageable age"**
"Maar ek het ook 'n seun van hubare ouderdom"
**"Allow my son to marry your daughter"**
"Laat my seun toe om met jou dogter te trou"
**"Allow him to have half of your kingdom"**
"Laat hom die helfte van u koninkryk kry"
**The king was agreed with the terms.**
Die koning het met die voorwaardes saamgestem.
**"If you find a cure, he marries my daughter"**
"As jy 'n geneesmiddel vind, trou hy met my dogter"
**"And half of my kingdom shall be his"**
"En die helfte van my koninkryk sal syne wees"
**A temporary hut was quickly erected.**
'n Tydelike hut is vinnig opgerig.
**The hut was built on the embankment of the water.**
Die hut is op die wal van die water gebou.
**And Phakir's mother took up her abode.**
En Phakir se moeder het haar intrek geneem.
**An outpost was also erected at some distance.**
'n Buitepos is ook 'n entjie opgerig.
**Because the woman might require some attendance.**
Omdat die vrou dalk 'n mate van bywoning benodig.
**Strict orders were given by Phakir's mother.**
Streng bevele is deur Phakir se moeder gegee.
**No one was allowed to go near the water.**
Niemand is toegelaat om naby die water te kom nie.
**Only she was allowed to stay by the water.**
Net sy is toegelaat om by die water te bly.

**But let us leave Phakir's mother at the water.**
Maar laat ons Phakir se ma by die water los.
**Let us hasten down the subterranean palace.**
Laat ons haastig afdaal na die ondergrondse paleis.
**To see what the prince and the princess are doing.**

Om te sien wat die prins en die prinses doen.

**The princess did want to go up again.**

Die prinses wou wel weer opgaan.

**But she now knew that it would be dangerous.**

Maar sy het nou geweet dat dit gevaarlik sou wees.

**And she had given up the idea of a fourth visit.**

En sy het die idee van 'n vierde besoek laat vaar.

**But women generally have greater curiosity.**

Maar vroue het oor die algemeen groter nuuskierigheid.

**And the princess was no exception to the rule.**

En die prinses was geen uitsondering op die reël nie.

**One day her husband was asleep.**

Eendag het haar man geslaap.

**He always slept after his noonday meal.**

Hy het altyd ná sy middagete geslaap.

**She took the snake-jewel in her hand.**

Sy het die slangjuweel in haar hand geneem.

**And she rushed out of the palace.**

En sy het uit die paleis gehardloop.

**And she came up to the upper world.**

En sy het opgekom na die boonste wêreld.

**There was an upheaval in the waters.**

Daar was 'n beroering in die waters.

**And Phakir's mother was on high alert.**

En Phakir se ma was op hoë gereedheidsgrondslag.

**She was hiding in the hut.**

Sy het in die hut weggekruip.

**And she was looking through the chinks.**

En sy het deur die kraakte gekyk.

**The princess saw no human being nearby.**

Die prinses het geen mens naby gesien nie.

**So she came to the bank of the water.**

So het sy by die oewer van die water gekom.

**Phakir's mother showed herself outside the hut.**

Phakir se ma het haarself buite die hut gewys.

**And she addressed the princess politely.**

En sy het die prinses beleefd aangespreek.

**"Come, my child, thou queen of beauty"**
"Kom, my kind, jy koningin van skoonheid"
**"Come to me, and I will help you to bathe"**
"Kom na My toe, en Ek sal jou help om te bad"
**So saying, she approached the princess.**
Met hierdie woorde het sy die prinses genader.
**The princess saw she was just an old woman.**
Die prinses het gesien sy was net 'n ou vrou.
**So she made no resistance to her offer.**
Sy het dus geen weerstand teen haar aanbod gebied nie.
**The old woman was washing the princess' hair.**
Die ou vrou was besig om die prinses se hare te was.
**And she noticed the bright jewel in her hand.**
En sy het die blink juweel in haar hand opgemerk.
**"Out the jewel here till you are bathed"**
"Uit die juweel hier totdat jy gebad is"
**Now the jewel was in the hands of Phakir's mother.**
Nou was die juweel in die hande van Phakir se moeder.
**She wrapped the jewel up in a cloth.**
Sy het die juweel in 'n lap toegedraai.
**And she wrapped the cloth around her waist.**
En sy het die lap om haar middel gedraai.
**Now the princess was unable to escape.**
Nou kon die prinses nie ontsnap nie.
**And Phakir's mother gave the signal.**
En Phakir se ma het die sein gegee.
**The attendants rushed to the water.**
Die kelners het na die water gehardloop.
**And they took the princess captive.**
En hulle het die prinses gevange geneem.
**The news soon reached the city.**
Die nuus het gou die stad bereik.
**"Phakir's mother had captured a water-nymph"**
"Phakir se ma het 'n waternimf gevang"
**And the people rejoiced at the news.**
En die mense was bly oor die nuus.
**All came to see the "daughter of the immortals"**

Almal het gekom om die "dogter van die onsterflikes" te sien

**She was brought to the palace.**

Sy is na die paleis gebring.

**And she was brought to the rajah's son.**

En sy is na die seun van die raja gebring.

**The rajah's son was still of impaired intellect.**

Die raja se seun was steeds van ingebreke.

**But that cloud on his brain soon dissipated.**

Maar daardie wolk op sy brein het gou verdwyn.

**"I have found you! I have found you!"**

"Ek het jou gevind! Ek het jou gevind!"

**His eyes had been vacant and lusterless.**

Sy oë was leeg en glansloos.

**But now his eyes had the fire of intelligence.**

Maar nou het sy oë die vuur van intelligensie gehad.

**He had almost lost the use of his tongue.**

Hy het amper die gebruik van sy tong verloor.

**"Now here, now gone!" was all he had been able to say.**

"Nou hier, nou weg!" was al wat hy kon sê.

**But this sense too was restored.**

Maar ook hierdie sin is herstel.

**The joy of the rajah knew no bounds.**

Die vreugde van die raja het geen perke geken nie.

**There was great festivity in the city.**

Daar was groot feestelikheid in die stad.

**The people praised Phakir-Chand's mother.**

Die mense het Phakir-Chand se ma geprys.

**And everyone soon expected the marriage.**

En almal het gou die huwelik verwag.

**The rajah's son was to wed the water-nymph.**

Die raja se seun sou met die waternimf trou.

**The princess, however, had made a promise.**

Die prinses het egter 'n belofte gemaak.

**She told Phakir's mother of her promise.**

Sy het vir Phakir se ma van haar belofte vertel.

**"I won't as much as look at another man"**

"Ek sal nie eers na 'n ander man kyk nie"

**"For one year my vows shall last"**
"Vir een jaar sal my geloftes duur"
**"The marriage cannot happen in that time"**
"Die huwelik kan nie in daardie tyd plaasvind nie"
**The rajah's son was somewhat disappointed.**
Die raja se seun was ietwat teleurgesteld.
**But he readily agreed to the delay.**
Maar hy het geredelik tot die uitstel ingestem.
**"Delay enhances the sweetness of the pleasure"**
"Vertraging versterk die soetheid van die plesier"
**Of course the princess spent her time in sorrow.**
Natuurlik het die prinses haar tyd in hartseer deurgebring.
**She spent her days and nights sighing.**
Sy het haar dae en nagte gesug.
**And she lamented her idle curiosity.**
En sy het haar ydele nuuskierigheid betreur.
**The curiosity that led her to the upper world.**
Die nuuskierigheid wat haar na die bowerwêreld gelei het.
**The curiosity that separated her from her husband.**
Die nuuskierigheid wat haar van haar man geskei het.
**She thought of her unfortunate husband.**
Sy het aan haar ongelukkige man gedink.
**She had left him all alone below the waters.**
Sy het hom heeltemal alleen onder die water gelos.
**And she wept bitter tears each day.**
En sy het elke dag bitter trane geween.
**She wished that she could run away.**
Sy het gewens dat sy kon weghardloop.
**But that would have been impossible.**
Maar dit sou onmoontlik gewees het.
**Because she was immured within walls.**
Omdat sy binne mure toegesluit was.
**And there were walls within the walls.**
En daar was mure binne die mure.
**And what use was getting out the palace?**
En wat was die nut daarvan om uit die paleis te kom?
**She couldn't get to her husband anyway.**

Sy kon in elk geval nie by haar man uitkom nie.
**She didn't have the serpent jewel.**
Sy het nie die slangjuweel gehad nie.
**The ladies of the palace tried to comfort her.**
Die dames van die paleis het probeer om haar te troos.
**And Phakir's mother tried to divert her mind.**
En Phakir se ma het probeer om haar gedagtes af te lei.
**But their efforts were in vain.**
Maar hul pogings was tevergeefs.
**She took pleasure in nothing.**
Sy het in niks plesier gevind nie.
**She hardly spoke to anyone.**
Sy het skaars met enigiemand gepraat.
**She wept throughout the day.**
Sy het deur die dag gehuil.
**And she wept through the night.**
En sy het deur die nag gehuil.

**The year of her vow was drawing to a close.**
Die jaar van haar gelofte het ten einde geloop.
**But she was still disconsolate.**
Maar sy was steeds ontroosbaar.
**The marriage, however, had to be celebrated.**
Die huwelik moes egter gevier word.
**The rajah consulted the astrologers.**
Die raja het die astroloë geraadpleeg.
**The day and the hour had been decided.**
Die dag en die uur was besluit.
**The nuptial knot was to be tied.**
Die huweliksknoop moes vasgeknoop word.
**Great preparations were made.**
Groot voorbereidings is getref.
**The confectioners were busy day and night.**
Die banketbakkers was dag en nag besig.
**They prepared all sorts of sweetmeats.**
Hulle het allerhande lekkernye voorberei.
**Milkmen supplied the palace with tanks of curds.**

Melkmanne het die paleis van tenks vol dikmelk voorsien.
**Great quantities of gunpowder were manufactured.**
Groot hoeveelhede buskruit is vervaardig.
**There were going to be grand fireworks.**
Daar sou groot vuurwerke wees.
**Stages were erected everywhere.**
Verhoë is oral opgerig.
**And musicians were selected to play music.**
En musikante is gekies om musiek te speel.
**All the city assumed an air of mirth.**
Die hele stad het 'n vrolike atmosfeer aangeneem.
**All looked forward to the festivities.**
Almal het uitgesien na die feestelikhede.

**We must return out attention to the minister's son.**
Ons moet ons aandag weer op die minister se seun vestig.
**He had left his friend in the subterranean palace.**
Hy het sy vriend in die ondergrondse paleis agtergelaat.
**And he had gone to his country.**
En hy het na sy land gegaan.
**He was bringing horses and elephants.**
Hy het perde en olifante saamgebring.
**And he had with him many attendants.**
En hy het baie dienaars by hom gehad.
**For the return of the king's son.**
Vir die terugkeer van die koning se seun.
**And for the return of his lovely princess.**
En vir die terugkeer van sy pragtige prinses.
**So that the ceremony had due pomp.**
Sodat die seremonie die nodige prag en praal gehad het.
**The preparations took him many months.**
Die voorbereidings het hom baie maande geneem.
**But eventually all was prepared.**
Maar uiteindelik was alles voorberei.
**And the minister's son started on his journey.**
En die seun van die predikant het op sy reis begin.
**He was accompanied by a long train of elephants.**

Hy is vergesel deur 'n lang trop olifante.
**And behind the elephants were horses.**
En agter die olifante was perde.
**And all the horses had their own attendants.**
En al die perde het hul eie bediendes gehad.
**He reached the water ahead of schedule.**
Hy het voor skedule die water bereik.
**So he had two or three days to spare.**
So hy het twee of drie dae oor gehad.
**Tents were pitched in the mango slopes.**
Tente is in die mango-hange opgeslaan.
**So the men and cattle had accommodation.**
So het die manne en beeste verblyf gehad.
**The minister's son kept his eyes on the water.**
Die predikant se seun het sy oë op die water gehou.
**The sun of the appointed day sank below the horizon.**
Die son van die vasgestelde dag het onder die horison gesink.
**But there was no sign of the prince.**
Maar daar was geen teken van die prins nie.
**Nor did the princess come to the surface.**
Ook die prinses het nie na die oppervlak gekom nie.
**He waited two or three days longer.**
Hy het twee of drie dae langer gewag.
**Still the prince did not make his appearance.**
Tog het die prins nie sy verskyning gemaak nie.
**What could have happened to his friend?**
Wat kon met sy vriend gebeur het?
**And where was his beautiful wife?**
En waar was sy pragtige vrou?
**Had another serpent beaten them to death?**
Het 'n ander slang hulle doodgeslaan?
**Possibly the mate of the one that had died.**
Moontlik die maat van die een wat oorlede is.
**Had they somehow lost the serpent-jewel?**
Het hulle op een of ander manier die slangjuweel verloor?
**Or had they perhaps visited the upper world?**
Of het hulle dalk die bowêreld besoek?

**And had they been captured in the upper world?**
En was hulle in die bowêreld gevange geneem?
**Such were the reflections of the prince's friend.**
So was die gedagtes van die prins se vriend.
**The prince's friend was overwhelmed with grief.**
Die prins se vriend was oorweldig deur hartseer.
**The waters were quite close to the city.**
Die waters was redelik naby die stad.
**And often the sound of music could be heard.**
En dikwels kon die klank van musiek gehoor word.
**He asked passers-by what that music meant.**
Hy het verbygangers gevra wat daardie musiek beteken.
**He was told about the rajah's son.**
Hy is vertel van die raja se seun.
**And he was told of a wonderful young lady.**
En hy is vertel van 'n wonderlike jong dame.
**And he was told they were going to marry.**
En hy is meegedeel dat hulle gaan trou.
**And he was told more about the wonderful lady.**
En hy is meer vertel oor die wonderlike dame.
**She had come out of the waters he was waiting by.**
Sy het uit die waters gekom waar hy gewag het.
**The marriage ceremony was in two days.**
Die huwelikseremonie was oor twee dae.
**The minister's son made the connection.**
Die seun van die predikant het die verband gemaak.
**The wonderful young lady was the wife of his friend.**
Die wonderlike jong dame was die vrou van sy vriend.
**He resolved, therefore, to go into the city.**
Hy het dus besluit om die stad in te gaan.
**And he was going to find out all he could.**
En hy sou alles uitvind wat hy kon.
**If he could, he would rescue the princess.**
As hy kon, sou hy die prinses red.
**He told the attendants to go home.**
Hy het vir die kelners gesê om huis toe te gaan.
**And he told them to take the elephants.**

En hy het vir hulle gesê om die olifante te neem.
**And he told them to take the horses.**
En hy het vir hulle gesê om die perde te neem.
**And he himself went to the city.**
En hy self het na die stad gegaan.
**And he took up his abode in the house of a Brahman.**
En hy het sy intrek geneem in die huis van 'n Brahman.
**First, he rested from his journey.**
Eers het hy van sy reis gerus.
**Then the prince's friend had his dinner.**
Toe het die prins se vriend sy aandete geëet.
**And then he spoke to the Brahman.**
En toe het hy met die Brahman gepraat.
**"Throughout the city there are musicians and bands"**
"Dwarsdeur die stad is daar musikante en musiekgroepe"
**"What is the cause of all the celebrations?**
"Wat is die oorsaak van al die vieringe?"
**The Brahman was rather surprised.**
Die Brahman was nogal verbaas.
**"From what part of the world have you come?"**
"Van watter deel van die wêreld kom jy?"
**"What rock have you been living under?"**
"Onder watter rots het jy geleef?"
**"Have you not heard the wonderful news?"**
"Het jy nie die wonderlike nuus gehoor nie?"
**"A young lady of heavenly beauty"**
"'n Jong dame van hemelse skoonheid"
**"She rose out of the waters"**
"Sy het uit die waters opgestaan"
**"And she is going to the son of our rajah"**
"En sy gaan na die seun van ons raja"
**The prince's friend wanted to know more.**
Die prins se vriend wou meer weet.
**The information could be useful.**
Die inligting kan nuttig wees.
**"I have not heard of this news"**
"Ek het nog nie van hierdie nuus gehoor nie"

**"I have come from a distant country"**
"Ek het van 'n verre land gekom"
**"The story has not reached us yet"**
"Die storie het ons nog nie bereik nie"
**"Will you kindly tell me the particulars?"**
"Sal u my asseblief die besonderhede meedeel?"
**The Brahman was happy to relay the story.**
Die Brahman was bly om die storie oor te dra.
**"The rajah's son went out hunting"**
"Die raja se seun het uitgegaan om te jag"
**"It must have been about this time last year"**
"Dit moes omtrent hierdie tyd verlede jaar gewees het"
**"They pitched their tents by the waters in the suburbs"**
"Hulle het hul tente opgeslaan by die waters in die voorstede"
**"One day, the rajah's son was walking near the water"**
"Eendag het die seun van die raja naby die water geloop"
**"On this day, he saw a young woman"**
"Op hierdie dag het hy 'n jong vrou gesien"
**"I have to mention she was of uncommon beauty"**
"Ek moet noem dat sy van buitengewone skoonheid was"
**"She had risen from the depth of the waters"**
"Sy het uit die diepte van die waters opgestaan"
**"She gazed about for a minute or two"**
"Sy het vir 'n minuut of twee rondgekyk"
**"And then the beautiful lady disappeared"**
"En toe verdwyn die pragtige dame"
**"The rajah's son, however, had seen her"**
"Die seun van die raja het haar egter gesien"
**"He had been struck by her heavenly beauty"**
"Hy was getref deur haar hemelse skoonheid"
**"And so he became desperately enamored by her"**
"En so het hy desperaat verlief geraak op haar"
**"Indeed, she had affected him greatly"**
"Sy het hom inderdaad baie beïnvloed"
**"And his mental faculties gave way to passion"**
"En sy geestesvermoëns het plek gemaak vir passie"
**"He was carried home as a mad man"**

"Hy is as 'n mal man huis toe gedra"
**"He spoke no words except a few"**
"Hy het geen woorde gepraat behalwe 'n paar"
**"'now here, now gone!' was all he said"**
"'Nou hier, nou weg!' was al wat hy gesê het"
**"The rajah sent for all the best physicians"**
"Die raja het al die beste dokters laat roep"
**"They tried to restore his son to reason"**
"Hulle het probeer om sy seun tot rede te herstel"
**"But the physicians were powerless"**
"Maar die dokters was magteloos"
**"At last the rajah made a proclamation"**
"Uiteindelik het die raja 'n proklamasie gemaak"
**"And he had the drum beat around the kingdom"**
"En hy het die trom regoor die koninkryk laat klop"
**"There was a reward for anyone who cured his son"**
"Daar was 'n beloning vir enigiemand wat sy seun genees
het"
**"They would become the rajah's son-in-law"**
"Hulle sou die raja se skoonseun word"
**"And they would get half the kingdom"**
" En hulle sou die helfte van die koninkryk kry"
**"An old woman answered the call of the drum"**
'n Ou vrou het die roep van die trom beantwoord.
**"All knew her as Phakir's mother"**
"Almal het haar as Phakir se ma geken"
**"She said she could cure the rajah's son"**
"Sy het gesê sy kan die raja se seun genees"
**"She had a hut built outside the town"**
"Sy het 'n hut buite die dorp laat bou"
**"In the suburbs, next to the waters"**
"In die voorstede, langs die waters"
**"An in the hut she took her abode"**
"En in die hut het sy haar woning geneem"
**"She also had some huts erected close by"**
"Sy het ook 'n paar hutte naby laat oprig"
**"And in those huts attendants waited"**

"En in daardie hutte het dienaars gewag"
**"In case she might need their help"**
"Ingeval sy dalk hul hulp nodig het"
**"It seems the goddess rose from the waters"**
"Dit lyk asof die godin uit die waters opgestaan het"
**"Phakir's mother and the attendants seized her"**
"Phakir se moeder en die dienaars het haar gegryp"
**"And they carried her in a palki to the palace"**
"En hulle het haar in 'n palki na die paleis gedra"
**"The rajah's son saw the water-nymph"**
"Die seun van die raja het die waternimf gesien"
**"And he was soon restored to his senses"**
"En hy was gou weer by sy sinne"
**"They would have married there and then"**
"Hulle sou daar en dan getrou het"
**"But the water goddess had made a vow"**
"Maar die watergodin het 'n gelofte afgelê"
**"She wouldn't look at a man for one year"**
"Sy sou nie vir een jaar na 'n man kyk nie"
**"The year of the vow is now over"**
"Die jaar van die gelofte is nou verby"
**"The music is from the rajah's palace"**
"Die musiek kom uit die raja se paleis"
**"This, in brief, is the story"**
"Dit is, in kort, die storie"
**The prince's friend could put the story together.**
Die prins se vriend kon die storie aanmekaar sit.
**"a truly wonderful story!"**
"'n Waarlik wonderlike storie!"
**"So where is Phakir's mother?"**
"So waar is Phakir se ma?"
**"And where is Phakir-Chand himself?"**
"En waar is Phakir-Chand self?"
**"Has he received the hand of the rajah's daughter?"**
"Het hy die hand van die raja se dogter ontvang?"
**"And has he received half the kingdom?"**
"En het hy die helfte van die koninkryk ontvang?"

**The Brahman could also answer these questions.**
Die Brahman kon ook hierdie vrae beantwoord.
**"No, they have not married yet"**
"Nee, hulle is nog nie getroud nie"
**"And he doesn't yet have half the kingdom"**
"En hy het nog nie die helfte van die koninkryk nie"
**"And, I should say, he is a dimwitted lad"**
"En, ek moet sê, hy is 'n dom seun"
**"In fact, no one knows where the lad is"**
"Trouens, niemand weet waar die seun is nie"
**"He has been away from home for more than a year"**
"Hy is al meer as 'n jaar weg van die huis af"
**"That is his manner," he explained.**
"Dis sy manier," het hy verduidelik.
**"He stays away for a long time"**
"Hy bly lank weg"
**"And then suddenly he comes home"**
"En toe skielik kom hy huis toe"
**"And then suddenly he leaves again"**
"En toe skielik vertrek hy weer"
**"I believe his mother expects him to come soon"**
"Ek glo sy ma verwag dat hy binnekort sal kom"
**This was very useful information.**
Dit was baie nuttige inligting.
**"What is he like?" he asked.**
"Hoe lyk hy?" het hy gevra.
**"And what does he do when he returns home?"**
"En wat doen hy wanneer hy huis toe kom?"
**These questions the Brahman could also answer.**
Hierdie vrae kon die Brahman ook beantwoord.
**"Well, he is about your height"**
"Wel, hy is omtrent jou lengte"
**"Though he is somewhat younger than you"**
"Alhoewel hy ietwat jonger as jy is"
**"He wears a small piece of cloth round his waist"**
"Hy dra 'n klein stukkie lap om sy middellyf"
**"And he rubs his body with ashes"**

"En hy vryf sy liggaam met as"
**"He carries the branch of a tree in his hand"**
"Hy dra die tak van 'n boom in sy hand"
**"And there is a tune to which he dances"**
"En daar is 'n deuntjie waarop hy dans"
**"He comes to the door of the hut of his mother"**
"Hy kom by die deur van sy moeder se hut aan"
**"And he sings 'dhoop! dhoop! dhoop!'"**
"En hy sing 'dhoop! dhoop! dhoop!'"
**"His articulation is very indistinct"**
"Sy artikulasie is baie onduidelik"
**"'Come, stay with your mother,' she says"**
"' Kom, bly by jou ma,' sê sy"
**"And he always gives the same answer"**
"En hy gee altyd dieselfde antwoord"
**"'No, I won't remain,' he says unintelligibly"**
"'Nee, ek sal nie bly nie,' sê hy onverstaanbaar"
**"You should hear him when he wants to say yes"**
"Jy moet hom hoor wanneer hy ja wil sê"
**"To answer in the affirmative he says 'hoom'"**
"Om bevestigend te antwoord sê hy 'hoom'"
**A flood of light entered the prince's friend.**
'n Vloed van lig het die prins se vriend binnegedring.
**He now saw very well how matters stood.**
Hy het nou baie goed gesien hoe sake staan.
**The princess must have taken the snake-jewel.**
Die prinses moes die slangjuweel geneem het.
**And she must have left the palace alone.**
En sy moes die paleis alleen verlaat het.
**And she was captured without the king's son.**
En sy is sonder die koning se seun gevange geneem.
**Phakir's mother must have the snake-jewel.**
Phakir se ma moet die slangjuweel hê.
**His friend was still below the water.**
Sy vriend was steeds onder die water.
**The prince had no means of escape.**
Die prins het geen manier gehad om te ontsnap nie.

**He could imagine his friends desolate state.**

Hy kon hom die verlate toestand van sy vriende voorstel.

**And he could imagine how hopeless he must be.**

En hy kon hom voorstel hoe hopeloos hy moes wees.

**The prince's friend was filled with grief.**

Die prins se vriend was vol hartseer.

**But that was not cause to give up hope.**

Maar dit was nie rede om hoop op te gee nie.

**Perhaps he could rescue his friend.**

Miskien kon hy sy vriend red.

**"I must get the jewel from the old woman"**

"Ek moet die juweel van die ou vrou kry"

**"Can I not do it by personating Phakir-Chand?"**

"Kan ek dit nie doen deur Phakir-Chand te verpersoonlik nie?"

**"His mother is expecting him soon"**

"Sy ma verwag hom binnekort"

**"Maybe I can rescue the princess the same way"**

"Miskien kan ek die prinses op dieselfde manier red"


**He resolved to act the role of Phakir-Chand.**

Hy het besluit om die rol van Phakir-Chand te vertolk.

**In the morning he left the Brahman's house.**

In die oggend het hy die Brahman se huis verlaat.

**And he went to the outskirts of the city.**

En hy het na die buitewyke van die stad gegaan.

**He divested himself of his usual clothing.**

Hy het sy gewone klere uitgetrek.

**Around his waist he put a narrow piece of cloth.**

Om sy middel het hy 'n smal stukkie lap gesit.

**The cloth scarcely reached his knees.**

Die lap het skaars sy knieë bereik.

**And he rubbed his body well with ashes.**

En hy het sy liggaam goed met as gevryf.

**And finally he broke some twigs off a tree.**

En uiteindelik het hy 'n paar takkies van 'n boom afgebreek.

**And thus he was ready to play his role.**

En so was hy gereed om sy rol te speel.

**He went to the door of the hut of Phakir's mother.**

Hy het na die deur van die hut van Phakir se moeder gegaan.

**And he commenced the operation by dancing.**

En hy het die operasie deur te dans begin.

**He danced in a most violent manner.**

Hy het op 'n uiters gewelddadige manier gedans.

**And he sung to the tune of"dhoop! dhoop! dhoop!"**

En hy sing op die wysie van "dhoop! dhoop! dhoop!"

**The dancing attracted the notice of the old woman.**

Die dans het die aandag van die ou vrou getrek.

**The critical moment had come.**

Die kritieke oomblik het aangebreek.

**The old woman looked to her door.**

Die ou vrou het na haar deur gekyk.

**"Phakir-Chand, my son, have you come?"**

"Phakir-Chand, my seun, het jy gekom?"

**"my darling; the gods have become propitious to us"**

"My liefling; die gode het ons genadig geword"

**Her supposed son uttered the monosyllable, "hoom"**

Haar vermeende seun het die eenlettergreep "hoom" uitgespreek

**And he danced more violent than before.**

En hy het meer gewelddadig as voorheen gedans.

**And he waved the twig in his hand.**

En hy het die takkie in sy hand geswaai.

**"this time you must not go away"**

"Hierdie keer moet jy nie weggaan nie"

**"you must remain with me"**

"Jy moet by my bly"

**"no, I won't remain," said the prince's friend.**

"Nee, ek sal nie bly nie," het die prins se vriend gesê.

**"remain with me," the mother tried again.**

"Bly by my," het die moeder weer probeer.

**"i'll get you married to the rajah's daughter"**

"Ek sal jou met die raja se dogter laat trou"

**"will you marry, Phakir-Chand?"**

"Sal jy trou, Phakir-Chand?"
**The minister's son replied—"hoom, hoom"**
Die seun van die predikant het geantwoord—"hoem, hoem"
**And he danced even more like a madman.**
En hy het nog meer soos 'n mal mens gedans.
**"will you come with me to the rajah's house?"**
"Sal jy saam met my na die raja se huis kom?"
**"I'll show you a princess of uncommon beauty"**
"Ek sal jou 'n prinses van buitengewone skoonheid wys"
**"She rose from the waters"**
"Sy het uit die waters opgestaan"
**"hoom, hoom," was the answer from his lips.**
"Hoem, hoem," was die antwoord van sy lippe.
**And his feet stomped violently to"dhoop! dhoop!"**
En sy voete het hewig gestamp om te sê: "Dhoop! Dhoop!"
**"Do you wish to see a jewel, Phakir?"**
"Wil jy 'n juweel sien, Phakir?"
**"The crest jewel of the serpent"**
"Die kruinjuweel van die slang"
**"The treasure of seven kings"**
"Die skat van sewe konings"
**"hoom, hoom," was the reply.**
"Hoem, hoem," was die antwoord.
**The old woman went back into the hut.**
Die ou vrou het terug in die hut gegaan.
**And she brought out the snake-jewel.**
En sy het die slangjuweel uitgebring.
**She put the jewel into the hand of her supposed son.**
Sy het die juweel in die hand van haar vermeende seun gesit.
**The minister's son took the snake-jewel.**
Die predikant se seun het die slangjuweel geneem.
**He wrapped the jewel up in the piece of cloth.**
Hy het die juweel in die stuk lap toegedraai.
**And he wrapped the cloth around his waist.**
En hy het die lap om sy middel gedraai.
**Phakir's mother was delighted beyond measure.**
Phakir se ma was ongelooflik verheug.

**Her son had come at just the right time.**
Haar seun het op presies die regte tyd gekom.
**She went to the rajah's house.**
Sy het na die raja se huis gegaan.
**She announced the news of Phakir's appearance.**
Sy het die nuus van Phakir se verskyning aangekondig.
**And also in order to show Phakir the princess.**
En ook om vir Phakir die prinses te wys.
**They were given access to the rajah's palace.**
Hulle is toegang gegee tot die raja se paleis.
**And all parts of the palace were open to them.**
En alle dele van die paleis was vir hulle oop.
**The old woman had saved the rajah's son.**
Die ou vrou het die radja se seun gered.
**So she was the most important person in the kingdom.**
Sy was dus die belangrikste persoon in die koninkryk.
**She took her supposed son around the palace.**
Sy het haar vermeende seun om die paleis geneem.
**And she took him to the princess' room.**
En sy het hom na die prinses se kamer geneem.
**Phakir's mother introduced her son to the princess.**
Phakir se ma het haar seun aan die prinses voorgestel.
**You can imagine the princess was not best impressed.**
Jy kan jou voorstel dat die prinses nie juis beïndruk was nie.
**She did not appreciate the company of a madman.**
Sy het nie die geselskap van 'n mal mens waardeer nie.
**A madman, half naked, and covered in ash.**
'n Mal man, halfnaak en bedek met as.
**And he kept dancing in a wild manner.**
En hy het aanhou dans op 'n wilde manier.


**The three had spent the day together.**
Die drie het die dag saam deurgebring.
**It was soon going to be sunset.**
Dit sou binnekort sonsondergang wees.
**The woman asked her son to come with her.**
Die vrou het haar seun gevra om saam met haar te kom.

**But the supposed Phakir-Chand refused to comply.**

Maar die vermeende Phakir-Chand het geweier om te voldoen.

**He said he would stay there that night.**

Hy het gesê hy sou daardie nag daar bly.

**His mother tried to persuade him to come with her.**

Sy ma het probeer om hom te oorreed om saam met haar te kom.

**But he persisted in his determination.**

Maar hy het in sy vasberadenheid volhard.

**He said he would remain with the princess.**

Hy het gesê hy sal by die prinses bly.

**Phakir's mother went home without him.**

Phakir se ma het sonder hom huis toe gegaan.

**And she told the guards to look after her son.**

En sy het vir die wagte gesê om na haar seun om te sien.

**Eventually all the palace retired to rest.**

Uiteindelik het die hele paleis tot rus gekom.

**The supposed Phakir spoke to the princess again.**

Die vermeende Phakir het weer met die prinses gepraat.

**But this time he spoke in his own voice.**

Maar hierdie keer het hy in sy eie stem gepraat.

**"Princess! do you not recognize me?"**

"Prinses! herken jy my nie?"

**"I am the prince's friend"**

"Ek is die prins se vriend"

**"I am the friend of your princely husband"**

"Ek is die vriend van jou prinslike man"

**The princess was astonished for a moment.**

Die prinses was vir 'n oomblik verbaas.

**"Who? the prince's friend?"**

"Wie? die prins se vriend?"

**"Oh, my husband's best friend"**

" O, my man se beste vriend"

**"Please rescue me from this terrible captivity"**

"Red my asseblief uit hierdie verskriklike gevangenskap"

**"This is worse than death"**

"Dit is erger as die dood"
**"All of this is my own fault"**
"Dit alles is my eie skuld"
**"Rescue me, oh please, thou best of friends!"**
"Red my, asseblief, beste vriend!"
**She then burst into tears.**
Sy het toe in trane uitgebars.
**The prince's friend spoke again.**
Die prins se vriend het weer gepraat.
**"Do not be disconsolate"**
"Moenie mismoedig wees nie"
**"I will try my best to rescue you"**
"Ek sal my bes doen om jou te red"
**"I will try to have you out of here tonight"**
"Ek sal probeer om jou vanaand hier uit te kry"
**"But you must do whatever I tell you"**
"Maar jy moet doen wat ek jou sê"
**The princess trusted the prince's friend.**
Die prinses het die prins se vriend vertrou.
**"I will do anything you tell me"**
"Ek sal enigiets doen wat jy vir my sê"
**After this the supposed Phakir left the room.**
Hierna het die vermeende Phakir die kamer verlaat.
**He passed through the courtyard of the palace.**
Hy het deur die binnehof van die paleis gegaan.
**Some of the guards challenged him.**
Party van die wagte het hom uitgedaag.
**"hoom hoom!" he replied.**
"Hoem hoem!" het hy geantwoord.
**"I'm just going out for a minute"**
"Ek gaan net vir 'n oomblik uit"
**"And then I will come back again"**
"En dan sal ek weer terugkom"
**They understood that it was the madcap Phakir.**
Hulle het verstaan dat dit die malkop Phakir was.
**True to his word he did come back shortly.**
Trou aan sy woord het hy kort daarna teruggekom.

**And again he went to the princess.**

En weer het hy na die prinses gegaan.

**An hour afterwards he again went out.**

'n Uur later het hy weer uitgegaan.

**And again he was challenged by the guards.**

En weer is hy deur die wagte uitgedaag.

**He made the same reply as at the first time.**

Hy het dieselfde antwoord gegee as die eerste keer.

**The guards began to talk among themselves.**

Die wagte het onder mekaar begin gesels.

**"This Phakir surely has no sense"**

"Hierdie Phakir het sekerlik geen verstand nie"

**"He will go out and come in all night"**

"Hy sal die hele nag uitgaan en inkom"

**"Let us leave him to do what he likes"**

"Kom ons los hom om te doen wat hy wil"

**"There's no use guarding him all night"**

"Dit help nie om hom die hele nag te bewaak nie"

**The minister's son had worn down the guards.**

Die predikant se seun het die wagte uitgeput.

**And he was looking for a way to escape.**

En hy het na 'n manier gesoek om te ontsnap.

**He kept going in and out until three at night.**

Hy het aanhou in en uitgaan tot drie-uur die nag.

**This time there were no guards there.**

Hierdie keer was daar geen wagte daar nie.

**Because all the guards had fallen asleep.**

Omdat al die wagte aan die slaap geraak het.

**He was overjoyed at the auspicious circumstance.**

Hy was verheug oor die gunstige omstandigheid.

**Then he went back to the princess.**

Toe het hy teruggegaan na die prinses toe.

**"Now, princess, is the time for escape"**

"Nou, prinses, is dit tyd om te ontsnap"

**"The guards are all asleep"**

"Die wagte slaap almal"

**"You must mount on my back"**

"Jy moet op my rug klim"
**"Tie the locks of your hair round my neck"**
"Bind die lokke van jou hare om my nek"
**"And keep tight hold of me"**
"En hou my styf vas"
**The princess did what she was asked of.**
Die prinses het gedoen wat sy gevra is.
**He passed unchallenged through the courtyard.**
Hy het ongehinderd deur die binnehof beweeg.
**And he had a lovely burden on his back.**
En hy het 'n pragtige las op sy rug gehad.
**Eventually he got to the gate of the palace.**
Uiteindelik het hy by die hek van die paleis gekom.
**And he went through without being challenged.**
En hy het deurgegaan sonder om uitgedaag te word.
**Then they went to the outskirts of the city.**
Toe het hulle na die buitewyke van die stad gegaan.
**Eventually he reached the outer suburbs.**
Uiteindelik het hy die buitenste voorstede bereik.
**They reached the water from which the princess had risen.**
Hulle het die water bereik waaruit die prinses opgestaan het.
**The princess rejoiced at her escape.**
Die prinses was bly oor haar ontsnapping.
**But she was still trembling with fear.**
Maar sy het steeds van vrees gebewe.
**The prince's friend untied the snake-jewel.**
Die prins se vriend het die slangjuweel losgemaak.
**And together they ascended into the water.**
En saam het hulle die water in opgeklim.
**And soon they found back to the subterranean palace.**
En gou het hulle teruggekeer na die ondergrondse paleis.
**You can imagine how happy the prince was.**
Jy kan jou voorstel hoe gelukkig die prins was.
**He had nearly died of grief.**
Hy het amper van hartseer gesterf.
**And you can imagine the princess' happiness too.**
En jy kan jou ook die prinses se geluk voorstel.

**All the three of them were mad with joy.**
Al drie van hulle was mal van vreugde.
**For three days they remained in the palace.**
Vir drie dae het hulle in die paleis gebly.
**And they retold the prince the whole story.**
En hulle het die hele storie vir die prins oorvertel.
**They told of how the princess was seized.**
Hulle het vertel hoe die prinses gevange geneem is.
**They told him of her captivity in the palace.**
Hulle het hom van haar gevangenskap in die paleis vertel.
**They described the marriage that was planned.**
Hulle het die beplande huwelik beskryf.
**They told him of the old woman.**
Hulle het hom van die ou vrou vertel.
**And they told him all about her Phakir-Chand.**
En hulle het hom alles van haar Phakir-Chand vertel.
**They told him how he had impersonated him.**
Hulle het hom vertel hoe hy hom nageboots het.
**And they told him how he freed the princess.**
En hulle het hom vertel hoe hy die prinses bevry het.
**I don't need to tell you how grateful they were.**
Ek hoef jou nie te vertel hoe dankbaar hulle was nie.
**The prince's friend truly was a good friend.**
Die prins se vriend was werklik 'n goeie vriend.
**They thanked him in the warmest terms.**
Hulle het hom in die hartlikste terme bedank.
**And they vowed to always follow his counsel.**
En hulle het belowe om altyd sy raad te volg.


**They were all resolved to return home.**
Hulle was almal vasbeslote om huis toe te gaan.
**They wanted to return to their native country.**
Hulle wou na hul geboorteland terugkeer.
**The king's son, the minister's son, and the princess.**
Die koning se seun, die minister se seun en die prinses.
**They left the subterranean palace together.**
Hulle het die ondergrondse paleis saam verlaat.

**They lighted the passage with the snake-jewel.**
Hulle het die gang met die slangjuweel verlig.
**And they made their way to the upper world.**
En hulle het hul pad na die boonste wêreld gevind.
**They had neither elephants nor horses waiting for them.**
Hulle het geen olifante of perde gehad wat vir hulle gewag het nie.
**So they had no choice but to travel on foot.**
So hulle het geen ander keuse gehad as om te voet te reis nie.
**The two friends had been bred in the lap of luxury.**
Die twee vriende is in die skoot van weelde grootgemaak.
**Both of them found walking troublesome.**
Albei het dit moeilik gevind om te loop.
**But the princess found it infinitely more troublesome.**
Maar die prinses het dit oneindig meer lastig gevind.
**She was used to even finer treatment.**
Sy was gewoond aan selfs fyner behandeling.
**The stones of the road were too rough for her.**
Die klippe van die pad was te ru vir haar.
**And the rough stones wounded her tender feet.**
En die growwe klippe het haar teer voete gewond.
**Eventually her feet became very sore.**
Uiteindelik het haar voete baie seer geword.
**At times the king's son carried her on his shoulders.**
Soms het die koning se seun haar op sy skouers gedra.
**The load he was carrying was of course lovely.**
Die vrag wat hy gedra het, was natuurlik pragtig.
**But although lovely, she was heavy to carry.**
Maar hoewel sy lieflik was, was sy swaar om te dra.
**And she could not be carried a great distance.**
En sy kon nie oor 'n lang afstand gedra word nie.
**And therefore she too had to walk often.**
En daarom moes sy ook gereeld stap.
**One evening they arrived beneath a tree.**
Een aand het hulle onder 'n boom aangekom.
**There were no visible signs of human habitations.**
Daar was geen sigbare tekens van menslike bewonings nie.

**So they decided to make the tree their sleeping place.**
So het hulle besluit om die boom hul slaapplek te maak.
**The prince's friend offered to keep guard.**
Die prins se vriend het aangebied om wag te hou.
**"Both of you can go to sleep"**
"Julle kan albei gaan slaap"
**"I will keep watch over you both tonight"**
"Ek sal vanaand oor julle albei waak"
**"In order to prevent any danger"**
"Om enige gevaar te voorkom"
**The royal couple soon dozed off.**
Die koninklike paartjie het gou aan die slaap geraak.
**And they were locked in the arms of sleep.**
En hulle was toegesluit in die arms van die slaap.
**The faithful friend of the prince did not sleep.**
Die getroue vriend van die prins het nie geslaap nie.
**He stayed awake and watched for danger.**
Hy het wakker gebly en op die uitkyk gebly vir gevaar.
**It so happened they camped under a special tree.**
Dit het so gebeur dat hulle onder 'n spesiale boom kamp
opgeslaan het.
**In the tree swung the nest of two birds.**
In die boom het die nes van twee voëls geswaai.
**The immortal birds Bihangama and Bihangami.**
Die onsterflike voëls Bihangama en Bihangami.
**These birds were endowed with human speech.**
Hierdie voëls was toegerus met menslike spraak.
**And they could also see into the future.**
En hulle kon ook in die toekoms sien.
**The minister's son listened the bird's conversation.**
Die predikant se seun het na die voël se gesprek geluister.
**He was more than a little astonished at what he heard!**
Hy was meer as net 'n bietjie verbaas oor wat hy gehoor het!
**Bihangama: "The prince's friend risked his own life"**
Bihangama: "Die prins se vriend het sy eie lewe gewaag"
**"He did everything for the safety of his friend"**
"Hy het alles gedoen vir die veiligheid van sy vriend"

**"But more dangers will befall the king's son"**

"Maar meer gevare sal die koning se seun tref"

**"And he will find it difficult to save the prince"**

"En hy sal dit moeilik vind om die prins te red"

**Bihangami: "Why is that?"**

Bihangami: "Waarom is dit so?"

**Bihangama: "Many dangers await the king's son"**

Bihangama: "Baie gevare wag op die koning se seun"

**"The prince's father will hear of his son's approach"**

"Die prins se vader sal van sy seun se nadering hoor"

**"He will send for him an elephant and some horses"**

"Hy sal vir hom 'n olifant en 'n paar perde stuur"

**"And he will arrange attendants to meet him"**

"En hy sal bediendes reël om hom te ontmoet"

**"The king's son will ride the elephant"**

"Die koning se seun sal op die olifant ry"

**"But he will fall from the back of the elephant"**

"Maar hy sal van die olifant se rug afval"

**"And he will die from his fall from the elephant"**

"En hy sal sterf as gevolg van sy val van die olifant"

**Bihangami: "But suppose someone prevented this?"**

Bihangami: "Maar gestel iemand het dit verhoed?"

**"Suppose the king's son is not going to ride on the elephant"**

"Gestel die koning se seun gaan nie op die olifant ry nie"

**"What might happen if he rides on a horse instead?"**

"Wat kan gebeur as hy eerder op 'n perd ry?"

**"Will he not in that case be saved?"**

"Sal hy nie in daardie geval gered word nie?"

**Bihangama: "Yes, in that case he would escape that fate"**

Bihangama: "Ja, in daardie geval sou hy daardie lot vryspring"

**"But then a fresh danger would await him"**

"Maar dan sou 'n nuwe gevaar hom wag"

**"When the king's son is in sight of his father's palace"**

"Wanneer die koning se seun in sig van sy vader se paleis is"

**"When he is in the act of passing through the lion-gate"**

"Wanneer hy besig is om deur die Leeupoort te gaan"
**"In that moment the lion-gate will fall upon him"**
"In daardie oomblik sal die Leeupoort op hom val"
**"And the stones will crush him to death"**
"En die klippe sal hom doodmaak"
**Bihangami: "But suppose someone gets there first"**
Bihangami: "Maar gestel iemand kom eerste daar aan"
**"Suppose someone destroys the lion-gate"**
"Gestel iemand vernietig die Leeupoort"
**"If that happens the king's son couldn't go through the lion-gate"**
"As dit gebeur, kan die koning se seun nie deur die Leeupoort gaan nie"
**"Will not the king's son in that case be saved?"**
"Sal die koning se seun in daardie geval nie gered word nie?"
**Bihangama: "Yes, in that case he would escape his fate"**
Bihangama: "Ja, in daardie geval sou hy sy lot ontsnap"
**"But then a fresh danger would await him"**
"Maar dan sou 'n nuwe gevaar hom wag"
**"When the king's son reaches the palace"**
"Toe die koning se seun die paleis bereik"
**"When he sits at a feast prepared for him"**
"Wanneer hy aansit by 'n feesmaal wat vir hom voorberei is"
**"The head of a fish will be cooked for him"**
"Die kop van 'n vis sal vir hom gaargemaak word"
**"He will put into his mouth the head of the fish"**
"Hy sal die kop van die vis in sy bek sit"
**"But the head of the fish will stick in his throat"**
"Maar die vis se kop sal in sy keel vassteek"
**"And he will choke to death on the head of the fish"**
"En hy sal aan die vis se kop verstik"
**Bihangami: "But suppose someone snatches the fish"**
Bihangami: "Maar gestel iemand gryp die vis"
**"Suppose someone takes the head of the fish from his plate"**
"Gestel iemand haal die kop van die vis van sy bord af"
**"Suppose he can't put the fish's head in his mouth"**
"Sê nou hy kan nie die vis se kop in sy bek sit nie"

"Will not the king's son in that case be saved?"
"Sal die koning se seun in daardie geval nie gered word nie?"
Bihangama: "Yes, in that case he will escape his fate"
Bihangama: "Ja, in daardie geval sal hy sy lot ontvlug"
"But a fresh danger would await him"
"Maar 'n nuwe gevaar sou hom wag"
"When the prince and princess retire after dinner"
"Wanneer die prins en prinses na aandete gaan slaap"
"When they go into their sleeping apartment"
"Wanneer hulle in hul slaapwoonstel ingaan"
"They will lie together in bed"
"Hulle sal saam in die bed lê "
"A terrible cobra will come into the room"
"'n Verskriklike kobra sal die kamer binnekom"
"And the cobra will bite the king's son to death"
"En die kobra sal die koning se seun doodbyt"
Bihangami: "But suppose someone was in the room"
Bihangami: "Maar gestel iemand was in die kamer"
"Suppose this person was waiting for the snake"
"Gestel hierdie persoon het vir die slang gewag"
"And suppose that this person cuts the snake into pieces"
"En gestel hierdie persoon sny die slang in stukke"
"Will not the king's son in that case be saved?"
"Sal die koning se seun in daardie geval nie gered word nie?"
Bihangama: "Yes, in that case he will escape his fate"
Bihangama: "Ja, in daardie geval sal hy sy lot ontvlug"
"In that case the life of the king's son will be saved"
"In daardie geval sal die lewe van die koning se seun gered
word"
"But he who saves him can't repeat these words"
"Maar hy wat hom red, kan hierdie woorde nie herhaal nie"
"If he tells his secret he will be turned into marble"
"As hy sy geheim vertel, sal hy in marmer verander word"
Bihangami: "Can the statue be returned to life?"
Bihangami: "Kan die standbeeld weer lewendig word?"
Bihangama: "Yes, the marble statue can be restored to life"
Bihangama: "Ja, die marmerbeeld kan weer lewendig word"

**"The princess will give birth to a child"**
"Die prinses sal geboorte gee aan 'n kind"
**"They must wash the statue with the blood of the infant"**
"Hulle moet die standbeeld met die bloed van die baba was"
**The prophetical birds had spoken until that point.**
Die profetiese voëls het tot op daardie stadium gepraat.
**But then they were interrupted by the craw of crows.**
Maar toe is hulle onderbreek deur die gekraai van kraaie.
**The eastern sky tinted in a reddish hue.**
Die oostelike hemel het in 'n rooierige skakering gekleur.
**And the travelers beneath the tree bestirred themselves.**
En die reisigers onder die boom het hulself aangegryp.
**The prophetic conversation came to an end.**
Die profetiese gesprek het tot 'n einde gekom.
**But the prince's friend had heard everything.**
Maar die prins se vriend het alles gehoor.

**The next morning they continued their journey.**
Die volgende oggend het hulle hul reis voortgesit.
**The prince, the princess, and the prince's friend.**
Die prins, die prinses en die prins se vriend.
**Soon they met the king's procession.**
Gou het hulle die koning se optog teëgekom.
**There was an elephant, a horse, and a palki.**
Daar was 'n olifant, 'n perd en 'n palki.
**And there was a large number of attendants.**
En daar was 'n groot aantal bediendes.
**These animals and men had been sent by the king.**
Hierdie diere en mense is deur die koning gestuur.
**The king heard his son was with his friend.**
Die koning het gehoor sy seun was saam met sy vriend.
**And he had heard that his son had married.**
En hy het gehoor dat sy seun getroud is.
**And he heard they were not far from the capital.**
En hy het gehoor hulle was nie ver van die hoofstad af nie.
**The elephant had been richly caparisoned.**
Die olifant was ryklik versier.

**The elephant was intended for the prince.**
Die olifant was vir die prins bedoel.
**The framework of the palki was of silver.**
Die raamwerk van die palki was van silwer.
**The palki was meant for the princess.**
Die palki was vir die prinses bedoel.
**And the horse was for the prince's friend.**
En die perd was vir die prins se vriend .
**The prince was about to mount on the elephant.**
Die prins was op die punt om op die olifant te klim.
**But then his friend spoke to him.**
Maar toe praat sy vriend met hom.
**"Allow me to ride on the elephant, please"**
"Laat my asseblief op die olifant ry"
**"And you can ride back on horseback"**
"En jy kan te perd terugry"
**The prince was not a little surprised.**
Die prins was nie 'n bietjie verbaas nie.
**The proposal had been made in a very cold manner.**
Die voorstel is op 'n baie koue manier gemaak.
**Maybe his friend felt a little too entitled.**
Miskien het sy vriend 'n bietjie te geregtig gevoel.
**And the king's son was slightly annoyed.**
En die koning se seun was effens geïrriteerd.
**But he remembered what his friend had done for him.**
Maar hy het onthou wat sy vriend vir hom gedoen het.
**And he remembered how he saved the princess.**
En hy het onthou hoe hy die prinses gered het.
**So he mounted the horse without objecting.**
So het hy sonder beswaar op die perd geklim.
**But his mind became somewhat alienated from him.**
Maar sy gemoed het ietwat van hom vervreemd geraak.
**The procession towards the capital started again.**
Die optog na die hoofstad het weer begin.
**After some time they came in sight of the palace.**
Na 'n rukkie het hulle die paleis in sig gekom.
**The lion-gate had been gaily adorned.**

Die Leeupoort was vrolik versier.

**There was a grand reception for the prince.**

Daar was 'n groot onthaal vir die prins.

**And the princess was equally anticipated.**

En die prinses was ewe verwag.

**But the prince's friend seemed to have an objection.**

Maar die prins se vriend het blykbaar 'n beswaar gehad.

**"I want the lion-gate to be broken down"**

"Ek wil hê die Leeupoort moet afgebreek word"

**The prince was astounded at the proposal.**

Die prins was verbaas oor die voorstel.

**The request was very out of the ordinary.**

Die versoek was baie buitengewoon.

**And he had given no reason for his demand.**

En hy het geen rede vir sy eis gegee nie.

**But he remembered all his friend had done for him.**

Maar hy het onthou wat sy vriend alles vir hom gedoen het.

**And he remembered how he saved the princess.**

En hy het onthou hoe hy die prinses gered het.

**So he complied with the wish of his friend.**

So het hy aan die wens van sy vriend voldoen.

**And the beautiful lion-gate was torn down.**

En die pragtige Leeupoort is afgebreek.

**But his mind became even more estranged from him.**

Maar sy gemoed het nog meer van hom vervreemd geraak.

**The procession now went into the palace.**

Die optog het nou die paleis binnegegaan.

**The king gave a warm reception to his son.**

Die koning het sy seun hartlik ontvang.

**He welcomed his daughter-in-law equally warmly.**

Hy het sy skoondogter ewe hartlik verwelkom.

**And he was very pleased to see the prince's friend.**

En hy was baie bly om die prins se vriend te sien.

**The story of their adventures was related.**

Die verhaal van hul avonture was vertel.

**The king expressed great astonishment at the tale.**

Die koning het groot verbasing oor die verhaal uitgespreek.

**And his courtiers were equally impressed.**
En sy hofdienaars was ewe beïndruk.
**All praised the minister's son's devotion.**
Almal het die predikant se seun se toewyding geprys.
**And the ladies of the palace praised the princess.**
En die dames van die paleis het die prinses geprys.
**The connoisseurs of beauty praised the princess.**
Die kenners van skoonheid het die prinses geprys.
**Her complexion was a mixture of milk and vermilion.**
Haar gelaatskleur was 'n mengsel van melk en vermiljoen.
**Her neck was like that of a swan.**
Haar nek was soos dié van 'n swaan.
**Her eyes were like those of a gazelle.**
Haar oë was soos dié van 'n gemsbok.
**Her lips were as red as the berry bimba.**
Haar lippe was so rooi soos die bessiebimba.
**Her cheeks were as lovely as they could be.**
Haar wange was so mooi as wat hulle kon wees.
**And her nose was straight and high.**
En haar neus was reguit en hoog.
**Her hair reached down to her ankles.**
Haar hare het tot by haar enkels gereik.
**Her walk was as graceful as that of a young elephant.**
Haar stap was so grasieus soos dié van 'n jong olifant.
**The princess whom destiny had brought to them.**
Die prinses wat die noodlot na hulle gebring het.
**They sat around her wanting to know everything.**
Hulle het om haar gesit en alles wou weet.
**And they put to her a thousand questions.**
En hulle het haar 'n duisend vrae gestel.
**They asked her about her parents.**
Hulle het haar oor haar ouers uitgevra.
**They asked her about the subterranean palace.**
Hulle het haar oor die ondergrondse paleis gevra.
**And they asked her all about the serpent.**
En hulle het haar alles oor die slang uitgevra.
**The serpent which had killed all her relatives.**

Die slang wat al haar familielede doodgemaak het.

**Soon it was time for the new arrivals to dine.**

Gou was dit tyd vir die nuwe aankomelinge om te eet.

**The dinner was served up in dishes of gold.**

Die aandete is in goue borde bedien.

**All sorts of delicacies were on the table.**

Allerhande lekkernye was op die tafel.

**The most conspicuous dish was the head of a rohita fish.**

Die mees opvallende gereg was die kop van 'n rohita-vis.

**The large fish's head was placed in a golden cup.**

Die groot vis se kop is in 'n goue beker geplaas.

**And the cup was placed near the prince's plate.**

En die beker is naby die prins se bord geplaas.

**All were eating and retelling the adventure.**

Almal was besig om te eet en die avontuur oorvertel.

**And suddenly the prince's friend snatched the head.**

En skielik het die prins se vriend die kop gegryp.

**He took the fish's head from the prince's plate.**

Hy het die vis se kop van die prins se bord afgehaal.

**"Let me, prince, eat this rohita's head"**

"Laat my, prins, hierdie Rohita se kop eet"

**The king's son was quite indignant.**

Die koning se seun was nogal verontwaardig.

**But he remembered all his friend had done for him.**

Maar hy het onthou wat sy vriend alles vir hom gedoen het.

**And he remembered how he saved the princess.**

En hy het onthou hoe hy die prinses gered het.

**And so he made no objection to the request.**

En daarom het hy geen beswaar teen die versoek gemaak nie.

**But he could not hide his terrible rage.**

Maar hy kon sy verskriklike woede nie wegsteek nie.

**Of course the prince's friend noticed this.**

Natuurlik het die prins se vriend dit opgemerk.

**But there was nothing else he could have done.**

Maar daar was niks anders wat hy kon doen nie.

**His conduct, however strange, was necessary.**

Sy gedrag, hoe vreemd ook al, was noodsaaklik.

**It was for the safety of his friend's life.**
Dit was vir die veiligheid van sy vriend se lewe.
**Nor could he tell his friend the reason.**
Hy kon ook nie vir sy vriend die rede vertel nie.
**Else he would be transformed into a marble statue.**
Anders sou hy in 'n marmerstandbeeld verander word.
**Soon the dinner was going to be over.**
Binnekort sou die aandete verby wees.
**The prince's friend had one more request.**
Die prins se vriend het nog een versoek gehad.
**The two friends had spent every night together.**
Die twee vriende het elke aand saam deurgebring.
**But tonight he wanted to go to his own house.**
Maar vanaand wou hy na sy eie huis toe gaan.
**The prince was also shocked at his strange conduct.**
Die prins was ook geskok oor sy vreemde gedrag.
**But he remembered all his friend had done for him.**
Maar hy het onthou wat sy vriend alles vir hom gedoen het.
**And he remembered how he saved the princess.**
En hy het onthou hoe hy die prinses gered het.
**And he also agreed to this request of his friend.**
En hy het ook ingestem tot hierdie versoek van sy vriend.
**The prince's friend, however, had other plans.**
Die prins se vriend het egter ander planne gehad.
**He had no intentions of going to his own house.**
Hy het geen voorneme gehad om na sy eie huis te gaan nie.
**He was resolved to avert the last peril.**
Hy was vasbeslote om die laaste gevaar af te weer.
**The last thing to threaten the life of his friend.**
Die laaste ding wat die lewe van sy vriend bedreig.
**Accordingly, he took a sword into his hand.**
Gevolglik het hy 'n swaard in sy hand geneem.
**And he stealthily entered the royal room.**
En hy het stilletjies die koninklike kamer binnegegaan.
**The room of the prince and the princess.**
Die kamer van die prins en die prinses.
**He ensconced himself under the bedstead.**

Hy het homself onder die bed se voetstuk verskans.
**The bed was furnished with mattresses of down.**
Die bed was gemeubileer met matrasse van dons.
**The mosquito curtains were of the richest silk.**
Die muskietgordyne was van die rykste sy.
**And all the bedding was laced with gold.**
En al die beddegoed was met goud versier.
**Soon the prince and princess came into the bedroom.**
Gou het die prins en prinses die slaapkamer binnegekom.
**They undressed themselves and went to bed.**
Hulle het hulself uitgetrek en gaan slaap.
**And soon the royal couple were asleep.**
En gou het die koninklike paartjie aan die slaap geraak.
**At midnight he heard the slithering of a snake.**
Teen middernag het hy die gekruip van 'n slang gehoor.
**The sound was coming from a water passage.**
Die geluid het van 'n watergang af gekom.
**A snake of gigantic size entered the room.**
'n Slang van reuse-grootte het die kamer binnegekom.
**The serpent climbed up the frame of the bed.**
Die slang het teen die raam van die bed opgeklim.
**The minister's son rushed out with the sword.**
Die seun van die predikant het met die swaard uitgestorm.
**And he killed the serpent with one blow.**
En hy het die slang met een hou doodgemaak.
**And then he cut the snake into smaller pieces.**
En toe sny hy die slang in kleiner stukkies.
**He put the pieces in the dish for holding betel-leaves.**
Hy het die stukkies in die skottel gesit om betelblare in te hou.
**But as he did this, he spilled a drop of blood.**
Maar terwyl hy dit gedoen het, het hy 'n druppel bloed
vergiet.
**The drop of blood fell on the breast of the princess.**
Die druppel bloed het op die bors van die prinses geval.
**Because the mosquito curtains had not been let down.**
Omdat die muskietgordyne nie laat sak was nie.
**He worried for the health of the princess.**

Hy was bekommerd oor die gesondheid van die prinses.

**The blood might be of some sort of poison.**

Die bloed mag dalk van een of ander soort gif wees.

**So he resolved to lick up the blood.**

So het hy besluit om die bloed op te lek.

**But he could not look at the naked princess.**

Maar hy kon nie na die naakte prinses kyk nie.

**It would have been a great sin.**

Dit sou 'n groot sonde gewees het.

**So he blindfolded himself with seven-fold cloth.**

Toe het hy homself met sewevoudige lap geblinddoek.

**And he licked off the drop of blood.**

En hy het die druppel bloed afgelek.

**But just at this time the princess awoke.**

Maar net op hierdie tydstip het die prinses wakker geword.

**Her scream roused her husband from his sleep.**

Haar geskreeu het haar man uit sy slaap gewek.

**And he could not believe what he was seeing.**

En hy kon nie glo wat hy sien nie.

**The prince fell into a great rage.**

Die prins het in groot woede verval.

**And he was prepared to kill his friend.**

En hy was gereed om sy vriend dood te maak.

**But he gave his friend a chance to speak.**

Maar hy het sy vriend 'n kans gegee om te praat.

**"Please, my friend, restrain your anger"**

"Asseblief, my vriend, hou jou woede in bedwang"

**"I have done this only to save your life"**

"Ek het dit net gedoen om jou lewe te red"

**The prince was more confused than before.**

Die prins was meer verward as voorheen.

**"I do not understand what you mean"**

"Ek verstaan nie wat jy bedoel nie"

**"From the time we came out of the subterranean palace"**

"Van die tyd af dat ons uit die ondergrondse paleis gekom het"

**"You have been behaving in a most extraordinary way"**

"Jy het op 'n buitengewone manier opgetree"
**"First, you insisted on riding my elephant"**
"Eerstens het jy daarop aangedring om op my olifant te ry"
**"The elephant my father had sent for me"**
"Die olifant wat my pa vir my gestuur het"
**"I thought it was vain of you to ask"**
"Ek het gedink dit was ydel van jou om te vra"
**"But I remembered what you had done for me"**
"Maar ek het onthou wat jy vir my gedoen het"
**"And I decided to let the matter pass"**
"En ek het besluit om die saak te laat verbygaan"
**"And instead I rode back on horseback"**
"En in plaas daarvan het ek te perd teruggery"
**"Secondly, you insisted on destroying the lion-gate"**
"Tweedens, jy het daarop aangedring om die Leeupoort te vernietig"
**"The lion-gate my father had adorned for me"**
"Die Leeupoort wat my vader vir my versier het"
**"I thought it was strange of you to ask"**
"Ek het gedink dit was vreemd van jou om te vra"
**"But I remembered what you had done for me"**
"Maar ek het onthou wat jy vir my gedoen het"
**"And I decided to let the matter pass"**
"En ek het besluit om die saak te laat verbygaan"
**"And I had the lion-gate destroyed"**
"En ek het die Leeupoort laat vernietig"
**"Thirdly, at dinner you behaved most shamefully"**
"Derdens, by die aandete het jy jou baie skandelik gedra"
**"You snatched the rohita's head from my plate"**
"Jy het die rohita se kop van my bord af geruk"
**"And you insisted on eating the fish head"**
"En jy het daarop aangedring om die viskop te eet"
**"I thought you felt too entitled"**
"Ek het gedink jy voel te geregtig"
**"But I remembered what you had done for me"**
"Maar ek het onthou wat jy vir my gedoen het"
**"So I decided to let the matter pass"**

"So ek het besluit om die saak te laat verbygaan"
**"You then pretended that you were going home"**
"Jy het toe gemaak of jy huis toe gaan"
**"And I was very glad you were going home"**
"En ek was baie bly jy gaan huis toe"
**"Because you had made yourself very disagreeable"**
"Omdat jy jouself baie onaangenaam gemaak het"
**"And now you are actually in my bedroom"**
"En nou is jy eintlik in my slaapkamer"
**"You are bending over the naked bosom of my wife"**
"Jy buig oor die naakte boesem van my vrou"
**"You must have had some evil plan"**
"Jy moes sekerlik 'n bose plan gehad het"
**"And now you pretend you are saving my life"**
"En nou maak jy asof jy my lewe red"
**"But I don't believe you want to save my life"**
"Maar ek glo nie jy wil my lewe red nie"
**"I believe you want to destroy my wife's chastity"**
"Ek glo jy wil my vrou se kuisheid vernietig"
**The prince's friend knew how things looked.**
Die prins se vriend het geweet hoe dinge lyk.
**"Oh, do not harbor such thoughts in your mind"**
"Ag, moenie sulke gedagtes in jou gedagtes koester nie"
**"Please do not think badly against me"**
"Moet asseblief nie sleg van my dink nie"
**"The gods know what I have done"**
"Die gode weet wat ek gedoen het"
**"They know I did it to save your life"**
"Hulle weet ek het dit gedoen om jou lewe te red"
**"You would see the reasonableness of my conduct"**
"Jy sou die redelikheid van my gedrag sien"
**"But I don't have liberty to state my reasons"**
"Maar ek het nie die vryheid om my redes te stel nie"
**The prince asked him to explain himself.**
Die prins het hom gevra om homself te verduidelik.
**"And why are you not at liberty?"**
"En hoekom is jy nie vry nie?"

**"Who has put a seal upon your mouth?"**
"Wie het jou mond seël?"
**And the prince's friend answered.**
En die prins se vriend het geantwoord.
**"Destiny has put a seal upon my mouth"**
"Die noodlot het my mond verseël"
**"If I told you, I would be transformed into marble"**
"As ek jou vertel het, sou ek in marmer verander word"
**The prince grew angrier with his friend.**
Die prins het al hoe kwater geword vir sy vriend.
**"You should be transformed into a marble statue!"**
"Jy behoort in 'n marmerstandbeeld omskep te word!"
**"You must take me to be a simpleton"**
"Jy moet my vir 'n simpel mens beskou"
**"You can't expect me to believe this nonsense"**
"Jy kan nie verwag dat ek hierdie onsin moet glo nie "
**The minister's son made one last request.**
Die seun van die predikant het een laaste versoek gerig.
**"Do you wish me then, friend, for me to tell you?**
"Wil jy dan hê ek moet jou vertel, vriend?"
**"You would make your friend turn into stone?"**
"Jy sou jou vriend in klip laat verander?"
**The prince wanted to hear the reason.**
Die prins wou die rede hoor.
**He did not care about the consequences.**
Hy het nie omgegee oor die gevolge nie.
**"Tell me, or else you are a dead man"**
"Sê vir my, anders is jy 'n dooie man"
**The prince's friend wanted to clear his name.**
Die prins se vriend wou sy naam suiwer maak.
**He wanted no foul accusations brought against him.**
Hy wou geen vuil beskuldigings teen hom ingebring hê nie.
**And he deemed it his duty to reveal the secret.**
En hy het dit as sy plig beskou om die geheim te openbaar.
**Even if this would put his life at risk.**
Selfs al sou dit sy lewe in gevaar stel.
**He again warned the prince not to ask him.**

Hy het die prins weer gewaarsku om hom nie te vra nie.
**But the prince remained inexorable.**
Maar die prins het onwrikbaar gebly.
**The prince's friend then told him his secret.**
Die prins se vriend het hom toe sy geheim vertel.
**"While sleeping under a lofty tree one night"**
"Terwyl ek een nag onder 'n hoë boom geslaap het"
**"I overheard a conversation between two birds.**
"Ek het 'n gesprek tussen twee voëls gehoor."
**"The prophesizing birds Bihangama and Bihangami"**
"Die profeterende voëls Bihangama en Bihangami"
**"Bihangama predicted all the dangers in your life"**
"Bihangama het al die gevare in jou lewe voorspel"
**"First the bird predicted your father would send an elephant"**
"Eers het die voël voorspel dat jou pa 'n olifant sou stuur"
**"The bird said you would fall from the elephant"**
"Die voël het gesê jy sal van die olifant afval"
**"And the bird said you would die from the fall"**
"En die voël het gesê jy sal sterf van die val"
**At this point the minister's son's legs turned to stone.**
Op hierdie stadium het die predikant se seun se bene in klip verander.
**"See? my legs have already turned to stone"**
"Sien jy? My bene het reeds in klip verander."
**"Go on with your story," said the prince.**
"Gaan voort met jou storie," het die prins gesê.
**And the prince's friend continued the story.**
En die prins se vriend het die storie voortgesit.
**"The bird said the lion-gate would be gaily decorated"**
"Die voël het gesê die leeupoort sou vrolik versier wees"
**"And the bird said the lion-gate would collapse on you"**
"En die voël het gesê die leeupoort sal op jou ineenstort"
**"If the lion-gate had fallen on you, you would have died"**
"As die Leeupoort op jou geval het, sou jy gesterf het"
**At this point the minister's son's torso turned to stone.**

Op hierdie stadium het die predikant se seun se torso in klip verander.

**But the prince insisted the minister's son continues.**

Maar die prins het daarop aangedring dat die minister se seun voortgaan.

**"Go on with your story," said the prince.**

"Gaan voort met jou storie," het die prins gesê.

**"The bird said there would be the head of a fish"**

"Die voël het gesê daar sou die kop van 'n vis wees"

**"And the bird predicted you would choke on the fish"**

"En die voël het voorspel jy sou aan die vis verstik"

**Now his head was the only thing not of stone.**

Nou was sy kop die enigste ding wat nie van klip was nie.

**"See? my whole body has turned to stone"**

"Sien? My hele liggaam het in klip verander"

**"If I continue, I will become a man of stone"**

"As ek aanhou, sal ek 'n man van klip word"

**"Do you wish me to tell the rest"**

"Wil jy hê ek moet die res vertel?"

**"Go on with your story," said the prince.**

"Gaan voort met jou storie," het die prins gesê.

**"Very well, I will go on to the end"**

"Goed dan, ek sal aangaan tot die einde"

**"But you may repent after I tell you"**

"Maar julle kan julle bekeer nadat Ek julle vertel het"

**"And you may wish to restore me to life"**

"En jy mag my dalk tot lewe wil wek"

**"I will tell you how to reverse the spell"**

"Ek sal jou vertel hoe om die towerspreuk om te keer"

**"In a few months the princess will bear a child"**

"Oor 'n paar maande sal die prinses 'n kind baar"

**"Wait for the birth of the child"**

"Wag vir die geboorte van die kind"

**"Besmear my statue with the infant's blood"**

"Besmeer my standbeeld met die baba se bloed"

**"Only then will I be restored back to life"**

"Slegs dan sal ek weer lewendig word"

**The last word left his lips, and he turned to stone.**
Die laaste woord het sy lippe verlaat, en hy het in klip verander.
**The princess jumped out of bed.**
Die prinses het uit die bed gespring.
**She opened the vessel for betel-leaves and spices.**
Sy het die houer oopgemaak vir betelblare en speserye.
**And she saw the pieces of a serpent.**
En sy het die stukke van 'n slang gesien.
**The prince and the princess were now convinced.**
Die prins en die prinses was nou oortuig.
**They saw the good faith of their departed friend.**
Hulle het die goeie trou van hul oorlede vriend gesien.
**They saw the benevolence of his actions.**
Hulle het die welwillendheid van sy dade gesien.
**They went to the marble statue.**
Hulle het na die marmerstandbeeld gegaan.
**But the statue of their friend was lifeless.**
Maar die standbeeld van hulle vriend was leweloos.
**They let out a loud cry lamentation.**
Hulle het 'n harde klaagskreet uitgebars.
**But their cries were to no purpose.**
Maar hulle gehuil was tevergeefs.
**Because the statue was not moved by tears.**
Omdat die standbeeld nie deur trane ontroer is nie.
**The prince and princess knew what they had to do.**
Die prins en prinses het geweet wat hulle moes doen.
**They concealed the marble figure in a safe place.**
Hulle het die marmerfiguur op 'n veilige plek versteek.
**And they waited for the birth of their child.**
En hulle het gewag vir die geboorte van hul kind.
**In process of time the hour came.**
Met verloop van tyd het die uur aangebreek.
**The princess's travail had arrived.**
Die prinses se barensnood het aangebreek.
**The princess bore a beautiful boy.**
Die prinses het 'n pragtige seun gebaar.

**The child was the perfect image of his mother.**
Die kind was die perfekte beeld van sy ma.
**The beauty of their child was striking.**
Die skoonheid van hul kind was treffend.
**And they were in awe of him.**
En hulle was in ontsag vir hom.
**They would have spared his life.**
Hulle sou sy lewe gespaar het.
**But they remembered their best friend.**
Maar hulle het hul beste vriend onthou.
**They remembered all he had done for them.**
Hulle het alles onthou wat Hy vir hulle gedoen het.
**But now he was a lifeless stone.**
Maar nou was hy 'n lewelose klip.
**And they remembered the vows they had made.**
En hulle het die geloftes onthou wat hulle afgelê het.
**And they cut the child into two.**
En hulle het die kind in twee gesny.
**They besmeared the statue with the child's blood.**
Hulle het die standbeeld met die kind se bloed besmeer.
**And their friend became animated back to life.**
En hulle vriend het weer lewendig geword.
**They were glad to see him alive again.**
Hulle was bly om hom weer lewend te sien.
**But the prince's friend was overwhelmed with grief.**
Maar die prins se vriend was oorweldig deur hartseer.
**Because he saw the new-born in a pool of blood.**
Omdat hy die pasgeborene in 'n plas bloed gesien het.
**So he picked up the dead infant.**
So het hy die dooie baba opgetel.
**He carefully wrapped the child in a towel.**
Hy het die kind versigtig in 'n handdoek toegedraai.
**And he resolved to get the child restored to life.**
En hy het besluit om die kind weer tot lewe te bring.
**He consulted all the physicians of the country.**
Hy het al die dokters van die land geraadpleeg.
**They all told him the same thing.**

Hulle het almal dieselfde ding vir hom gesê.
**A cure can be found for any illness.**
'n Geneesmiddel kan vir enige siekte gevind word.
**But life requires the spark of life.**
Maar die lewe vereis die vonk van die lewe.
**When the spark is gone, it is beyond their jurisdiction.**
Wanneer die vonk weg is, is dit buite hul jurisdiksie.
**And so they had to go on with their lives.**
En so moes hulle met hul lewens aangaan.

**Eventually the prince's friend returned to his wife.**
Uiteindelik het die prins se vriend na sy vrou teruggekeer.
**She was a devoted worshipper of the goddess kali.**
Sy was 'n toegewyde aanbidder van die godin Kali.
**She was the only one who could return life.**
Sy was die enigste een wat die lewe kon terugbring.
**His wife was living in a distant town.**
Sy vrou het in 'n verafgeleë dorp gewoon.
**So he set out on a journey to the town.**
So het hy op reis na die dorp vertrek.
**His wife still lived in her father's house.**
Sy vrou het steeds in haar pa se huis gewoon.
**Adjoining the house there was a garden.**
Aangrensend aan die huis was daar 'n tuin.
**And in the garden there was a tree.**
En in die tuin was daar 'n boom.
**The child had been stored in that tree.**
Die kind was in daardie boom gebêre.
**His wife was overjoyed to see her husband.**
Sy vrou was verheug om haar man te sien.
**She had not seen him for a long time.**
Sy het hom lanklaas gesien.
**But she was surprised when she saw him.**
Maar sy was verbaas toe sy hom sien.
**Her husband was very melancholy that day.**
Haar man was daardie dag baie melancholies.
**He spoke very little to his wife.**

Hy het baie min met sy vrou gepraat.

**And his wife knew that he was not himself.**

En sy vrou het geweet dat hy nie homself was nie.

**He was brooding over something in his mind.**

Hy het oor iets in sy gedagtes getob.

**She asked the reason for his melancholy.**

Sy het die rede vir sy melancholie gevra.

**But he kept quiet, and wouldn't tell her.**

Maar hy het stilgebly en wou haar nie vertel nie.

**One night they were lying together in bed.**

Een nag het hulle saam in die bed gelê.

**The wife got up and left the marital bed.**

Die vrou het opgestaan en die huweliksbed verlaat.

**She opened the door and went into the garden.**

Sy het die deur oopgemaak en die tuin ingegaan.

**Her husband had not been able to sleep well.**

Haar man kon nie goed slaap nie.

**Therefore he awoke from the movement of his wife.**

Daarom het hy wakker geword van die beweging van sy vrou.

**He heard her leave in the dead of the night.**

Hy het haar in die dood van die nag hoor vertrek.

**And he was determined to follow her.**

En hy was vasbeslote om haar te volg.

**But he was also determined not to be noticed.**

Maar hy was ook vasbeslote om nie raakgesien te word nie.

**She went to a temple of the goddess kali.**

Sy het na 'n tempel van die godin Kali gegaan.

**The temple was at no great distance from her house.**

Die tempel was nie ver van haar huis af nie.

**She worshipped the goddess with flowers.**

Sy het die godin met blomme aanbid.

**And she worshiped the goddess with sandal-wood perfume.**

En sy het die godin aanbid met sandelhoutparfuum.

**"Oh mother kali! have mercy upon me"**

"O moeder Kali! wees my genadig"

**"Deliver me out of all my troubles"**

"Red my uit al my probleme"

**The goddess replied to the woman.**
Die godin het die vrou geantwoord.
**"Why, what further grievance have you?**
"Wel, watter verdere klagte het u?"
**"You long prayed for the return of your husband"**
"Jy het lank gebid vir die terugkeer van jou man"
**"And your prayers have been answered"**
"En jou gebede is verhoor"
**"Your husband has returned to you"**
"Jou man het na jou teruggekeer"
**"So then, what ails thee now?"**
"So wat makeer jou dan nou?"
**The woman answered the goddess.**
Die vrou het die godin geantwoord.
**"True, oh mother, my husband has come to me"**
"Waar, o moeder, my man het na my toe gekom"
**"But he has come to me in a melancholy mood"**
"Maar hy het in 'n melancholiese bui na my toe gekom"
**"He hardly speaks to me when I speak to him"**
"Hy praat skaars met my wanneer ek met hom praat"
**"He takes no delight in me when he is with me"**
"Hy skep geen behae in my wanneer hy by my is nie"
**"All he does is sit melancholy in a corner"**
"Al wat hy doen is om melancholies in 'n hoekie te sit"
**The goddess replied to her devotee.**
Die godin het haar toegewyde geantwoord.
**"Ask your husband why he feels melancholy"**
"Vra jou man hoekom hy melancholies voel"
**"When he tells you, let me know the reason"**
"Wanneer hy jou vertel, laat my die rede weet"
**The minister's son overheard the conversation.**
Die seun van die predikant het die gesprek gehoor.
**But he stayed unnoticed by the goddess.**
Maar hy het ongemerk deur die godin gebly.
**And his wife did not notice him either.**
En sy vrou het hom ook nie raakgesien nie.
**He quietly slunk away before his wife.**

Hy het stilletjies voor sy vrou weggesluip.

**And he returned back to bed before her.**

En hy het voor haar teruggekeer bed toe.

**The following day the wife asked her husband.**

Die volgende dag het die vrou haar man gevra.

**"My dear husband, why are you in a melancholy mood?"**

"My liewe man, waarom is jy in 'n melancholiese bui?"

**Her husband retold the whole story.**

Haar man het die hele storie oorvertel.

**He told her about the jewel serpent.**

Hy het haar van die juweelslang vertel.

**He told her about the subterranean palace.**

Hy het haar van die ondergrondse paleis vertel.

**He told her about the princess being captured.**

Hy het haar vertel van die prinses wat gevange geneem is.

**He told her how he freed the princess.**

Hy het haar vertel hoe hy die prinses bevry het.

**And he told her about Bihangama and Bihangami.**

En hy het haar van Bihangama en Bihangami vertel.

**He told her how he had turned to stone.**

Hy het haar vertel hoe hy in klip verander het.

**And he told her how he was returned back to life.**

En hy het haar vertel hoe hy weer lewendig geword het.

**So he told her also about the killing of the child.**

So het hy haar ook van die moord op die kind vertel.

**That night his wife left the bed again.**

Daardie nag het sy vrou weer die bed verlaat.

**And she returned to the goddess kali's temple.**

En sy het teruggekeer na die godin Kali se tempel.

**And she told the goddess of her husband's melancholy.**

En sy het die godin van haar man se melancholie vertel.

**The goddess listened intently to what was said.**

Die godin het aandagtig geluister na wat gesê is.

**"Bring the child here and I will restore it to life"**

"Bring die kind hierheen en Ek sal hom weer lewendig maak"

**The next night she left the marital bed again.**

Die volgende nag het sy weer die huweliksbed verlaat.

**She went to the tree in the garden.**
Sy het na die boom in die tuin gegaan.
**And she took the child from the tree.**
En sy het die kind uit die boom geneem.
**And she took the child to the goddess kali.**
En sy het die kind na die godin Kali geneem.
**And the goddess kali returned the child back to life.**
En die godin Kali het die kind terug na die lewe gebring.
**The prince's friend was entranced with joy.**
Die prins se vriend was betower van vreugde.
**He picked up the reanimated child.**
Hy het die gereanimeerde kind opgetel.
**And he ran as fast as he could to his friend.**
En hy het so vinnig as wat hy kon na sy vriend gehardloop.
**And he gave him his child, alive and well.**
En hy het hom sy kind gegee, lewend en gesond.
**They all rejoiced with exceedingly great joy.**
Hulle het almal met buitengewoon groot blydskap gejuig.
**And they lived together happily till the day of their death.**
En hulle het gelukkig saamgeleef tot die dag van hul dood.

## The Indignant Brahman
### Die Verontwaardigde Brahman

**There was once a poor Brahman.**
Daar was eens 'n arm Brahman.
**This poor Brahman had a wife.**
Hierdie arme Brahman het 'n vrou gehad.
**And he also had four children.**
En hy het ook vier kinders gehad.
**He was a very poor man.**
Hy was 'n baie arm man.
**And he had no resources in the world.**
En hy het geen hulpbronne in die wêreld gehad nie.
**He lived from the charity of others.**
Hy het van die liefdadigheid van ander geleef.
**During marriages he earned well.**
Tydens huwelike het hy goed verdien.
**And he earned well during funerals.**
En hy het goed verdien tydens begrafnisse.
**But his parishioners did not marry daily.**
Maar sy gemeentelede het nie daagliks getrou nie.
**And they did not die every day either.**
En hulle het ook nie elke dag gesterf nie.
**It was difficult to make the two ends meet.**
Dit was moeilik om die twee kante bymekaar te kry.
**His wife often rebuked him.**
Sy vrou het hom dikwels tereggewys.
**"Why can you not support me?"**
"Waarom kan jy my nie ondersteun nie?"
**"Our children run around naked"**
"Ons kinders hardloop kaal rond"
**"And they suffer from hunger"**
"En hulle ly aan honger"
**Though poor, he was a good man.**
Alhoewel hy arm was, was hy 'n goeie man.
**And he was diligent in his devotions.**
En hy was pligsgetrou in sy toewyding.

**Every day he said his prayers.**
Elke dag het hy sy gebede gedoen.
**He prayed at the same time each day.**
Hy het elke dag op dieselfde tyd gebid.
**His tutelary deity was the Goddess Durga.**
Sy bewaakte godheid was die Godin Durga.
**She is the consort of Shiva.**
Sy is die metgesel van Shiva.
**She is the creative energy of the universe.**
Sy is die kreatiewe energie van die heelal.
**Every day he wrote the name of Durga.**
Elke dag het hy die naam van Durga geskryf.
**He wrote the name in red ink.**
Hy het die naam in rooi ink geskryf.
**At least one hundred and eight times.**
Ten minste honderd en agt keer.
**He did not drink or eat till he did this.**
Hy het nie gedrink of geëet totdat hy dit gedoen het nie.
**throughout the day he uttered prayers.**
dwarsdeur die dag het hy gebede geuiter.
**"O Durga! have mercy upon me"**
"O Durga! wees my genadig!"
**He prayed whenever he felt anxious.**
Hy het gebid wanneer hy ook al angstig gevoel het.
**And he often felt anxious.**
En hy het dikwels angstig gevoel.
**Because he lived in poverty.**
Omdat hy in armoede geleef het.
**He prayed when his worries were too much.**
Hy het gebid toe sy bekommernisse te veel was.
**And there were many things he worried about.**
En daar was baie dinge waaroor hy bekommerd was.
**He worried about his wife and children.**
Hy was bekommerd oor sy vrou en kinders.
**And he worried about supporting them.**
En hy was bekommerd oor die ondersteuning van hulle.

**One day he was very sad.**
Eendag was hy baie hartseer.
**On this day he went to a forest.**
Op hierdie dag het hy na 'n woud gegaan.
**The forest was far outside the village.**
Die woud was ver buite die dorp.
**He let out all his grief.**
Hy het al sy hartseer uitgespreek.
**And he wept bitter tears.**
En hy het bitter trane gehuil.
**"O Durga! O Mother Bhagavati!"**
"O Durga! O Moeder Bhagavati!"
**"Please put an end to my misery?"**
"Maak asseblief 'n einde aan my ellende?"
**"I wish I were alone in the world"**
"Ek wens ek was alleen in die wêreld"
**"Then my poverty wouldn't worry me"**
"Dan sou my armoede my nie pla nie"
**"But thou hast given me a wife"**
"Maar U het my 'n vrou gegee"
**"And my wife has given me children"**
"En my vrou het my kinders gegee"
**"O Mother, I beg of you"**
"O Moeder, ek smeek u"
**"Give me the means to support them"**
"Gee my die middele om hulle te ondersteun"
**Shiva and his wife Durga happened to be there.**
Shiva en sy vrou Durga was toevallig daar.
**They were taking their morning walk.**
Hulle was besig met hul oggendstap.
**The Goddess Durga saw the Brahman at a distance.**
Die Godin Durga het die Brahman op 'n verte gesien.
**"O Lord of Kailas, do you see that Brahman?"**
"O Heer van Kailas, sien U daardie Brahman?"
**"He is always taking my name on his lips"**
"Hy neem my naam altyd op sy lippe"
**"He prays I deliver him from his troubles"**

"Hy bid dat Ek hom uit sy probleme sal verlos"

**"Can we not do something for the poor Brahman?"**

"Kan ons nie iets vir die arme Brahman doen nie?"

**"He is oppressed with many cares"**

"Hy word deur baie sorge geteister"

**"And he deeply cares for his growing family"**

"En hy gee diep om vir sy groeiende gesin"

**"We should make his life more comfortable"**

"Ons moet sy lewe gemakliker maak"

**"Because the poor man never has enough to eat"**

"Want die arme man het nooit genoeg om te eet nie"

**"And his family doesn't have enough to eat either"**

"En sy familie het ook nie genoeg om te eet nie"

**"Let us give him a pot"**

"Kom ons gee hom 'n pot"

**"A pot with an infinite supply of murukku"**

"'n Pot met 'n oneindige voorraad murukku"

**The divine consort was right.**

Die goddelike metgesel was reg.

**The Lord of Kailas agreed to the proposal.**

Die Heer van Kailas het met die voorstel ingestem.

**On the spot he created a magical pot.**

Op die plek het hy 'n magiese pot geskep.

**Durga went to the poor Brahman.**

Durga het na die arme Brahman gegaan.

**"O Brahman! My loyal devotee"**

"O Brahman! My lojale toegewyde"

**"I have often thought of your pitiable case"**

"Ek het dikwels aan jou bejammerenswaardige geval gedink"

**"Your repeated prayers have moved my compassion"**

"Jou herhaalde gebede het my medelye ontroer"

**"Here is a pot for you"**

"Hier is 'n pot vir jou"

**"You must turn the pot upside down"**

"Jy moet die pot onderstebo draai"

**"And then you must shake the pot"**

"En dan moet jy die pot skud"

**"The finest murukku will pour out"**
"Die beste murukku sal uitstort"
**"The murukku will keep pouring out forever"**
"Die murukku sal vir ewig aanhou uitstort"
**"Until you put the pot upright again"**
"Totdat jy die pot weer regop sit"
**"You can eat as much murukku as you like"**
"Jy kan soveel murukku eet as jy wil"
**"Your wife and children will hunger no more"**
"Jou vrou en kinders sal nie meer honger ly nie"
**"And you can sell the murukku if you like"**
"En jy kan die murukku verkoop as jy wil"
**The Brahman was delighted beyond measure.**
Die Brahman was onmeetlik verheug.
**He had received a truly valuable treasure.**
Hy het 'n werklik waardevolle skat ontvang.
**He made his deepest obeisance to the goddess.**
Hy het sy diepste eerbetoon aan die godin gebring.
**And he expressed his eternal gratefulness.**
En hy het sy ewige dankbaarheid uitgespreek.

**The Brahman had started walking home.**
Die Brahman het begin huis toe stap.
**But first he had to test his magical pot.**
Maar eers moes hy sy magiese pot toets.
**He wanted to see if the pot really worked.**
Hy wou sien of die pot regtig werk.
**He turned the pot upside down.**
Hy het die pot onderstebo gedraai.
**And he shook the pot, as instructed.**
En hy het die pot geskud, soos opdrag gegee.
**Lo and behold! The pot really did work.**
Sit maar so! Die pot het regtig gewerk.
**The finest murukku fell to the ground.**
Die beste murukku het op die grond geval.
**He tied the sweetmeat in his sheet.**
Hy het die lekkergoed in sy laken vasgebind.

**And he walked on, towards his village.**
En hy het verder geloop, na sy dorpie toe.
**By noon the Brahman had gotten hungry.**
Teen die middaguur het die Brahman honger geword.
**But he could not eat without his ablutions.**
Maar hy kon nie eet sonder sy wassings nie.
**First, he had to say his prayers.**
Eers moes hy sy gebede opsê.
**There was an inn on his way.**
Daar was 'n herberg op sy pad.
**Close to the inn there was a water tank.**
Naby die herberg was daar 'n watertenk.
**So, he intended to halt there.**
So, hy was van plan om daar te stop.
**In order to bathe and say his prayers.**
Om te bad en sy gebede te sê.
**After this he could eat all the murukku.**
Daarna kon hy al die murukku eet.
**The Brahman sat at the innkeeper's shop.**
Die Brahman het by die herbergier se winkel gesit.
**The shopkeeper was smoking tobacco.**
Die winkelier was besig om tabak te rook.
**He put the pot near the shopkeeper.**
Hy het die pot naby die winkelier gesit.
**And he asked him to look after the pot.**
En hy het hom gevra om na die pot om te sien.
**"Please take special care of this pot"**
"Sorg asseblief spesiaal vir hierdie pot"
**"I must bathe and say my prayers"**
"Ek moet bad en my gebede opsê"
**"Please look after this pot for me"**
"Pas asseblief hierdie pot vir my op"
**"Make sure nothing happens to this pot"**
"Maak seker dat niks met hierdie pot gebeur nie"
**He thought it was a strange request.**
Hy het gedink dit was 'n vreemde versoek.
**But he agreed to look after the pot.**

Maar hy het ingestem om na die pot om te sien.
**And the Brahman gave him the pot.**
En die Brahman het hom die pot gegee.
**He besmeared his body with mustard oil.**
Hy het sy liggaam met mosterdolie besmeer.
**And he went to do his ablutions.**
En hy het sy wasgoed gaan doen.
**The innkeeper grew curious about the pot.**
Die herbergier het nuuskierig geword oor die pot.
**"This pot must have something valuable in it"**
"Hierdie pot moet iets waardevols daarin hê"
**"Why else would he be so careful?"**
"Waarom anders sou hy so versigtig wees?"
**His curiosity had been excited.**
Sy nuuskierigheid was geprikkel.
**So, he opened the pot.**
So, hy het die pot oopgemaak.
**To his surprise the pot was empty.**
Tot sy verbasing was die pot leeg.
**"What can be the meaning of this?"**
"Wat kan die betekenis hiervan wees?"
**"Why does he care so much for an empty pot?"**
"Waarom gee hy so baie om vir 'n leë pot?"
**He began to examine the pot more carefully.**
Hy het die pot noukeuriger begin ondersoek.
**During his inspection he turned the pot upside down.**
Tydens sy inspeksie het hy die pot onderstebo gedraai.
**And then the finest murukku fell out from the pot.**
En toe val die beste murukku uit die pot.
**And the murukku didn't stop falling out.**
En die murukku het nie opgehou uitval nie.
**The innkeeper called his wife and children.**
Die herbergier het sy vrou en kinders geroep.
**He wanted them to witness what had happened.**
Hy wou hê hulle moes aanskou wat gebeur het.
**An unexpected stroke of good fortune!**
'n Onverwagte gelukstrekking!

**The pot gave copious showers of sugared paddy.**
Die pot het oorvloedige storte van gesuikerde padie gegee.
**He filled all his pots and jars.**
Hy het al sy potte en kruike volgemaak.
**He knew he had to have this pot.**
Hy het geweet hy moes hierdie pot hê.
**So, he replaced the pot with another one.**
So het hy die pot met 'n ander een vervang.
**He had a pot of the same size and color.**
Hy het 'n pot van dieselfde grootte en kleur gehad.

**The Brahman had finished his ablutions.**
Die Brahman het sy wassing voltooi.
**He had performed all of his devotions.**
Hy het al sy oordenkings uitgevoer.
**He came back to the shop in wet clothes.**
Hy het in nat klere teruggekeer winkel toe.
**He was still reciting holy texts of the Vedas.**
Hy was steeds besig om heilige tekste van die Vedas voor te
lees.
**He put back on his dry clothes.**
Hy het sy droë klere weer aangetrek.
**In red ink he wrote the name of Durga.**
In rooi ink het hy die naam van Durga geskryf.
**He wrote her name one hundred and eight times.**
Hy het haar naam honderd-en-agt keer geskryf.
**After doing this he broke his fast.**
Nadat hy dit gedoen het, het hy sy vas verbreek.
**And he ate the murukku he had in his sheet.**
En hy het die murukku geëet wat hy in sy laken gehad het.
**He was refreshed from the meal.**
Hy was verfris van die ete.
**Now he could resume his journey home.**
Nou kon hy sy reis huis toe hervat.
**So he called to the innkeeper.**
So het hy die herbergier geroep.
**"Please could I get my pot back"**

"Kan ek asseblief my pot terugkry?"
**The innkeeper gave him back his pot.**
Die herbergier het hom sy pot teruggegee.
**"There, sir, here is your pot"**
"Daar, meneer, hier is u pot"
**"The pot is exactly where you had put it"**
"Die pot is presies waar jy dit gesit het"
**"Your pot is just as you left it"**
"Jou pot is net soos jy dit gelos het"
**"I made sure no one has touched your pot"**
"Ek het seker gemaak niemand het aan jou pot geraak nie"
**The Brahman didn't suspect a thing.**
Die Brahman het niks vermoed nie.
**He picked up the pot.**
Hy het die pot opgetel.
**And he proceeded on his journey home.**
En hy het voortgegaan met sy reis huis toe.

**On his journey he had to think.**
Op sy reis moes hy dink.
**He congratulated his good fortune.**
Hy het sy gelukwensinge met sy goeie geluk gewens.
**"My wife will be most pleasantly surprised!"**
"My vrou sal baie aangenaam verras wees!"
**"The children will devour the murukku!"**
"Die kinders sal die murukku verslind!"
**"I shall soon become rich"**
"Ek sal binnekort ryk word"
**"I will be able to lift my head up high"**
"Ek sal my kop hoog kan oplig"
**The pains of travelling had been reduced.**
Die pyn van reis was verminder.
**Now his problems were much more pleasant.**
Nou was sy probleme baie aangenamer.
**Only anticipation made the journey difficult.**
Slegs afwagting het die reis moeilik gemaak.
**He finally reached his home again.**

Hy het uiteindelik weer by sy huis aangekom.
**He called to his wife and children.**
Hy het na sy vrou en kinders geroep.
**"Look at what I have brought"**
"Kyk wat ek gebring het"
**"This pot is an unfailing source of wealth".**
"Hierdie pot is 'n onfeilbare bron van rykdom."
**"We will never have to struggle again"**
"Ons sal nooit weer hoef te sukkel nie"
**"I will turn the pot upside down"**
"Ek sal die pot onderstebo draai"
**"And then you will see something.**
"En dan sal jy iets sien."
**"Something you've never seen before"**
"Iets wat jy nog nooit tevore gesien het nie"
**"A stream of the finest murukku will flow"**
"'n Stroom van die beste murukku sal vloei"
**You can imagine what his wife was thinking.**
Jy kan jou voorstel wat sy vrou gedink het.
**"My husband has gone mad," she thought.**
"My man het mal geword," het sy gedink.
**She was soon confirmed in her opinion.**
Sy is gou in haar mening bevestig.
**Nothing fell from the pot, as promised.**
Niks het uit die pot geval nie, soos belowe.
**He turned the pot upside down again and again.**
Hy het die pot oor en oor onderstebo gedraai.
**The Brahman was overwhelmed with grief.**
Die Brahman was oorweldig deur hartseer.
**He realized that he had been tricked.**
Hy het besef dat hy bedrieg is.
**The innkeeper must have swapped the pot.**
Die herbergier moes die pot omgeruil het.
**He must have stolen Durga's pot.**
Hy moes Durga se pot gesteel het.
**And he must have replaced the pot with a normal one.**
En hy moes die pot met 'n normale een vervang het.

**He went back to the innkeeper the next day.**
Hy het die volgende dag teruggegaan na die herbergier.
**And he accused him of having changed his pot.**
En hy het hom daarvan beskuldig dat hy sy pot verander het.
**At first the innkeeper acted surprised.**
Aanvanklik het die herbergier verbaas opgetree.
**Then he pretended to be angry at the accusation.**
Toe het hy gemaak of hy kwaad is oor die beskuldiging.
**Finally, he chased him out of his shop.**
Uiteindelik het hy hom uit sy winkel gejaag.

**He had no way of getting the pot back.**
Hy het geen manier gehad om die pot terug te kry nie.
**The Brahman knew what he had to do.**
Die Brahman het geweet wat hy moes doen.
**He went to see the goddess Durga again.**
Hy het weer die godin Durga gaan sien.
**Siva and Durga honored him with their presence.**
Siva en Durga het hom met hul teenwoordigheid vereer.
**Durga spoke to the poor Brahman.**
Durga het met die arme Brahman gepraat.
**"So, you have lost the pot I gave you"**
"So, jy het die pot verloor wat ek vir jou gegee het"
**"I take pity on your situation"**
"Ek is jammer oor jou situasie"
**"Here is another magical pot"**
"Hier is nog 'n magiese pot"
**"Take this pot, and make good use of it"**
"Neem hierdie pot en maak goeie gebruik daarvan"
**The Brahman was elated with joy.**
Die Brahman was verheug van vreugde.
**He made obeisance to the divine couple.**
Hy het hulde gebring aan die goddelike paartjie.
**And he took the pot with him.**
En hy het die pot saamgeneem.
**Again he had to see if the pot worked.**
Weer moes hy kyk of die pot werk.

**He turned the pot upside down.**
Hy het die pot onderstebo gedraai.
**And he shook the pot as before.**
En hy het die pot geskud soos voorheen.
**And he waited for the murukku to fall out.**
En hy het gewag vir die murukku om uit te val.
**But no, horror of horrors!**
Maar nee, gruwel van gruwels!
**Murukku did not fall from the pot.**
Murukku het nie uit die pot geval nie.
**Instead of murukku, demons jumped out.**
In plaas van murukku, het demone uitgespring.
**They began to beat the astonished Brahman.**
Hulle het die verbaasde Brahman begin slaan.
**The Brahman received punches and kicks.**
Die Brahman het houe en skoppe ontvang.
**But he kept his presence of mind.**
Maar hy het sy teenwoordigheid van gees behou.
**He turned the pot the right way up.**
Hy het die pot regop gedraai.
**And he covered the pot up again.**
En hy het die pot weer toegemaak.
**Fortunately his quick thinking worked.**
Gelukkig het sy vinnige denke gewerk.
**The demons disappeared as soon as he did this.**
Die demone het verdwyn sodra hy dit gedoen het.
**The Brahman tried to understand what this meant.**
Die Brahman het probeer verstaan wat dit beteken.
**It must be to punish the innkeeper!**
Dit moet wees om die herbergier te straf!
**So he went to the innkeeper again.**
So het hy weer na die herbergier gegaan.
**He gave him the new pot.**
Hy het hom die nuwe pot gegee.
**He begged of him to look after the pot.**
Hy het hom gesmeek om na die pot om te sien.
**Just like he had done before.**

Net soos hy voorheen gedoen het.

**He went for his ablutions and prayers.**

Hy het gegaan vir sy wassing en gebede.

**The innkeeper was delighted.**

Die herbergier was verheug.

**He had been given a second godsend.**

Hy is 'n tweede geskenk uit die hemel gegee.

**He agreed to take the greatest care of the pot.**

Hy het ingestem om die pot met die grootste sorg te versorg.

**He waited for the Brahman to go.**

Hy het gewag vir die Brahman om te gaan.

**And he called his wife and children.**

En hy het sy vrou en kinders geroep.

**"This is another pot from the Brahman"**

"Hierdie is nog 'n pot van die Brahman"

**"This time I hope it is not murukku"**

"Hierdie keer hoop ek dit is nie murukku nie"

**"I hope this pot is full of sandesa"**

"Ek hoop hierdie pot is vol sandesa"

**"Come, be ready with the baskets"**

"Kom, wees gereed met die mandjies"

**"I will turn the pot upside down"**

"Ek sal die pot onderstebo draai"

**"And then I will shake the pot"**

"En dan sal ek die pot skud"

**And he did what he said he would do.**

En hy het gedoen wat hy gesê het hy sou doen.

**But the room did not fill with food.**

Maar die kamer het nie met kos gevul nie.

**This time the room filled with demons.**

Hierdie keer was die kamer vol demone.

**The demons caught hold of the innkeeper.**

Die demone het die herbergier in sy greep gekry.

**And the demons also caught his family.**

En die demone het ook sy familie gevang.

**And the demons beat them mercilessly.**

En die demone het hulle genadeloos geslaan.

**They would have completely destroyed the shop.**
Hulle sou die winkel heeltemal vernietig het.
**But the victims ran to the Brahman.**
Maar die slagoffers het na die Brahman gehardloop.
**The Brahman had returned from his ablutions.**
Die Brahman het van sy wassings teruggekeer.
**The Brahman showed mercy to them.**
Die Brahman het hulle genade betoon.
**And he accepted their request.**
En hy het hulle versoek aanvaar.
**But there was one condition to his help.**
Maar daar was een voorwaarde vir sy hulp.
**"I will only help if I get my pot back"**
"Ek sal net help as ek my pot terugkry"
**The innkeeper didn't have much choice.**
Die herbergier het nie veel keuse gehad nie.
**He had to accept the Brahman's conditions.**
Hy moes die Brahman se voorwaardes aanvaar.
**The Brahman put the pot upright again.**
Die Brahman het die pot weer regop gesit.
**And he put the lid on the pot.**
En hy het die deksel op die pot gesit.
**He took his pot back from the innkeeper.**
Hy het sy pot van die herbergier teruggeneem.
**And he returned back to his village.**
En hy het teruggekeer na sy dorp.
**Now the Brahman had two magical pots.**
Nou het die Brahman twee magiese potte gehad.
**The Brahman shut the door of his house.**
Die Brahman het die deur van sy huis toegemaak.
**And he called his family again.**
En hy het sy familie weer gebel.
**He turned the murukku-pot upside down.**
Hy het die murukku-pot onderstebo gedraai.
**And he shook the murukku-pot as before.**
En hy het die murukku-pot geskud soos voorheen.
**This time the magic pot worked.**

Hierdie keer het die towerpot gewerk.
**An endless stream of the finest murukku.**
'n Eindelose stroom van die beste murukku.
**The family devoured the sweetmeat.**
Die gesin het die soetgoed verslind.
**They ate to their hearts' content.**
Hulle het na hartelus geëet.
**All the pots and pans were filled.**
Al die potte en panne was vol.

**The next day the Brahman became confectioner.**
Die volgende dag het die Brahman banketbakker geword.
**He opened a shop in his house.**
Hy het 'n winkel in sy huis oopgemaak.
**And he sold the best murukku.**
En hy het die beste murukku verkoop.
**The whole village came to the Brahman's house.**
Die hele dorp het na die Brahman se huis gekom.
**They all wanted to buy the wonderful murukku.**
Hulle wou almal die wonderlike murukku koop.
**They had never seen such murukku in their life.**
Hulle het nog nooit sulke murukku in hul lewe gesien nie.
**It was the most delicious murukku they ever had.**
Dit was die heerlikste murukku wat hulle nog ooit gehad het.
**No one had ever made anything like this dessert.**
Niemand het nog ooit so iets soos hierdie nagereg gemaak nie.
**The reputation of the Brahman's murukku spread.**
Die reputasie van die Brahman se murukku het versprei.
**Soon people from outside the city came.**
Gou het mense van buite die stad gekom.
**Cartloads of the sweetmeat were sold every day.**
Waentjies vol soetgoed is elke dag verkoop.
**The Brahman quickly became very rich.**
Die Brahman het vinnig baie ryk geword.
**He built a large brick house.**
Hy het 'n groot baksteenhuis gebou.
**And he lived like a nobleman of the land.**

En hy het geleef soos 'n edelman van die land.
**Once, however, his luck almost changed.**
Eenkeer het sy geluk egter amper verander.
**His children had taken the wrong pot.**
Sy kinders het die verkeerde pot geneem.
**A large number of demons came out.**
'n Groot aantal demone het uitgekom.
**And they caught hold of the Brahman's wife.**
En hulle het die Brahman se vrou gegryp.
**And they also caught his children.**
En hulle het ook sy kinders gevang.
**They were striking them mercilessly.**
Hulle het hulle genadeloos geslaan.
**Fortunately the Brahman came back into the house.**
Gelukkig het die Brahman teruggekom in die huis.
**He turned the pot back to its proper position.**
Hy het die pot teruggedraai na sy regte posisie.
**He wanted to prevent a similar catastrophe.**
Hy wou 'n soortgelyke ramp voorkom.
**So the Brahman had a private room built.**
So het die Brahman 'n privaat kamer laat bou.
**And he put the pot in a secret place.**
En hy het die pot op 'n geheime plek gesit.
**Mortals, however, do not have the luck of Gods.**
Sterflinge het egter nie die geluk van die gode nie.
**Uninterrupted prosperity is not their fortune.**
Ononderbroke voorspoed is nie hulle fortuin nie.
**The demon-pot had been put out of the way.**
Die demoonpot was uit die pad gesit.
**But why might accident not befall the murukku pot?**
Maar waarom sou 'n ongeluk nie die murukku-pot tref nie?
**One day the Brahman and his wife were absent.**
Eendag was die Brahman en sy vrou afwesig.
**The children decided to shake the pot.**
Die kinders het besluit om die pot te skud.
**Each of them wanted to do the honors.**
Elkeen van hulle wou die eer doen.

**So there was a fight to get the pot.**
So was daar 'n geveg om die pot te kry.
**In the struggle the pot fell to the ground.**
In die worsteling het die pot op die grond geval.
**Like any other earthen pot, it broke.**
Soos enige ander erdepot, het dit gebreek.
**Eventually the Braham came back home again.**
Uiteindelik het Braham weer huis toe gekom.
**You can imagine how the news grieved him.**
Jy kan jou voorstel hoe die nuus hom bedroef het.
**Of course the children were well cudgeled.**
Natuurlik was die kinders goed vertroetel.
**But anger could not replace the pot.**
Maar woede kon nie die pot vervang nie.
**After some days he went to the forest again.**
Na 'n paar dae het hy weer bos toe gegaan.
**He offered many a prayer for Durga's favor.**
Hy het menige gebed vir Durga se guns geoffer.
**At last Siva and Durga appeared to him.**
Uiteindelik het Siva en Durga aan hom verskyn.
**They listened to how the pot had been broken.**
Hulle het geluister hoe die pot gebreek is.
**Durga decided to give him another pot.**
Durga het besluit om hom nog 'n pot te gee.
**But this pot was accompanied with a caution.**
Maar hierdie pot is met 'n waarskuwing gepaard gegaan.
**"Brahman, take care of this pot"**
"Brahman, pas hierdie pot op"
**"Do not break or lose this pot again"**
"Moenie hierdie pot weer breek of verloor nie"
**"Next time I will not give you another pot"**
"Volgende keer gee ek jou nie nog 'n pot nie"
**The Brahman made obeisance to the Gods.**
Die Brahman het hulde aan die gode gebring.
**And he went straight back to his house.**
En hy het reguit terug na sy huis gegaan.
**This time he did not halt at the innkeepers'.**

Hierdie keer het hy nie by die herbergiers stilgehou nie.

**He shut the door of his house.**

Hy het die deur van sy huis toegemaak.

**He called his family to him.**

Hy het sy familie na hom geroep.

**And he turned the pot upside down.**

En hy het die pot onderstebo gedraai.

**And then he began to shake the pot.**

En toe begin hy die pot skud.

**They were only expecting murukku.**

Hulle het net murukku verwag.

**But this time it was not murukku.**

Maar hierdie keer was dit nie murukku nie.

**A stream of beautiful sandesa poured out.**

'n Stroom pragtige sanddesa het uitgestroom.

**It was the finest sandesa you can imagine.**

Dit was die beste sandes wat jy jou kan voorstel.

**It truly was the food of Gods.**

Dit was werklik die voedsel van die gode.

**The Brahman set up another shop.**

Die Brahman het nog 'n winkel opgerig.

**Now he was selling sandesa.**

Nou het hy Sandesa verkoop.

**The fame of his shop soon drew large crowds.**

Die roem van sy winkel het gou groot skares gelok.

**People came from all over the country.**

Mense het van oor die hele land gekom.

**At all festivals and marriage feasts.**

By alle feeste en huweliksfeeste.

**And at all funeral celebrations in the area.**

En by alle begrafnisvieringe in die omgewing.

**No one bought any other sandesa.**

Niemand het enige ander sandesa gekoop nie.

**All day long the pot produced sandesa.**

Die hele dag lank het die pot sandesa opgelewer.

**Gigantic jars were filled with sweet.**

Reuse-flesse was vol soetgoed.

**And the jars were sent all over the country.**
En die flesse is oor die hele land gestuur.


**The Brahman's wealth made the Zemindar jealous.**
Die Brahman se rykdom het die Zemindar jaloers gemaak.
**In these days all villages had a Zemindar.**
In hierdie dae het alle dorpe 'n Zemindar gehad.
**He had heard strange things about the sandesa.**
Hy het vreemde dinge oor die sandesa gehoor.
**He heard the dessert came from a magic pot.**
Hy het gehoor die nagereg kom uit 'n towerpot.
**So he devised a plan to get this pot.**
So het hy 'n plan beraam om hierdie pot te kry.
**His son was going to get married.**
Sy seun sou trou.
**To celebrate there was a great feast.**
Om te vier was daar 'n groot feesmaal.
**Many hundreds of people were invited.**
Honderde mense is genooi.
**Mountain-loads of sandesa were required.**
Bergladings sandesa was nodig.
**The Zemindar made a proposal to the Brahman.**
Die Zemindar het 'n voorstel aan die Brahman gemaak.
**"Bring the magical pot to my house"**
"Bring die magiese pot na my huis toe"
**At first the Brahman refused to bring the pot.**
Aanvanklik het die Brahman geweier om die pot te bring.
**But the Zemindar insisted.**
Maar die Zemindar het aangedring.
**"I will have hundreds of guests"**
"Ek sal honderde gaste hê"
**"I will need mountains of sandesa"**
"Ek sal berge sandsteen nodig hê"
**"More sandesa than you can carry"**
"Meer sandesa as wat jy kan dra"
**"Bring the vessel to my house"**
"Bring die vaartuig na my huis toe"

**"It will be easier for you and me"**
"Dit sal makliker wees vir jou en my"
**Eventually the Brahman agreed.**
Uiteindelik het die Brahman ingestem.
**Himalayas of sandesa were shaken out.**
Himalajas van sandesa is uitgeskud.
**But the Zemindar got hold of the pot.**
Maar die Zemindar het die pot in die hande gekry.
**The Zemindar insulted the Brahman.**
Die Zemindar het die Brahman beledig.
**And he chased him out of his house.**
En hy het hom uit sy huis gejaag.
**The Brahman didn't give vent to anger.**
Die Brahman het nie aan woede uiting gegee nie.
**Instead, he quietly went back to his house.**
In plaas daarvan het hy stilletjies teruggekeer na sy huis.
**He went to the private room.**
Hy het na die privaatkamer gegaan.
**And he took out the demon-pot.**
En hy het die demoonpot uitgehaal.
**He came back to the Zemindar's house.**
Hy het teruggekeer na die Zemindar se huis.
**And he went to the door of the Zemindar.**
En hy het na die deur van die Zemindar gegaan.
**He turned the pot upside down.**
Hy het die pot onderstebo gedraai.
**And then shook the magical pot.**
En toe het die magiese pot geskud.
**A hundred demons fell out of the pot.**
'n Honderd demone het uit die pot geval.
**The chaos was impossible to describe.**
Die chaos was onmoontlik om te beskryf.
**The unearthly visitors flooded the party.**
Die onaardse besoekers het die partytjie oorstroom.
**They caught hundreds of the guests.**
Hulle het honderde van die gaste gevang.
**And the demons beat them mercilessly.**

En die demone het hulle genadeloos geslaan.
**The women were dragged by their hair.**
Die vroue is aan hul hare gesleep.
**The Zemindar was chased from room to room.**
Die Zemindar is van kamer tot kamer gejaag.
**The demons' mischief was getting out of hand.**
Die demone se onheil het handuit geruk.
**Someone had to put an end to their mischief.**
Iemand moes 'n einde maak aan hul onheil.
**Else all the men would have been killed.**
Anders sou al die mans doodgemaak gewees het.
**And the house would have been torn to the ground.**
En die huis sou tot op die grond afgebreek gewees het.
**The Zemindar fell at the feet of the Brahman.**
Die Zemindar het aan die voete van die Brahman geval.
**And he begged to be shown mercy.**
En hy het gesmeek om genade bewys te word.
**The Brahman showed him great mercy.**
Die Brahman het hom groot genade betoon.
**And he put the demons back in the pot.**
En hy het die demone terug in die pot gesit.
**The Zemindar never disturbed the Brahman again.**
Die Zemindar het die Brahman nooit weer versteur nie.
**Nor was he disturbed by anyone else.**
Hy is ook nie deur iemand anders gesteur nie.
**And he lived for many happy years.**
En hy het vir baie gelukkige jare geleef.

## The Story of the Rakshasas
### Die verhaal van die Rakshasas

**There was once a poor dimwitted Brahman.**
Daar was eens 'n arm, dom Brahman.
**This dimwitted man had a wife, but no children.**
Hierdie dom man het 'n vrou gehad, maar geen kinders nie.
**But him not having children was probably for the best.**
Maar dat hy nie kinders gehad het nie, was waarskynlik die beste.
**Because he was barely able to meet his own needs.**
Omdat hy skaars in staat was om in sy eie behoeftes te voorsien.
**And he could hardly supply enough for his wife.**
En hy kon skaars genoeg vir sy vrou voorsien.
**But his dimwittedness was not even his biggest problem.**
Maar sy domheid was nie eens sy grootste probleem nie.
**This dimwitted man was also a rather lazy man!**
Hierdie dom man was ook 'n taamlik lui man!
**He was averse to making any long journeys.**
Hy was teësinnig om enige lang reise te onderneem.
**Had he travelled further he might have had enough.**
As hy verder gereis het, sou hy dalk genoeg gehad het.
**He could have got presents from rich men.**
Hy kon geskenke van ryk mans gekry het.
**This would have enabled them to live comfortably.**
Dit sou hulle in staat gestel het om gemaklik te leef.
**There was a great king in a neighbouring country.**
Daar was 'n groot koning in 'n naburige land.
**The mother of the great king had just died.**
Die moeder van die groot koning was pas oorlede.
**So this king was celebrating the funeral obsequies.**
So het hierdie koning die begrafnisseremonie gevier.
**And the funeral was celebrated with great pomp.**
En die begrafnis is met groot prag en praal gevier.
**Brahmans and beggars were coming from faraway lands.**
Brahmane en bedelaars het van verre lande gekom.

**They all came expecting to receive rich presents.**

Hulle het almal gekom met die verwagting om ryk geskenke te ontvang.

**The Brahman's wife requested him to also go.**

Die Brahman se vrou het hom versoek om ook te gaan.

**"Seize this opportunity and get us a little money"**

"Gryp hierdie geleentheid aan en kry vir ons 'n bietjie geld"

**But his constitutional indolence stood in the way.**

Maar sy konstitusionele luiheid het in die pad gestaan.

**The woman, however, gave her husband no rest.**

Die vrou het haar man egter geen rus gegee nie.

**Finally she extorted from him the promise.**

Uiteindelik het sy die belofte van hom afgedwing.

**He promised his wife that he would go.**

Hy het sy vrou belowe dat hy sou gaan.

**The good woman, accordingly, cut down a plantain tree.**

Die goeie vrou het gevolglik 'n piesangboom afgekap.

**And she burnt the plantain tree to ashes.**

En sy het die piesangboom tot as verbrand.

**With the ashes she cleaned the clothes of her husband.**

Met die as het sy haar man se klere skoongemaak.

**And she made his clothes as white as any cleaner could.**

En sy het sy klere so wit gemaak soos enige skoonmaker kon.

**Her husband was going to the palace of a great king.**

Haar man was op pad na die paleis van 'n groot koning.

**The king could not be approached by men in rags.**

Die koning kon nie deur mans in vodde genader word nie.

**Besides, Brahman are bound to appear neat and clean.**

Boonop is Brahman verplig om netjies en skoon te voorkom.

**At last, one morning the Brahman left his house.**

Uiteindelik, een oggend, het die Brahman sy huis verlaat.

**And he made his way to the palace of the great king.**

En hy het sy pad na die paleis van die groot koning gemaak.

**I have already mentioned he was a dimwitted man.**

Ek het reeds genoem dat hy 'n dom man was.

**He did not inquire which road he should take.**

Hy het nie gevra watter pad hy moes neem nie.

**Instead, he walked on and on without directions.**
In plaas daarvan het hy aan en aan geloop sonder aanwysings.
**And he followed wherever his nose pointed him.**
En hy het gevolg waarheen sy neus hom gewys het.
**I don't need to say he was not on the right road.**
Ek hoef nie te sê dat hy nie op die regte pad was nie.
**The regions he wandered became less and less inhabited.**
Die streke waar hy rondgeswerf het, het al hoe minder
bewoon geword.
**Soon he met no human being for many miles.**
Gou het hy geen mens vir baie kilometers teëgekom nie.
**But there were many other things he saw there.**
Maar daar was baie ander dinge wat hy daar gesien het.
**Things he had never seen in all his life.**
Dinge wat hy nog nooit in sy hele lewe gesien het nie.
**He saw hillocks of cowries on the roadside.**
Hy het heuwels kauri's langs die pad gesien.
**Cowries were shells used as money in those times.**
Kauri's was skulpe wat in daardie tyd as geld gebruik is.
**He kept going and saw hillocks of jewels.**
Hy het aangehou en heuwels van juwele gesien.
**Next, he saw hillocks of four-anna pieces.**
Volgende het hy heuwels van vier-anna-stukke gesien.
**Further along were hillocks of eight-anna pieces.**
Verder aan was heuwels van agt-anna-stukke.
**And further yet were hillocks of rupees.**
En verder nog was heuwels van roepees.
**But the Brahman's surprise did not end there.**
Maar die Brahman se verbasing het nie daar geëindig nie.
**Next there was a hill of burnished gold-mohurs.**
Volgende was daar 'n heuwel van gepoleerde goud-mohurs.
**The burnished gold-mohurs were shining brightly.**
Die gepoleerde goud-mohurs het helder geskyn.
**Because the gold-mohurs had been freshly minted.**
Omdat die goud-mohurs vars geslaan was.
**Close to the hill of gold-mohurs was a large house.**
Naby die heuwel van goud-mohurs was 'n groot huis.

**The house looked like the palace of a powerful king.**
Die huis het gelyk soos die paleis van 'n magtige koning.
**At the door stood a lady of exquisite beauty.**
By die deur het 'n dame van uitsonderlike skoonheid gestaan.
**The lady, seeing the Brahman, said;**
Die dame, toe sy die Brahman sien, het gesê;
**"Come to me, my beloved husband"**
"Kom na my toe, my geliefde man"
**"You married me when I was young"**
"Jy het met my getrou toe ek jonk was"
**"But you never came back after our marriage"**
"Maar jy het nooit teruggekom na ons troue nie"
**"Though I have been daily expecting you"**
"Alhoewel ek jou daagliks verwag het"
**"Blessed be this day," said the lady.**
"Geseënd wees hierdie dag," het die dame gesê.
**"On this day I see the face of my husband"**
"Op hierdie dag sien ek die gesig van my man"
**"Come, my sweet, come in," she asked of him.**
"Kom, my liefling, kom binne," het sy hom gevra.
**"You must be fatigued from your long journey"**
"Jy moet moeg wees van jou lang reis"
**"Wash your feet and rest, and eat and drink"**
"Was julle voete en rus, en eet en drink"
**"And after that we shall make ourselves merry"**
"En daarna sal ons onsself vrolik maak"
**The Brahman was astonished beyond measure.**
Die Brahman was onmeetlik verbaas.
**He had no recollection marrying twice.**
Hy het geen herinnering gehad dat hy twee keer getroud was nie.
**He remembered marrying the wife he left at home.**
Hy het onthou hoe hy met die vrou getrou het wat hy tuis gelaat het.
**But he did not remember marrying this lady.**
Maar hy het nie onthou dat hy met hierdie dame getrou het nie.

**But he remembered that he was a Kulin Brahman.**

Maar hy het onthou dat hy 'n Kulin Brahman was.

**Perhaps his father got him married as a child.**

Miskien het sy pa hom as kind laat trou.

**But what he thought did not matter much.**

Maar wat hy gedink het, het nie veel saak gemaak nie.

**The woman was certain he was her husband.**

Die vrou was seker dat hy haar man was.

**And he had no reason to say he was not her husband.**

En hy het geen rede gehad om te sê dat hy nie haar man was nie.

**Because her beauty was more than he could fathom.**

Want haar skoonheid was meer as wat hy kon peil.

**As beautiful as the Goddesses of Indra's heaven.**

So mooi soos die Godinne van Indra se hemel.

**And he was sure that she was wealthy too.**

En hy was seker dat sy ook ryk was.

**These thoughts went through the Brahman's mind.**

Hierdie gedagtes het deur die Brahman se gedagtes gegaan.

**But the lady interrupted his flow of thought.**

Maar die dame het sy gedagtestroom onderbreek.

**"Are you doubting whether I am your wife?"**

"Twyfel jy of ek jou vrou is?"

**"Have you lost all memories of that happy event?**

"Het jy al die herinneringe aan daardie gelukkige gebeurtenis verloor?"

**"All the pomp and circumstance of our nuptials"**

"Al die prag en prag van ons huwelik"

**"Come in, beloved; this is your house"**

"Kom binne, geliefde; dit is jou huis"

**"Because whatever is mine is thine also"**

"Want wat myne is, is ook joune"

**The fair lady easily persuaded the Brahman.**

Die skone dame het die Brahman maklik oorreed.

**And he succumbed to her loving entreaties.**

En hy het aan haar liefdevolle smekinge toegegee.

**And he went into the house of the lady.**

En hy het in die huis van die dame gegaan.
**The house was not an ordinary one.**
Die huis was nie 'n gewone een nie.
**The house was in fact a magnificent palace.**
Die huis was eintlik 'n manjifieke paleis.
**All the apartments were large and lofty.**
Al die woonstelle was groot en hoog.
**Every room in the palace was richly furnished.**
Elke kamer in die paleis was ryklik gemeubileer.
**But one thing surprised the Brahman very much.**
Maar een ding het die Brahman baie verbaas.
**There was no other person in all the house.**
Daar was geen ander persoon in die hele huis nie.
**The only one there was the lady herself.**
Die enigste een daar was die dame self.
**He could not account for the strange phenomenon.**
Hy kon nie die vreemde verskynsel verduidelik nie.
**They meet anyone on their walks either.**
Hulle ontmoet ook enigiemand op hul staptogte.
**The fact was that the lady was not a human being.**
Die feit was dat die dame nie 'n mens was nie.
**What the lady really was was a Rakshasi.**
Wat die dame werklik was, was 'n Rakshasi.
**She had eaten up the king and queen.**
Sy het die koning en koningin opgeëet.
**And she had eaten all the members of the royal family.**
En sy het al die lede van die koninklike familie geëet.
**And gradually she had eaten their servants too.**
En geleidelik het sy ook hulle bediendes geëet.
**This was why there were no humans far and wide.**
Dit was hoekom daar geen mense wyd en syd was nie.
**The Rakshasi and the Brahman now lived together.**
Die Rakshasi en die Brahman het nou saam gewoon.
**After a week the former said to the latter;**
Na 'n week het eersgenoemde vir laasgenoemde gesê;
**"I am very anxious to see my sister"**
"Ek is baie angstig om my suster te sien"

**"As you know, my sister is your other wife"**
"Soos jy weet, is my suster jou ander vrou ."
**"You must go and fetch my sister; your other wife"**
"Jy moet my suster gaan haal; jou ander vrou"
**"Then we shall all live together happily"**
"Dan sal ons almal gelukkig saamleef"
**"You must go to get her early tomorrow"**
"Jy moet haar môre vroeg gaan haal"
**"I will give you clothes and jewels for her"**
"Ek sal jou klere en juwele vir haar gee"
**Next morning the Brahman set out for his home.**
Die volgende oggend het die Brahman huis toe vertrek.
**He was furnished with fine clothes.**
Hy was met mooi klere toegerus.
**And he wore around his wrists costly ornaments.**
En hy het duur juwele om sy polse gedra.

**The poor woman was in great distress.**
Die arme vrou was in groot nood.
**The funeral ceremony of the king's mother was over.**
Die begrafnisplegtigheid van die koning se moeder was verby.
**All the Brahmans and Pandits had returned.**
Al die Brahmane en Pandits het teruggekeer.
**And they were loaded with donations.**
En hulle was oorlaai met skenkings.
**But her husband had not returned.**
Maar haar man het nie teruggekeer nie.
**No one could give any news of him.**
Niemand kon enige nuus oor hom gee nie.
**Because no one had seen him there.**
Want niemand het hom daar gesien nie.
**The woman therefore could only come to one conclusion.**
Die vrou kon dus net tot een gevolgtrekking kom.
**He must have been murdered on the road by highwaymen.**
Hy moes deur struikrowers op die pad vermoor gewees het.
**She was in this terrible suspense.**
Sy was in hierdie verskriklike spanning.

**But then one day she heard some rumors.**
Maar toe, eendag, hoor sy gerugte.
**People in her village were talking about her husband.**
Mense in haar dorp het oor haar man gepraat.
**They said they saw him coming back.**
Hulle het gesê hulle het hom sien terugkom.
**And they said he was dressed in fine clothes.**
En hulle het gesê hy was in mooi klere geklee.
**And they said he had fine jewels for his wife.**
En hulle het gesê hy het pragtige juwele vir sy vrou gehad.
**And sure enough the Brahman soon appeared.**
En inderdaad, die Brahman het gou verskyn.
**And he was carrying fine jewels for his wife.**
En hy het pragtige juwele vir sy vrou gedra.
**On seeing his wife the Brahman thus accosted her;**
Toe die Brahman sy vrou sien, het hy haar so aangespreek;
**"Come with me, my dearest wife"**
"Kom saam met my, my liefste vrou"
**"I have found my first wife"**
"Ek het my eerste vrou gevind"
**"She lives in a stately palace"**
"Sy woon in 'n statige paleis"
**"Near her palace are hillocks of rupees"**
"Naby haar paleis is heuwels van roepies"
**"And there is a large hill of gold-mohurs"**
"En daar is 'n groot heuwel goudmohurs"
**"Why should you pine away in wretchedness?"**
"Waarom sou jy in ellende wegkwyn?"
**"Why would you stay in this horrible place?"**
"Waarom sou jy in hierdie verskriklike plek bly?"
**"Come with me to the house of my first wife"**
"Kom saam met my na die huis van my eerste vrou"
**"There we shall all live together happily"**
"Daar sal ons almal gelukkig saamwoon"
**At first, she thought her half-witted man had gone mad.**
Aanvanklik het sy gedink haar halfsinnige man het mal geword.

**She could not imagine the hillocks of rupees.**
Sy kon haar die heuwels roepees nie voorstel nie.
**And she could not imagine a hill of gold-mohurs.**
En sy kon haar nie 'n heuwel goudmohurs voorstel nie.
**But then she saw how he was beautifully dressed.**
Maar toe sien sy hoe pragtig aangetrek hy was.
**Beautiful clothes of exquisite silks and satins.**
Pragtige klere van uitmuntende sy en satyn.
**Ornaments set with diamonds and precious stones.**
Ornamente beset met diamante en edelgesteentes.
**Clothes fit for the queen of the land.**
Klere geskik vir die koningin van die land.
**Clothes only princesses were in the habit of putting on.**
Klere wat net prinsesse gewoond was om aan te trek.
**She concluded in her mind that something was amiss:**
Sy het in haar gedagtes tot die gevolgtrekking gekom dat iets verkeerd was:
**Her stupid husband must have been tricked.**
Haar dom man moes bedrieg gewees het.
**He must have fallen into the meshes of a Rakshasi.**
Hy moes in die maas van 'n Rakshasi geval het.
**The Brahman, however, insisted his wife went with him.**
Die Brahman het egter daarop aangedring dat sy vrou saam met hom gegaan het.
**"Feel free to stay here and pine away in poverty"**
"Voel vry om hier te bly en in armoede weg te kwyn"
**"As for me, I will return to the palace of my first wife"**
"Wat my betref, ek sal terugkeer na die paleis van my eerste vrou"
**The good woman did her best to stop her husband.**
Die goeie vrou het haar bes gedoen om haar man te keer.
**But in the end she resolved to go with him.**
Maar uiteindelik het sy besluit om saam met hom te gaan.
**Perhaps she could judge the matter better at the palace.**
Miskien kon sy die saak beter by die paleis beoordeel.

**They set out accordingly the next morning.**

Hulle het die volgende oggend dienooreenkomstig vertrek.

**They went the same road the Brahman had travelled.**

Hulle het dieselfde pad gegaan wat die Brahman gereis het.

**The woman was not a little surprised by what she saw.**

Die vrou was glad nie verbaas oor wat sy gesien het nie.

**She saw the hillocks of cowries and of jewels.**

Sy het die heuwels van kauri's en juwele gesien.

**And she saw hillocks of eight-anna pieces.**

En sy het heuwels van agt-anna-stukke gesien.

**And she saw the hillocks of rupees too.**

En sy het ook die heuwels roepees gesien.

**And last of all she saw a lofty hill of gold-mohurs.**

En laastens het sy 'n hoë heuwel van goudmohurs gesien.

**She saw also an exceedingly beautiful lady.**

Sy het ook 'n besonder pragtige dame gesien.

**The lady of the palace was hastening towards her.**

Die dame van die paleis het na haar toe gehardloop.

**The lady fell on the neck of the Brahman woman.**

Die dame het om die nek van die Brahman-vrou geval.

**And she wept tears of joy, and said:**

En sy het trane van vreugde gehuil en gesê:

**"Welcome, beloved sister!"**

"Welkom, geliefde suster!"

**"This is the happiest day of my life!"**

"Dit is die gelukkigste dag van my lewe!"

**"I see the face of my dearest sister again!"**

"Ek sien weer die gesig van my dierbaarste suster!"

**The husband and his two wives entered the palace.**

Die man en sy twee vrouens het die paleis binnegegaan.

**Now he was lodged in a stately mansion.**

Nou was hy gehuisves in 'n statige herehuis.

**The most delectable food appeared, as if by enchantment.**

Die heerlikste kos het verskyn, asof deur betowering.

**He was caressed and endeared by his two wives.**

Hy is deur sy twee vrouens gestreel en geliefd.

**Both wives did their best to make him happy.**

Beide vrouens het hul bes gedoen om hom gelukkig te maak.

**Both wives did their best to make him comfortable.**
Beide vrouens het hul bes gedoen om hom gemaklik te maak.
**His two wives were competing for his love.**
Sy twee vrouens het om sy liefde meegeding.
**The Brahman had a jolly time of it.**
Die Brahman het 'n vrolike tyd daarvan gehad.
**He was steeped in an ocean of enjoyment.**
Hy was deurdrenk in 'n oseaan van genot.
**The Brahman lived in this state of Elysian pleasure.**
Die Brahman het in hierdie toestand van Elisiese plesier
geleef.
**Some fifteen or sixteen years he spent this way.**
Sowat vyftien of sestien jaar het hy so deurgebring.
**During this time his two wives presented him with two
sons.**
Gedurende hierdie tyd het sy twee vrouens hom twee seuns
geskenk.
**The Rakshasi's son was the elder.**
Die Rakshasi se seun was die oudste.
**He looked more like a god than a human being.**
Hy het meer soos 'n god as 'n mens gelyk.
**He was named Sahasra-Dal.**
Hy is Sahasra-Dal genoem.
**His name meant the thousand-branched.**
Sy naam het die duisend-armige beteken.
**The son of the Brahman woman was a year younger.**
Die seun van die Brahman-vrou was 'n jaar jonger.
**He was named Champa-Dal**
Hy is Champa-Dal genoem.
**His name meant the branch of a champaka tree.**
Sy naam het die tak van 'n champaka-boom beteken.
**The two brothers loved each other dearly.**
Die twee broers het mekaar innig liefgehad.
**They were both sent to the same school.**
Hulle is albei na dieselfde skool gestuur.
**The school was several miles distant from the palace.**
Die skool was etlike kilometers van die paleis af.

**Every day they rode their two little ponies to school.**
Elke dag het hulle met hul twee klein ponietjies skool toe gery.
**The Brahman woman had always been suspicious.**
Die Brahman-vrou was nog altyd agterdogtig.
**A thousand little circumstances gave her clues.**
'n Duisend klein omstandighede het haar leidrade gegee.
**She knew her sister-in-law was not a human being.**
Sy het geweet haar skoonsuster was nie 'n mens nie.
**She was sure her sister-in-law was a Rakshasi.**
Sy was seker haar skoonsuster was 'n Rakshasi.
**But her suspicion had not yet ripened into certainty.**
Maar haar vermoede het nog nie in sekerheid ontwikkel nie.
**Because the Rakshasi exercised great self-restraint.**
Omdat die Rakshasi groot selfbeheersing beoefen het.
**She never did anything which human beings did not do.**
Sy het nooit iets gedoen wat mense nie gedoen het nie.
**But she couldn't hide her demonic nature forever.**
Maar sy kon nie haar demoniese aard vir altyd wegsteek nie.
**Her demonic nature was eventually going to reveal itself.**
Haar demoniese aard sou uiteindelik homself openbaar.

**The Brahman had little to keep him busy.**
Die Brahman het min gehad om hom besig te hou.
**In order to pass his time he went hunting.**
Om sy tyd te verwyl, het hy gaan jag.
**The first day he returned with an antelope.**
Die eerste dag het hy met 'n antiloop teruggekeer.
**The antelope was laid in the courtyard of the palace.**
Die antiloop is in die binnehof van die paleis neergelê.
**The Rakshasi saw the antelope with great interest.**
Die Rakshasi het die antiloop met groot belangstelling gesien.
**At the sight of the raw meat her mouth began to water.**
By die aanskoue van die rou vleis het haar mond begin water.
**The antelope was never taken to the kitchen.**
Die antiloop is nooit kombuis toe geneem nie.
**Instead, the Rakshasi took the antelope to another room.**

In plaas daarvan het die Rakshasi die antiloop na 'n ander
kamer geneem.
**In this room she began devouring the antelope.**
In hierdie kamer het sy die antiloop begin verslind.
**The Brahman woman saw everything from a secret room.**
Die Brahman-vrou het alles vanuit 'n geheime kamer gesien.
**Her Rakshasi sister tore a leg off the antelope.**
Haar Rakshasi-suster het 'n been van die antiloop afgeruk.
**She saw how she opened her tremendous jaw.**
Sy het gesien hoe sy haar geweldige kakebeen oopmaak.
**And in one mouthful she swallowed up the leg.**
En in een mondvol het sy die been ingesluk.
**The other limbs were devoured in the same manner.**
Die ander ledemate is op dieselfde wyse verslind.
**And opening her jaw even further, she swalled the body.**
En sy het haar kakebeen nog verder oopgemaak en die
liggaam gesluk.
**Only a little bit of the meat was kept for the kitchen.**
Net 'n klein bietjie van die vleis is vir die kombuis gehou.
**On the second day the Brahman caught another antelope.**
Op die tweede dag het die Brahman nog 'n antiloop gevang.
**On the third day the Brahman caught another antelope.**
Op die derde dag het die Brahman nog 'n antiloop gevang.
**The Rakshasi was unable to restrain her appetite.**
Die Rakshasi kon nie haar eetlus beteuel nie.
**The raw flesh brought out her demonic nature.**
Die rou vlees het haar demoniese natuur na vore gebring.
**And she devoured each antelope like the last.**
En sy het elke antiloop verslind soos die vorige.
**On the third day the Brahman woman expressed her
surprise.**
Op die derde dag het die Brahman-vrou haar verbasing
uitgespreek.
**"Nearly three whole antelopes have disappeared"**
"Byna drie hele antilope het verdwyn"
**"All that is left is a little bit of meat"**
"Al wat oorbly, is 'n bietjie vleis"

**The Rakshasi did not appreciate the accusation.**
Die Rakshasi het die beskuldiging nie waardeer nie.
**"Do I eat raw flesh?" she asked fiercely.**
"Eet ek rou vleis?" het sy woes gevra.
**"Perhaps you do eat raw flesh," replied the Brahman woman.**
"Miskien eet jy wel rou vleis," antwoord die Brahman-vrou.
**"I have nothing to prove the contrary"**
"Ek het niks om die teendeel te bewys nie"
**The Rakshasi knew she had been discovered.**
Die Rakshasi het geweet sy is ontdek.
**Her eyes became even fiercer than before.**
Haar oë het selfs feller geword as voorheen.
**And she vowed to get her revenge.**
En sy het belowe om wraak te neem.
**The Brahman woman concluded her fate was sealed.**
Die Brahman-vrou het tot die gevolgtrekking gekom dat haar lot verseël was.
**She thought her husband would meet the same fate.**
Sy het gedink haar man sou dieselfde lot tegemoetgaan.
**She did not expect her son to be spared either.**
Sy het ook nie verwag dat haar seun gespaar sou word nie.
**That night she hardly slept at all.**
Daardie nag het sy skaars geslaap.
**The Rakshasi had prevented her from seeing her husband.**
Die Rakshasi het haar verhinder om haar man te sien.
**Early next morning Champa-Dal went to school.**
Vroeg die volgende oggend het Champa-Dal skool toe gegaan.
**Before he went to school she gave her son a golden bottle.**
Voordat hy skool toe gegaan het, het sy vir haar seun 'n goue bottel gegee.
**In the golden bottle was her own breast milk.**
In die goue bottel was haar eie borsmelk.
**"Carefully watch the colour of the milk"**
"Let noukeurig op die kleur van die melk"
**"If the milk turns red, your father has been killed"**
"As die melk rooi word, is jou pa doodgemaak"

"If the milk turns redder, then I have been killed"
"As die melk rooier word, dan is ek doodgemaak"
"If the milk turns red you must gallop away"
"As die melk rooi word, moet jy weggalop"
"Gallop as fast as your horse can carry you"
"Galop so vinnig as wat jou perd jou kan dra"
"If you do not run away, you will be devoured"
"As jy nie wegvlug nie, sal jy verslind word"
That morning the Rakshasi made a suggestion to her husband.
Daardie oggend het die Rakshasi 'n voorstel aan haar man gemaak.
"Let us bathe in the river this morning"
"Kom ons bad vanoggend in die rivier"
She would not take no for an answer.
Sy sou nie nee vir 'n antwoord neem nie.
The river was some distance from the palace.
Die rivier was 'n entjie van die paleis af.
The Brahman followed her as meekly as a lamb.
Die Brahman het haar so sagmoedig soos 'n lam gevolg.
The Brahman woman saw that her doom was near.
Die Brahman-vrou het gesien dat haar ondergang naby was.
But it was beyond her power to avert the catastrophe.
Maar dit was buite haar mag om die ramp te voorkom.
The Brahman and the Rakshasi did indeed reach the river.
Die Brahman en die Rakshasi het inderdaad die rivier bereik.
Soon after the Rakshasi changed into her real dimensions.
Kort daarna het die Rakshasi na haar ware dimensies verander.
She tore the Brahman limb from limb.
Sy het die Brahman-ledemaat van ledemaat af geskeur.
She devoured him like she had devoured the antelope.
Sy het hom verslind soos sy die antiloop verslind het.
Then she ran back to her palace.
Toe hardloop sy terug na haar paleis.
The wive's fate was the same as the Brahman's.
Die vrou se lot was dieselfde as die Brahman s'n.

**Young Champ Dal had done as his mother instructed.**

Jong Kampioen Dal het gedoen soos sy ma beveel het.

**He was diligently observing the golden bottle.**

Hy het die goue bottel noukeurig dopgehou.

**He paid special attention to the colour of the milk.**

Hy het spesiale aandag aan die kleur van die melk gegee.

**He was horror-struck to find the milk redden a little.**

Hy was met afgryse getref om te sien dat die melk effens rooi geword het.

**"My father has been killed," he cried.**

"My pa is doodgemaak," het hy uitgeroep.

**Soon after the milk completely reddened.**

Kort daarna het die melk heeltemal rooi geword.

**"Now my mother has been killed too," he cried.**

"Nou is my ma ook dood," het hy uitgeroep.

**Quickly he rushed to mount his pony.**

Vinnig het hy gehardloop om op sy ponie te klim.

**His half-brother, Sahasra-Dal, was surprised.**

Sy halfbroer, Sahasra-Dal, was verbaas.

**"Where are you going, Champa?"**

"Waarheen gaan jy, Champa?"

**"Why are you crying, brother?"**

"Waarom huil jy, broer?"

**"Let me accompany you to wherever you are going"**

"Laat ek jou vergesel waar jy ook al gaan"

**But Champa-Dal now feared his brother.**

Maar Champa-Dal het nou sy broer gevrees.

**"Oh! do not come to me," he objected.**

"Ag! moenie na my toe kom nie," het hy beswaar gemaak.

**"Your mother has devoured my father and mother"**

"Julle moeder het my vader en moeder verslind"

**"Don't you come and devour me"**

"Moenie kom en my verslind nie"

**"I will not devour you," he promised his brother.**

"Ek sal jou nie verslind nie," het hy sy broer belowe.

**"I'll save you," he promised his brother.**

"Ek sal jou red," het hy sy broer belowe.

**And he galloped after his brother, Champa-Dal.**

En hy het agter sy broer, Champa-Dal, aan gegalop.

**Soon his mother, the Rakshasi, appeared at a distance.**

Gou het sy moeder, die Rakshasi, op 'n verte verskyn.

**She demanded Champa-Dal to come to her.**

Sy het geëis dat Champa-Dal na haar toe kom.

**But Champa-Dal knew better than to go to the Rakshasi.**

Maar Champa-Dal het geweet van beter as om na die Rakshasi te gaan.

**"Champa-Dal will not come to you, but I will"**

"Champa-Dal sal nie na jou toe kom nie, maar ek sal"

**And instead, Sahasra-Dal went to his mother.**

En in plaas daarvan het Sahasra-Dal na sy moeder gegaan.

**The young prince always carried a sword with him.**

Die jong prins het altyd 'n swaard saam met hom gedra.

**With his sword he cut off his mother's head.**

Met sy swaard het hy sy ma se kop afgekap.

**Champa-Dal had not stayed to witness this.**

Champa-Dal het nie gebly om dit te aanskou nie.

**He had galloped off as far as his pony could carry him.**

Hy het so ver as wat sy ponie hom kon dra, weggegalop.

**Because he was running for his life.**

Omdat hy vir sy lewe gevlug het.

**But Sahasra-Dal soon caught up with his brother.**

Maar Sahasra-Dal het gou sy broer ingehaal.

**And he told him that his mother was no more.**

En hy het hom meegedeel dat sy moeder nie meer was nie.

**This was small consolation to Champa-Dal.**

Dit was 'n skrale troos vir Champa-Dal.

**The Rakshasi had already devoured both his parents.**

Die Rakshasi het reeds albei sy ouers verslind.

**But he could still not trust Sahasra-Dal's friendship.**

Maar hy kon steeds nie Sahasra-Dal se vriendskap vertrou nie.

**They both rode as fast as their horses could carry them.**

Hulle het albei so vinnig gery as wat hul perde hulle kon dra.

**And their horses could carry them very far.**

En hulle perde kon hulle baie ver dra.
**Because their horses were Pakshirajes horses.**
Omdat hulle perde Pakshirajes-perde was.
**Pakshirajes horses are the kings of birds.**
Pakshirajes perde is die konings van voëls.
**On their horses they travelled over hundreds of miles.**
Te perde het hulle honderde kilometers afgelê.
**An hour or two before sundown they reached a village.**
'n Uur of twee voor sonsondergang het hulle 'n dorpie bereik.
**Here they became the guests of a respectable family.**
Hier het hulle die gaste van 'n gerespekteerde familie geword.
**But the two brothers saw the family was in gloom.**
Maar die twee broers het gesien dat die gesin in somberheid
was.
**Something was agitating the family very much.**
Iets het die familie baie ontstel.
**Some of the family held private consultations.**
Sommige van die familie het privaat konsultasies gehou.
**And others in the family were weeping.**
En ander in die familie het gehuil.
**The mother was the eldest lady in the house.**
Die moeder was die oudste dame in die huis.
**"I will go, as I am the eldest," she said.**
"Ek sal gaan, want ek is die oudste," het sy gesê.
**"I have lived long enough"**
"Ek het lank genoeg geleef"
**"At most my life would be cut short by a year or two"**
"Hoogstens sou my lewe met 'n jaar of twee verkort word"
**The youngest member of the house was a little girl.**
Die jongste lid van die huis was 'n klein dogtertjie.
**"I will go, as I am young," she said.**
"Ek sal gaan, aangesien ek jonk is," het sy gesê.
**"I am useless to the family"**
"Ek is nutteloos vir die familie"
**"If I die, I shall not be missed"**
"As ek sterf, sal ek nie gemis word nie"
**The head of the house was the son of the old lady.**

Die hoof van die huis was die seun van die ou dame.

**"I am the representative of the family," he said.**

"Ek is die verteenwoordiger van die familie," het hy gesê.

**"It is but reasonable that I should give up my life"**

"Dit is maar redelik dat ek my lewe moet prysgee"

**He also had a younger brother.**

Hy het ook 'n jonger broer gehad.

**"You are the pillar of the family," he said.**

"Jy is die pilaar van die familie," het hy gesê.

**"If you go the whole family is ruined"**

"As jy gaan, is die hele familie geruïneer"

**"It is not reasonable that you should go"**

"Dit is nie redelik dat jy moet gaan nie"

**"I will go, as I shall not be much missed"**

"Ek sal gaan, want ek sal nie baie gemis word nie"

**The two strangers listened to all this conversation.**

Die twee vreemdelinge het na hierdie hele gesprek geluister.

**You can imagine their curiosity was not little.**

Jy kan jou voorstel dat hul nuuskierigheid nie min was nie.

**They wondered what the discussion could be about.**

Hulle het gewonder waaroor die bespreking kon gaan.

**Sahasra-Dal took the risk of being thought meddlesome.**

Sahasra-Dal het die risiko geneem om as inmengerig beskou te word.

**"What is the subject of your consultations?"**

"Wat is die onderwerp van u konsultasies?"

**"What is the reason for your deep miserable?"**

"Wat is die rede vir jou diepe ellende?"

**"Why are your words full of countenances?"**

"Waarom is jou woorde vol gesigte?"

**The head of the house gave the following answer.**

Die hoof van die huis het die volgende antwoord gegee.

**"There is something you must know, me worthy guests"**

"Daar is iets wat julle moet weet, my waardige gaste"

**"These lands are infested by a terrible Rakshasi"**

"Hierdie lande word besmet deur 'n verskriklike Rakshasi"

**"This Rakshasi has depopulated all the regions here"**

"Hierdie Rakshasi het al die streke hier ontvolk"
**"This town, too, would have been depopulated"**
"Hierdie dorp sou ook ontvolk gewees het"
**"But that our king became suppliant to the Rakshasi"**
"Maar dat ons koning smeekbedes tot die Rakshasi geword het"
**"He begged her to show mercy to us his people"**
"Hy het haar gesmeek om genade aan ons, sy mense, te bewys"
**The Rakshasi replied to the king.**
Die Rakshasi het die koning geantwoord.
**"I will consent to show mercy to your subjects"**
"Ek sal instem om genade aan u onderdane te bewys"
**"But there is one condition for my mercy"**
"Maar daar is een voorwaarde vir my genade"
**"Every night I demand one human being"**
"Elke aand eis ek een mens"
**"I don't mind if it is a male or a female"**
"Ek gee nie om of dit 'n man of 'n vrou is nie"
**"Put the human being in a temple for me to feast"**
"Sit die mens in 'n tempel sodat ek kan feesvier"
**"If I get a human being every night I will rest satisfied"**
"As ek elke aand 'n mens kry, sal ek tevrede wees"
**"Promise me this and I will commit no further depredations"**
"Beloof my dit en ek sal geen verdere plundering pleeg nie"
**"Your subjects will be spared from my ravenous hunger"**
"U onderdane sal gespaar word van my vraatsugtige honger"
**"Our king had no other alternative than to agree"**
"Ons koning het geen ander alternatief gehad as om in te stem nie"
**"What human can ever hope to contend against a Rakshasi?"**
"Watter mens kan ooit hoop om teen 'n Rakshasi te meeding?"
**"From that day the king made a new law"**
"Van daardie dag af het die koning 'n nuwe wet gemaak"
**"Every family has to send one member to the temple"**
"Elke gesin moet een lid na die tempel stuur"

**"To appease the wrath of the terrible Rakshasi"**
"Om die toorn van die verskriklike Rakshasi te paai"
**"To satisfy the endless hunger of the Rakshasi"**
"Om die eindelose honger van die Rakshasi te bevredig"
**"All the families in this neighbourhood have had their turn"**
"Al die gesinne in hierdie buurt het hul beurt gehad"
**"This night it is the turn of our family"**
"Vandag is dit ons familie se beurt"
**"One of us is to devote ourself to destruction"**
"Een van ons moet homself aan vernietiging wy"
**"We are therefore discussing who should go to the Rakshasi"**
"Ons bespreek dus wie na die Rakshasi moet gaan"
**"You can now perceive the cause of our distress"**
"Julle kan nou die oorsaak van ons nood begryp"
**The two friends consulted together for a few minutes.**
Die twee vriende het 'n paar minute saam beraadslaag.
**After this time they concluded their consultation.**
Na hierdie tyd het hulle hul konsultasie afgesluit.
**Sahasra-Dal was the spokesman for the brothers.**
Sahasra-Dal was die woordvoerder vir die broers.
**"Most worthy host, do not any longer be sad"**
"Mees waardige gasheer, moenie langer bedroef wees nie"
**"You have been very kind to us"**
"Julle was baie gaaf teenoor ons"
**"We have resolved to requite your hospitality"**
"Ons het besluit om u gasvryheid te vergeld"
**"We will go to the temple instead of you"**
"Ons sal na die tempel gaan in plaas van julle"
**"We shall go as your representatives"**
"Ons sal as julle verteenwoordigers gaan"
**"We will become the food of the Rakshasi"**
"Ons sal die voedsel van die Rakshasi word"
**The whole family protested against the proposal.**
Die hele familie het teen die voorstel geprotesteer.
**They declared that guests were like gods.**
Hulle het verklaar dat gaste soos gode was.

**"The host must ensure the comfort of the guests"**
"Die gasheer moet die gemak van die gaste verseker"
**"The guests must not suffer for the host"**
"Die gaste moenie vir die gasheer ly nie"
**But the two strangers could not be persuaded.**
Maar die twee vreemdelinge kon nie oortuig word nie.
**"We will stand as proxies for your family"**
"Ons sal as plaasvervangers vir u familie optree"
**There was a great deal of objection to the proposal.**
Daar was heelwat beswaar teen die voorstel.
**But eventually the guests persuaded their hosts.**
Maar uiteindelik het die gaste hul gashere oortuig.
**Finally the hosts consented to the arrangement.**
Uiteindelik het die gashere tot die reëling ingestem.

**Sahasra-Dal and Champa-Dal rode off on their horses.**
Sahasra-Dal en Champa-Dal het op hul perde weggery.
**Immediately after candle light they reached the temple.**
Onmiddellik na kerslig het hulle die tempel bereik.
**They went into the temple, and shut the door.**
Hulle het die tempel binnegegaan en die deur toegemaak.
**Sahasra told his brother to go to sleep.**
Sahasra het vir sy broer gesê om te gaan slaap.
**"I will guard over your sleep"**
"Ek sal oor jou slaap wag hou"
**"I will watch out for the terrible Rakshasi"**
"Ek sal oppas vir die verskriklike Rakshasi"
**Champa was soon in a fine sleep.**
Champa het gou lekker geslaap.
**Sahasra lay awake, waiting for the Rakshasi.**
Sahasra het wakker gelê en wag vir die Rakshasi.
**Nothing happened during the early hours of the night.**
Niks het gedurende die vroeë oggendure gebeur nie.
**But then the gong of the king's bell sounded.**
Maar toe lui die koning se klok.
**It was midnight, the dead hour of the night.**
Dit was middernag, die dooie uur van die nag.

**Sahasra heard the sound as of a rushing tempest.**
Sahasra het die geluid gehoor soos van 'n rukwind.
**He used the knowledge he had of Rakshasas.**
Hy het die kennis wat hy van Rakshasas gehad het, gebruik.
**He concluded the Rakshasi was nigh.**
Hy het tot die gevolgtrekking gekom dat die Rakshasi naby was.
**A thundering knock was heard at the door.**
'n Donderende klop is aan die deur gehoor.
**The following words accompanied the knock at the door:**
Die volgende woorde het die klop aan die deur vergesel:
**"How, mow, khow! A human being I smell"**
"Hoe, maai, khaw! 'n Mens ruik ek"
**"Who keeps guard inside this temple?"**
"Wie hou wag binne hierdie tempel?"
**To this question Sahasra-Dal made the following reply:**
Op hierdie vraag het Sahasra-Dal die volgende geantwoord:
**"Sahasra-Dal keeps guard inside this temple"**
"Sahasra-Dal hou wag binne hierdie tempel"
**"Champa-Dal keeps guard inside this temple"**
"Champa-Dal hou wag binne hierdie tempel"
**"Two winged horses keep guard inside this temple"**
"Twee gevleuelde perde hou wag binne hierdie tempel"
**Rakshasa blood flowed through Sahasra-Dal's veins.**
Rakshasa-bloed het deur Sahasra-Dal se are gevloei.
**The Rakshasi knew Sahasra-Dal was not human.**
Die Rakshasi het geweet Sahasra-Dal is nie menslik nie.
**And so the Rakshasi turned away with a groan.**
En so het die Rakshasi met 'n gekreun weggedraai.
**After an hour the Rakshasi returned to the temple.**
Na 'n uur het die Rakshasi na die tempel teruggekeer.
**The Rakshasi thundered at the door again.**
Die Rakshasi het weer aan die deur gebulder.
**"How, mow, khow! A human being I smell"**
"Hoe, maai, khaw! 'n Mens ruik ek"
**"Who keeps guard inside this temple?"**
"Wie hou wag binne hierdie tempel?"

**To this question Sahasra-Dal again replied:**
Op hierdie vraag het Sahasra-Dal weer geantwoord:
**"Sahasra-Dal keeps guard inside this temple"**
"Sahasra-Dal hou wag binne hierdie tempel"
**"Champa-Dal keeps guard inside this temple"**
"Champa-Dal hou wag binne hierdie tempel"
**"Two winged horses keep guard inside this temple"**
"Twee gevleuelde perde hou wag binne hierdie tempel "
**The Rakshasi again groaned and went away.**
Die Rakshasi het weer gekreun en weggegaan.
**At two o'clock the Rakshasi appeared once more.**
Om twee-uur het die Rakshasi weer eens verskyn.
**And at three o'clock the Rakshasi came again.**
En om drie-uur het die Rakshasi weer gekom.
**Each time the Rakshasi made the same inquiry.**
Elke keer het die Rakshasi dieselfde navraag gedoen.
**And each time the Rakshasi left with a groan.**
En elke keer het die Rakshasi met 'n gekreun vertrek.
**After three o'clock, however, Sahasra-Dal felt very sleepy.**
Na drie-uur het Sahasra-Dal egter baie slaperig gevoel.
**He could not any longer keep awake.**
Hy kon nie meer wakker bly nie.
**He therefore roused Champa.**
Hy het Champa dus wakker gemaak.
**And he told him to keep guard over the temple.**
En hy het hom beveel om wag te hou oor die tempel.
**"The Rakshasi will come again in an hour"**
"Die Rakshasi sal oor 'n uur weer kom"
**"The Rakshasi will ask who keeps guard here"**
"Die Rakshasi sal vra wie hier wag hou"
**"You must mention Sahasra's name first"**
"Jy moet eers Sahasra se naam noem"
**Having given these instructions he went to sleep.**
Nadat hy hierdie instruksies gegee het, het hy gaan slaap.
**At four o'clock the Rakshasi again made her appearance.**
Om vieruur het die Rakshasi weer haar verskyning gemaak.
**The Rakshasi thundered at the door, and said:**

Die Rakshasi het by die deur gebulder en gesê:
**"How, mow, khow! A human being I smell"**
"Hoe, maai, khaw! 'n Mens ruik ek"
**"Who keeps guard inside this temple?"**
"Wie hou wag binne hierdie tempel?"
**Champa-Dal was in a terrible fright.**
Champa-Dal was verskriklik bang.
**He had forgotten the instructions of his brother.**
Hy het die instruksies van sy broer vergeet.
**"Champa-Dal keeps guard inside this temple"**
"Champa-Dal hou wag binne hierdie tempel"
**"Sahasra-Dal keeps guard inside this temple"**
"Sahasra-Dal hou wag binne hierdie tempel"
**"Two winged horses keep guard inside this temple"**
"Twee gevleuelde perde hou wag binne hierdie tempel"
**The Rakshasi uttered a shout of exultation.**
Die Rakshasi het 'n jubelende kreet uitgeroep.
**And the Rakshasi laughed how only demons can laugh.**
En die Rakshasi het gelag soos net demone kan lag.
**With a dreadful noise the door broke open.**
Met 'n verskriklike geraas het die deur oopgebreek.
**The noise roused Sahasra from his sleep.**
Die geraas het Sahasra uit sy slaap gewek.
**Within a moment he sprung to his feet.**
Binne 'n oomblik het hy orent gespring.
**He had his sword with him not only by day.**
Hy het sy swaard nie net bedags by hom gehad nie.
**He had his sword with him by night too.**
Hy het ook sy swaard in die nag by hom gehad.
**His sword was as supple as a palm-leaf.**
Sy swaard was so soepel soos 'n palmblaar.
**And he cut off the head of the Rakshasi.**
En hy het die kop van die Rakshasi afgekap.
**The huge mountain of a body fell to the ground.**
Die enorme berg van 'n liggaam het op die grond geval.
**The body made a great noise when it fell.**
Die liggaam het 'n groot geraas gemaak toe dit geval het.

**And the body covered many surrounding acres.**
En die liggaam het baie omliggende hektaar bedek.
**Sahasra-Dal kept the severed head of the Rakshasi.**
Sahasra-Dal het die afgekapte kop van die Rakshasi gehou.
**And he slept again with the head near him.**
En hy het weer geslaap met die kop naby hom.


**Early in the morning some wood-cutters came.**
Vroeg in die oggend het 'n paar houtkappers opgedaag.
**The wood-cutters were passing near the temple.**
Die houtkappers het naby die tempel verbygegaan.
**The wood-cutters saw the huge body on the ground.**
Die houtkappers het die groot liggaam op die grond gesien.
**So they walked towards the temple.**
So het hulle na die tempel gestap.
**Soon they saw that it was a carcass.**
Gou het hulle gesien dat dit 'n karkas was.
**The carcass of the terrible Rakshasi.**
Die karkas van die verskriklike Rakshasi.
**The Rakshasi that had nearly depopulated the land.**
Die Rakshasi wat die land amper ontvolk het.
**There had been a bounty for this Rakshasi.**
Daar was 'n beloning vir hierdie Rakshasi gewees.
**The king offered the hand of his daughter.**
Die koning het die hand van sy dogter aangebied.
**And the king had offered half the kingdom.**
En die koning het die helfte van die koninkryk aangebied.
**He would trade it all for the head of the Rakshasi.**
Hy sou dit alles verruil vir die hoof van die Rakshasi.
**The wood-cutters saw no claimant at hand.**
Die houtkappers het geen eiser byderhand gesien nie.
**So they went to get the reward.**
So het hulle gegaan om die beloning te kry.
**Each wood-cutter cut off a limb from the Rakshasi.**
Elke houtkapper het 'n tak van die Rakshasi afgesny.
**And each wood-cutter went to the king.**
En elke houtkapper het na die koning gegaan.

**And each wood-cutter tried to claim the reward.**
En elke houtkapper het probeer om die beloning te eis.
**"I am the destroyer of the great man eater"**
"Ek is die vernietiger van die groot mensvreter"
**"I have come to claim my reward"**
"Ek het gekom om my beloning te eis"
**The king knew there could only be one hero.**
Die koning het geweet daar kon net een held wees.
**So he made an inquiry with his minister.**
Hy het dus navraag gedoen by sy minister.
**"What family's turn was it last night?"**
"Watter familie se beurt was gisteraand?"
**"And who is the head of that family?"**
"En wie is die hoof van daardie familie?"
**The king's minister set out to find the family.**
Die koning se minister het op pad gegaan om die familie te vind.
**He brought the head of the family to the king.**
Hy het die hoof van die familie na die koning gebring.
**And the head of the family told of his guests.**
En die hoof van die gesin het van sy gaste vertel.
**"Last night two youthful travelers came to me"**
"Laas nag het twee jong reisigers na my toe gekom"
**"We offered to be their hosts for the night"**
"Ons het aangebied om hulle gashere vir die nag te wees"
**"Soon they discovered the problem we had"**
"Gou het hulle die probleem wat ons gehad het, ontdek"
**"And they volunteered to take our place"**
"En hulle het vrywillig aangebied om ons plek in te neem"
**"They went to the temple, instead of one of us"**
"Hulle het na die tempel gegaan, in plaas van een van ons"
**The king took his men to the temple.**
Die koning het sy manne na die tempel geneem.
**The door of the temple was broken open.**
Die deur van die tempel is oopgebreek.
**They found the two brothers sleeping.**
Hulle het die twee broers aan die slaap gevind.

**And the horses were safe in the temple too.**
En die perde was ook veilig in die tempel.
**And the head of the Rakshasi was there too.**
En die hoof van die Rakshasi was ook daar.
**There was no doubt about who had killed the monster.**
Daar was geen twyfel oor wie die monster doodgemaak het nie.
**The real hero had been discovered.**
Die ware held was ontdek.
**And the king kept true to his word.**
En die koning het sy woord getrou gehou.
**He gave the hand of his daughter to Sahasra-Dal.**
Hy het die hand van sy dogter aan Sahasra-Dal gegee.
**And he gave him half his kingdom too.**
En hy het hom ook die helfte van sy koninkryk gegee.
**Champa-Dal remained with his friend.**
Champa-Dal het by sy vriend gebly.
**And he rejoiced in Sahasra-Dal's prosperity.**
En hy het hom verheug in Sahasra-Dal se voorspoed.
**And they lived together happily for some time.**
En hulle het 'n rukkie gelukkig saamgewoon.

**But one day a misunderstanding arose between them.**
Maar eendag het 'n misverstand tussen hulle ontstaan.
**The queen-mother had a certain maid-servant.**
Die koningin-moeder het 'n sekere diensmeisie gehad.
**This maid-servant was the most useful domestic.**
Hierdie diensmeisie was die nuttigste huisvrou.
**She could turn her hand to any task.**
Sy kon haar hand aan enige taak wend.
**And she had uncommon strength for a woman.**
En sy het buitengewone krag vir 'n vrou gehad.
**Her intelligence was not lacking either.**
Haar intelligensie het ook nie ontbreek nie.
**And she had a remarkable amount of energy.**
En sy het 'n merkwaardige hoeveelheid energie gehad.
**She would have been quickly missed in the palace.**

Sy sou vinnig in die paleis gemis gewees het.
**The zenana was completely dependent on her.**
Die zenana was heeltemal van haar afhanklik.
**Hence her services were highly valued.**
Daarom is haar dienste hoog op prys gestel.
**The queen-mother appreciated her very much.**
Die koninginmoeder het haar baie waardeer.
**And the ladies of the palace valued her too.**
En die dames van die paleis het haar ook waardeer.
**But this valuable woman was not a woman.**
Maar hierdie waardevolle vrou was nie 'n vrou nie.
**What this woman was was a Rakshasi.**
Wat hierdie vrou was, was 'n Rakshasi.
**She had put on the appearance of a woman.**
Sy het die voorkoms van 'n vrou aangeneem.
**She had her own nefarious reasons for doing this.**
Sy het haar eie bose redes gehad om dit te doen.
**And then she took service in the royal household.**
En toe het sy diens in die koninklike huishouding aanvaar.
**At night she used to assume her own real form.**
Snags het sy haar eie ware vorm aangeneem.
**When everyone in the palace was asleep.**
Toe almal in die paleis aan die slaap was.
**And then she went about in search of food.**
En toe het sy rondgegaan op soek na kos.
**Because her hunger was not satisfied at the palace.**
Omdat haar honger nie by die paleis gestil was nie.
**A Rakshasi needs much more food than a man or woman.**
'n Rakshasi benodig baie meer kos as 'n man of vrou.
**At this time Champa-Dal had no wife.**
In hierdie tyd het Champa-Dal geen vrou gehad nie.
**So he often slept outside the zenana.**
So het hy dikwels buite die zenana geslaap.
**He was not far from the outer gate of the palace.**
Hy was nie ver van die buitenste poort van die paleis af nie.
**And from there he could observe her.**
En van daar af kon hy haar dophou.

**He saw her devouring sundry goats and sheep.**

Hy het gesien hoe sy verskeie bokke en skape verslind.

**And he saw her devouring horses and elephants.**

En hy het haar perde en olifante sien verslind.

**This of course was not good for the maid-servant.**

Dit was natuurlik nie goed vir die diensmeisie nie.

**Champa-Dal was in the way of her supper.**

Champa-Dal was in die pad van haar aandete.

**So she was determined to get rid of him.**

So sy was vasbeslote om van hom ontslae te raak.

**One day she went to the queen-mother.**

Eendag het sy na die koningin-moeder gegaan.

**"Queen-mother," she said to her.**

"Koningin-moeder," het sy vir haar gesê.

**"I can no longer work in the palace"**

"Ek kan nie meer in die paleis werk nie"

**"Why?" asked the queen-mother.**

"Hoekom?" het die koningin-moeder gevra.

**"What is the matter, Dasi" she wanted to know.**

"Wat is fout, Dasi?" wou sy weet.

**"How can I go on without you?"**

"Hoe kan ek sonder jou aangaan?"

**"Tell me your reasons for leaving"**

"Vertel my jou redes vir vertrek"

**The maid-servant explained her situation.**

Die diensmeisie het haar situasie verduidelik.

**"I am but a poor woman in this palace"**

"Ek is maar net 'n arm vrou in hierdie paleis"

**"A woman like me can't preserve her honour here"**

"'n Vrou soos ek kan nie haar eer hier bewaar nie"

**"Your son-in-law has a friend, Champa-Dal"**

"Jou skoonseun het 'n vriend, Champa-Dal"

**"He always cracks indecent jokes with me"**

"Hy maak altyd onsedelike grappe met my"

**"I would rather beg for my rice than to lose my honour"**

"Ek sal liewer vir my rys bedel as om my eer te verloor"

**"If Champa-Dal remains in the palace I must go away"**

"As Champa-Dal in die paleis bly, moet ek weggaan"
**The maid-servant was irreplicable in the palace.**
Die diensmeisie was onverbeterlik in die paleis.
**The queen-mother knew what sacrifice to make.**
Die koningin-moeder het geweet watter opoffering om te maak.
**Champa-Dal was going to have to leave the palace.**
Champa-Dal sou die paleis moes verlaat.
**And she told Sahasra-Dal all her reasons.**
En sy het vir Sahasra-Dal al haar redes vertel.
**"Champa-Dal is a bad man"**
"Champa-Dal is 'n slegte man"
**"His character and morals are loose"**
"Sy karakter en morele waardes is los"
**"He must leave this palace at once"**
"Hy moet hierdie paleis dadelik verlaat"
**Sahasra-Dal did his best to persuade her otherwise.**
Sahasra-Dal het sy bes gedoen om haar anders te oortuig.
**He earnestly pleaded on behalf of his friend.**
Hy het ernstig namens sy vriend gepleit.
**But his efforts were in vain.**
Maar sy pogings was tevergeefs.
**The queen-mother had made up her mind.**
Die koningin-moeder het haar besluit geneem.
**He had to be driven out of the palace.**
Hy moes uit die paleis verdryf word.
**Sahasra-Dal had not the courage to tell his friend.**
Sahasra-Dal het nie die moed gehad om dit vir sy vriend te vertel nie.
**He therefore wrote a letter to him.**
Hy het dus 'n brief aan hom geskryf.
**In the letter he was vague about the reason.**
In die brief was hy vaag oor die rede.
**But either way, he was going to have to leave.**
Maar hoe dit ook al sy, hy sou moes vertrek.
**Champa-Dal went to have a bath.**
Champa-Dal het gaan bad.

**And the letter was put in his room.**
En die brief is in sy kamer gesit.
**Champa-Dal was grieved upon reading the letter.**
Champa-Dal was bedroef toe hy die brief gelees het.
**He mounted his fleet of horses.**
Hy het op sy vloot perde geklim.
**And on his horses he left the palace.**
En te perde het hy die paleis verlaat.

**Champa's horses were uncommonly fleet.**
Champa se perde was buitengewoon vlugtig.
**Soon he had traversed thousands of miles.**
Gou het hy duisende kilometers afgelê.
**And eventually he reached a new city.**
En uiteindelik het hy 'n nuwe stad bereik.
**He stood at the gateway of a magnificent palace.**
Hy het by die poort van 'n pragtige paleis gestaan.
**He dismounted from his horse.**
Hy het van sy perd afgespring.
**And he entered the palace.**
En hy het die paleis binnegegaan.
**But in the palace he met not a single creature.**
Maar in die paleis het hy nie 'n enkele skepsel teëgekom nie.
**He went from apartment to apartment.**
Hy het van woonstel na woonstel gegaan.
**All the rooms were richly furnished.**
Al die kamers was ryklik gemeubileer.
**But none of the rooms were lived in.**
Maar geeneen van die kamers was bewoon nie.
**But in the end he came to a different room.**
Maar uiteindelik het hy in 'n ander kamer gekom.
**In this room there was a young lady.**
In hierdie kamer was daar 'n jong dame.
**The young lady was of heavenly beauty.**
Die jong dame was van hemelse skoonheid.
**And she was lying down on a splendid bedstead.**
En sy het op 'n pragtige bedbank gelê.

**The beautiful young lady was asleep.**
Die pragtige jong dame het geslaap.
**Champa-Dal looked upon the sleeping beauty.**
Champa-Dal het na die slapende skoonheid gekyk.
**He was captivated by what he was seeing.**
Hy was geboei deur wat hy gesien het.
**He had not seen any woman so beautiful.**
Hy het nog nooit so 'n mooi vrou gesien nie.
**Upon the bed there were two sticks.**
Op die bed was daar twee stokke.
**The two sticks were near the woman's head.**
Die twee stokke was naby die vrou se kop.
**One of the sticks was made of silver.**
Een van die stokke was van silwer gemaak.
**And the other stick was made of gold.**
En die ander stok was van goud gemaak.
**Champa took the silver stick into his hand.**
Champa het die silwer stok in sy hand geneem.
**And with the stick he touched the body of the lady.**
En met die stok het hy die liggaam van die dame aangeraak.
**But no change was perceptible to her sleep.**
Maar geen verandering was aan haar slaap waarneembaar nie.
**He then took up the gold stick.**
Toe het hy die goue stok opgetel.
**And with the stick he touched the body of the lady.**
En met die stok het hy die liggaam van die dame aangeraak.
**This time the young lady did awake.**
Hierdie keer het die jong dame wakker geword.
**Eyeing the stranger, she inquired who he was.**
Sy het die vreemdeling dopgehou en gevra wie hy was.
**"I am Champa-Dal," he told her.**
"Ek is Champa-Dal," het hy vir haar gesê.
**"There was once a poor dimwitted Brahman"**
"Daar was eens 'n arme, dom Brahman"
**"This dimwitted man had a wife, but no children"**
"Hierdie dom man het 'n vrou gehad, maar geen kinders nie"
**"But him not having children was probably for the best"**

"Maar dat hy nie kinders gehad het nie, was waarskynlik die beste."

**"Because he was barely able to meet his own needs"**

"Omdat hy skaars in sy eie behoeftes kon voorsien"

**"And he could hardly supply enough for his wife"**

"En hy kon skaars genoeg vir sy vrou voorsien"

**"But his dimwittedness was not even his biggest problem"**

"Maar sy domheid was nie eens sy grootste probleem nie"

**And he continued the story as we have followed it.**

En hy het die storie voortgesit soos ons dit gevolg het.

**"My mother concluded her fate was sealed"**

"My ma het tot die gevolgtrekking gekom dat haar lot verseël is"

**"And she thought my father would meet the same fate"**

"En sy het gedink my pa sou dieselfde lot tegemoetgaan"

**"And she did not expect me to be spared either"**

"En sy het ook nie verwag dat ek gespaar sou word nie"

**"That night she hardly slept at all"**

"Daardie nag het sy skaars geslaap"

**"The Rakshasi had prevented her from seeing my father"**

"Die Rakshasi het haar verhoed om my pa te sien"

**"Early next morning I went to school"**

"Vroeg die volgende oggend het ek skool toe gegaan"

**"Before I went to school she gave me a golden bottle"**

"Voordat ek skool toe gegaan het, het sy my 'n goue bottel gegee"

**"In the golden bottle was her own breast milk"**

"In die goue bottel was haar eie borsmelk"

**"I was told to carefully watch the colour of the milk"**

"Ek is aangesê om die kleur van die melk noukeurig dop te hou"

**And he continued the story as we have followed it.**

En hy het die storie voortgesit soos ons dit gevolg het.

**"We will stand as proxies for your family"**

"Ons sal as plaasvervangers vir u familie optree"

**"There was a great deal of objection to our proposal"**

"Daar was baie beswaar teen ons voorstel"

**"But eventually we persuaded our hosts"**
"Maar uiteindelik het ons ons gashere oortuig"
**"Finally the hosts consented to the arrangement"**
"Uiteindelik het die gashere tot die reëling ingestem"
**And he continued the story as we have followed it.**
En hy het die storie voortgesit soos ons dit gevolg het.
**"So I often slept outside the zenana"**
"So ek het dikwels buite die zenana geslaap"
**"I was not far from the outer gate of the palace"**
"Ek was nie ver van die buitenste poort van die paleis af nie"
**"And from there I could observe her"**
"En van daar af kon ek haar dophou"
**"I saw her devouring sundry goats and sheep"**
"Ek het gesien hoe sy verskeie bokke en skape verslind "
**"And I saw her devouring horses and elephants"**
"En ek het haar perde en olifante sien verslind"
**And he continued the story as we have followed it.**
En hy het die storie voortgesit soos ons dit gevolg het.
**"One day a letter was put in my room"**
"Eendag is 'n brief in my kamer gesit"
**"I was grieved upon reading the letter"**
"Ek was bedroef toe ek die brief lees"
**"I mounted my fleet of horses"**
"Ek het op my vloot perde geklim"
**"And on my horses he left the palace"**
"En op my perde het hy die paleis verlaat"
**"My horse are uncommonly fleet"**
"My perd is buitengewoon vlug"
**"Soon I had traversed thousands of miles"**
"Gou het ek duisende kilometers afgelê"
**"And eventually I reached a new city"**
"En uiteindelik het ek 'n nuwe stad bereik"
**And he continued the story as we have followed it.**
En hy het die storie voortgesit soos ons dit gevolg het.
**"I took the silver stick into his hand"**
"Ek het die silwer stok in sy hand geneem"
**"And with the stick I touched your body"**

"En met die stok het ek jou liggaam aangeraak"

**"But no change was perceptible to your sleep"**

"Maar daar was geen verandering aan jou slaap
waarneembaar nie"

**"I then took up the gold stick"**

"Toe het ek die goue stok opgetel"

**And with the stick he touched your body.**

En met die stok het hy jou liggaam aangeraak.

**"This time you did awake from your sleep"**

"Hierdie keer het jy uit jou slaap wakker geword"

**The young lady had listened to Champa-Dal's story.**

Die jong dame het na Champa-Dal se storie geluister.

**The young lady was in fact a princess.**

Die jong dame was eintlik 'n prinses.

**"Unhappy man! why have you come here?"**

"Ongelukkige man! waarom het jy hierheen gekom?"

**"This is the country of Rakshasas"**

"Dit is die land van Rakshasas"

**"No less than seven hundred Rakshasas live here"**

"Nie minder nie as sewehonderd Rakshasas woon hier"

**"Every morning the Rakshasas leave"**

"Elke oggend vertrek die Rakshasas"

**"They go to the other side of the ocean"**

"Hulle gaan na die ander kant van die see"

**"And they search for provisions there"**

"En hulle soek daar na voorraad"

**"And before dusk they return again"**

"En voor skemer kom hulle weer terug"

**"My father was king in these regions"**

"My vader was koning in hierdie streke"

**"His kingdom had millions of subjects"**

"Sy koninkryk het miljoene onderdane gehad"

**"They lived in flourishing towns and cities"**

"Hulle het in florerende dorpe en stede gewoon"

**"But some years ago the Rakshasas invaded"**

"Maar 'n paar jaar gelede het die Rakshasas binnegeval"

**"And they devoured all the subjects of the kingdom"**

"En hulle het al die onderdane van die koninkryk verslind"
**"The Rakshasas devoured my father and my mother"**
"Die Rakshasas het my vader en my moeder verslind"
**"The Rakshasas devoured my brothers and sisters"**
"Die Rakshasas het my broers en susters verslind"
**"And they devoured all the cattle of the country"**
"En hulle het al die vee van die land verslind"
**"There is no living human being in these regions"**
"Daar is geen lewende mens in hierdie streke nie"
**"I am the last human living left"**
"Ek is die laaste lewende mens wat oorbly"
**"I too would have been devoured long ago"**
"Ek sou ook lankal verslind gewees het"
**"But an old Rakshasi took a liking to me"**
"Maar 'n ou Rakshasi het van my gehou"
**"She prevents the other Rakshasas from eating me"**
"Sy verhoed dat die ander Rakshasas my eet"
**"Do you see those sticks of silver and gold?"**
"Sien jy daardie stokke van silwer en goud?"
**"Every morning she kills me with the silver stick"**
"Elke oggend maak sy my dood met die silwer stok"
**"Every evening she re-animates me with the gold stick"**
"Elke aand gee sy my weer lewe met die goue stok"
**"I do not know how to advise you"**
"Ek weet nie hoe om jou raad te gee nie"
**"If the Rakshasas see you, you are a dead man"**
"As die Rakshasas jou sien, is jy 'n dooie man"
**Then they talked in a very affectionate manner.**
Toe het hulle op 'n baie liefdevolle manier gepraat.
**And they laid their heads together.**
En hulle het hul koppe bymekaar gesit.
**And they thought to devise a means of escape.**
En hulle het gedink om 'n manier van ontsnapping te bedink.
**Some way to get out of the hands of the Rakshasas.**
'n Manier om uit die hande van die Rakshasas te kom.


**The hour of the return of the Rakshasas was coming.**

Die uur van die terugkeer van die Rakshasas het aangebreek.
**The seven hundred flesh-eaters were soon returning.**
Die sewehonderd vleiseters het gou teruggekeer.
**Keshavati called out to Champa-Dal.**
Keshavati het na Champa-Dal geroep.
**(Because that was the name of the princess)**
(Omdat dit die prinses se naam was)
**"Hide yourself in the heaps of the sacred trefoil"**
"Versteek jouself in die hope van die heilige klaverblad"
**But first Champ Dal picked up the silver stick.**
Maar eers het Champ Dal die silwer stok opgetel.
**He touched Keshavati with the silver stick.**
Hy het Keshavati met die silwer stok aangeraak.
**And as soon as he touched her, she died.**
En sodra hy haar aangeraak het, het sy gesterf.
**Then he went to the center of the temple of Siva.**
Toe het hy na die middel van die tempel van Siva gegaan.
**And he hid beneath the heaps of sacred trefoil.**
En hy het weggekruip onder die hope heilige klaverblaar.
**From his hiding place he heard the sound of wind rushing.**
Van sy wegkruipplek af het hy die geluid van wind gehoor.
**Then he heard terrible noises in the palace.**
Toe hoor hy verskriklike geluide in die paleis.
**The Rakshasas had come home from their hunt.**
Die Rakshasas het van hulle jagtog af huis toe gekom.
**They had filled their stomachs with meat.**
Hulle het hulle mae met vleis gevul.
**Sundry goats, sheep, cows, horses, buffaloes.**
Diverse bokke, skape, koeie, perde, buffels.
**And they had devoured elephants too.**
En hulle het ook olifante verslind.
**The old Rakshasi returned to the palace too.**
Die ou Rakshasi het ook na die paleis teruggekeer.
**She went to the room of the sleeping princess.**
Sy het na die kamer van die slapende prinses gegaan.
**And she woke her with the stick made of gold.**
En sy het haar wakker gemaak met die stok van goud.

"Hye, mye, khye! A human being I smell"
"Hee, mye, khye! Ek ruik 'n mens."
"I am the only human being here," said the princess.
"Ek is die enigste mens hier," het die prinses gesê.
"Eat me if you like," added Keshavati.
"Eet my as jy wil," het Keshavati bygevoeg.
To this the Rakshasi replied:
Hierop het die Rakshasi geantwoord:
"Let me eat up your enemies"
"Laat ek jou vyande opeet"
"Why should I eat you?" she asked the princess.
"Waarom moet ek jou eet?" het sy die prinses gevra.
She laid herself down on the ground.
Sy het haarself op die grond neergelê.
She was as long and high as the Vindhya Hills.
Sy was so lank en hoog soos die Vindhya-heuwels.
And in this position she fell asleep.
En in hierdie posisie het sy aan die slaap geraak.
The other Rakshasas and Rakshasis soon fell asleep too.
Die ander Rakshasas en Rakshasis het ook gou aan die slaap
geraak.
Because they were tired from their gigantic labour.
Omdat hulle moeg was van hulle enorme arbeid.
Keshavati also composed herself to sleep.
Keshavati het haarself ook aan die slaap gemaak.
But Champa did not dare to come out from under the leaves.
Maar Champa het nie gewaag om onder die blare uit te kom
nie.
And he tried his best to pray to the god of repose.
En hy het sy bes probeer om tot die god van rus te bid.


At daybreak all seven hundred Rakshasas got up again.
Met dagbreek het al sewehonderd Rakshasas weer opgestaan.
They went on their usual predatory excursion.
Hulle het op hul gewone roofdierekskursie gegaan.
And along with them went the old Rakshasi.
En saam met hulle het die ou Rakshasi gegaan.

**But first the old Rakshasi picked up the silver stick.**
Maar eers het die ou Rakshasi die silwer stok opgetel.
**And she touched Keshavati with the silver stick.**
En sy het Keshavati met die silwer stok aangeraak.
**Soon the coast was clear for Champa-Dal.**
Gou was die kus oop vir Champa-Dal.
**And he dared to come out from under the pile of leaves.**
En hy het dit gewaag om onder die hoop blare uit te kom.
**He walked back into the room of the princess.**
Hy het teruggeloop na die prinses se kamer.
**And he touched her with the golden stick.**
En hy het haar met die goue stok aangeraak.
**And the princess revived from her death again.**
En die prinses het weer uit haar dood herleef.
**They sauntered about in the gardens.**
Hulle het in die tuine rondgeslenter.
**They enjoyed the cool breeze of the morning.**
Hulle het die koel briesie van die oggend geniet.
**They bathed in a lucid pool of water.**
Hulle het in 'n helder poel water gebad.
**And they ate and drank food in the palace.**
En hulle het in die paleis geëet en gedrink.
**And they spent the day in sweet converse.**
En hulle het die dag in soete geselsies deurgebring.
**And they concocted a plan for their deliverance.**
En hulle het 'n plan vir hul verlossing beraam.
**Keshavaity was going to speak to the old Rakshasi.**
Keshavaity sou met die ou Rakshasi praat.
**She was going to ask on what a Rakshasa's life depended.**
Sy wou vra waarvan 'n Rakshasa se lewe afhang.
**And with that secret they were going to act accordingly.**
En met daardie geheim sou hulle dienooreenkomstig optree.

**The hour of the return of the Rakshasas was coming again.**
Die uur van die terugkeer van die Rakshasas het weer
aangebreek.
**And events unfolded as they had the evening before.**

En gebeure het ontvou soos die vorige aand.
**The seven hundred flesh-eaters were returning to the palace.**
Die sewehonderd vleiseters was op pad terug na die paleis.
**Champ Dal touched Keshavati with the silver stick.**
Kampioen Dal het Keshavati met die silwer stok aangeraak.
**She died like the had died the night before.**
Sy is dood soos sy die vorige nag gesterf het.
**Champa-Dal went to the centre of the temple of Siva.**
Champa-Dal het na die middelpunt van die tempel van Siva
gegaan.
**He hid beneath the heaps of sacred trefoil again.**
Hy het weer onder die hope heilige klaverblaar weggekruip.
**He heard the sound of wind rushing.**
Hy het die geluid van die wind gehoor wat ruk.
**And he heard terrible noises in the palace.**
En hy het verskriklike geluide in die paleis gehoor.
**The Rakshasas had come home from their hunt.**
Die Rakshasas het van hulle jagtog af huis toe gekom.
**They had filled their stomachs with meat.**
Hulle het hulle mae met vleis gevul.
**Sundry goats, sheep, cows, horses, buffaloes.**
Diverse bokke, skape, koeie, perde, buffels.
**And they had devoured elephants too.**
En hulle het ook olifante verslind.
**The old Rakshasi returned to the palace too.**
Die ou Rakshasi het ook na die paleis teruggekeer.
**She went to the room of the sleeping princess.**
Sy het na die kamer van die slapende prinses gegaan.
**And she woke her with the stick made of gold.**
En sy het haar wakker gemaak met die stok van goud.
**"Hye, mye, khye! A human being I smell"**
"Hee, mye, khye! Ek ruik 'n mens."
**"I am the only human being here," said the princess.**
"Ek is die enigste mens hier," het die prinses gesê.
**"Eat me if you like," added Keshavati.**
"Eet my as jy wil," het Keshavati bygevoeg.
**To this the Rakshasi replied:**

Hierop het die Rakshasi geantwoord:

**"Let me eat up your enemies"**

"Laat ek jou vyande opeet"

**"Why should I eat you?" she asked the princess.**

"Waarom moet ek jou eet?" het sy die prinses gevra.

**She laid herself down on the ground.**

Sy het haarself op die grond neergelê.

**And she looked like a part of the Himalaya mountains.**

En sy het gelyk soos 'n deel van die Himalaja-berge.

**Keshavati had a phial of heated mustard oil.**

Keshavati het 'n flessie verhitte mosterdolie gehad.

**And she approached the foot of the Rakshasi.**

En sy het die voet van die Rakshasi genader.

**"Mother, your feet are sore from walking"**

"Ma, jou voete is seer van die loop"

**"Let me rub your sore feet with oil"**

"Laat ek jou seer voete met olie vryf"

**And she began to rub with oil the Rakshasi's feet.**

En sy het begin om die Rakshasi se voete met olie te vryf.

**Then a few tear-drops fell from the eyes of the princess.**

Toe het 'n paar trane uit die oë van die prinses geval.

**And the tear-drops landed on the monster's legs.**

En die traandedruppels het op die monster se bene geland.

**The Rakshasi tasted the tear-drops with her lips.**

Die Rakshasi het die traandruppels met haar lippe geproe.

**And she found the tear-drops tasted briny.**

En sy het gevind dat die traandruppels sout smaak.

**"Why are you weeping, darling?" asked the Rakshasi.**

"Waarom huil jy, lieffie?" het die Rakshasi gevra.

**"What aileth thee?" she wanted to know.**

"Wat makeer jou?" wou sy weet.

**The princess tried to stop herself from crying.**

Die prinses het probeer om haarself te keer om te huil.

**"Mother, I am weeping because you are old"**

"Moeder, ek huil omdat jy oud is"

**"When you die one of the Rakshasas will devour me"**

"Wanneer jy sterf, sal een van die Rakshasas my verslind"

"When I die?! Don't be foolish, girl"

"Wanneer ek sterf?! Moenie dwaas wees nie, meisie"

"Don't you know that Rakshasas never die?"

"Weet jy nie dat Rakshasas nooit sterf nie?"

"We are not naturally immortal"

"Ons is nie van nature onsterflik nie"

"There is a secret to our strength"

"Daar is 'n geheim van ons krag"

"But no human can unravel this secret"

"Maar geen mens kan hierdie geheim ontrafel nie"

"But let me tell you the secret"

"Maar laat ek jou die geheim vertel"

"So that you are comforted a little"

"Sodat julle 'n bietjie getroos kan word"

"Do you see the pool of water in the palace?"

"Sien jy die waterpoel in die paleis?"

"In that pool of water is a Sphatikasthamba"

"In daardie poel water is 'n Sphatikasthamba"

"The Sphatikasthambha is deep in the water"

"Die Sphatikasthambha is diep in die water"

"And on the Sphatikasthambha are two bees"

"En op die Sphatikasthambha is twee bye"

"A human being would have to dive into the water"

"'n Mens sou in die water moes duik"

"The human being would have to bring the bees onto dry land"

"Die mens sou die bye op droë grond moes bring "

"Then the human being would have to kill the two bees"

"Dan sou die mens die twee bye moes doodmaak"

"But not a drop of their blood must touch the ground"

"Maar nie 'n druppel van hulle bloed mag die grond raak nie"

"Only then can a human kill a Rakshasa"

"Slegs dan kan 'n mens 'n Rakshasa doodmaak"

"But if the blood touches the ground, a thousand Rakshasas will rise"

"Maar as die bloed die grond raak, sal 'n duisend Rakshasas opstaan"

**"But what human will find out this secret?"**

"Maar watter mens sal hierdie geheim uitvind?"

**"And what human can achieve this feat?"**

"En watter mens kan hierdie prestasie behaal?"

**"No human knows the secret to the life of a Rakshasa"**

"Geen mens ken die geheim van die lewe van 'n Rakshasa nie"

**"And no human can achieve such a feat"**

"En geen mens kan so 'n prestasie behaal nie"

**"So there is no reason to be sad, my darling"**

"So daar is geen rede om hartseer te wees nie, my liefling"

**"I am practically immortal," she confirmed.**

"Ek is feitlik onsterflik," het sy bevestig.

**Keshavati treasured the secret in her memory.**

Keshavati het die geheim in haar geheue bewaar.

**And then she went back to sleep.**

En toe het sy weer gaan slaap.


**Next morning the Rakshasas, as usual, went away.**

Die volgende oggend het die Rakshasas, soos gewoonlik, weggegaan.

**Champa came out of his hiding-place.**

Champa het uit sy wegkruipplek gekom.

**And he roused Keshavati from her sleep.**

En hy het Keshavati uit haar slaap wakker gemaak.

**The princess told him the secret she had learnt.**

Die prinses het hom die geheim vertel wat sy geleer het.

**Champa-Dal immediately started to prepare himself.**

Champa-Dal het dadelik begin om homself voor te berei.

**He brought to the pool a knife.**

Hy het 'n mes na die swembad gebring.

**And he brought a quantity of ashes.**

En hy het 'n hoeveelheid as gebring.

**He took off his heavy clothes.**

Hy het sy swaar klere uitgetrek.

**He put a drop or two of mustard oil into each ear.**

Hy het 'n druppel of twee mosterdolie in elke oor gesit.

**To prevent water from entering into his ears.**

Om te verhoed dat water in sy ore kom.
**He swam out into the middle of the water.**
Hy het in die middel van die water uitgeswem.
**And from there he dove down into the pool.**
En van daar af het hy in die poel afgeduik.
**Soon he reached the top of the crystal pillar.**
Gou het hy die bopunt van die kristalpilaar bereik.
**And on Sphatikasthambha were the two bees.**
En op Sphatikasthambha was die twee bye.
**He caught hold of the two bees he found there.**
Hy het die twee bye wat hy daar gevind het, beetgekry.
**And he swam up again in a singular breath.**
En hy het weer in 'n enkele asemteug opgeswem.
**He took the knife he had left at the edge of the water.**
Hy het die mes geneem wat hy aan die rand van die water
gelos het.
**And over the ashes he cut up the bees.**
En oor die as het hy die bye opgesny.
**A drop or two of the blood fell from the bees.**
'n Druppel of twee bloed het van die bye geval.
**But their blood did not touch the ground.**
Maar hulle bloed het nie die grond geraak nie.
**Instead, their blood landed on the ashes.**
In plaas daarvan het hulle bloed op die as beland.
**A terrible scream was heard at a distance.**
'n Verskriklike geskreeu is van ver af gehoor.
**The scream was the wailing of the Rakshasas.**
Die geskreeu was die gehuil van die Rakshasas.
**They were all running home as fast as they could.**
Hulle het almal so vinnig as wat hulle kon huis toe
gehardloop.
**They wanted to prevent the bees from being killed.**
Hulle wou verhoed dat die bye doodgemaak word.
**But they could not reach the palace in time.**
Maar hulle kon nie betyds die paleis bereik nie.
**Because the bees had already perished.**
Omdat die bye reeds dood was.

**The moment the bees were killed, all the Rakshasas died.**
Die oomblik toe die bye doodgemaak is, het al die Rakshasas
gesterf.
**Their carcases fell on the very spot they were standing.**
Hulle lyke het op die plek geval waar hulle gestaan het.
**Their carcases now blocked the gateway of the palace.**
Hul karkasse het nou die poort van die paleis versper.
**In this manner the seven hundred Rakshasas were
destroyed.**
Op hierdie manier is die sewehonderd Rakshasas vernietig.


**Afterwards Champa-Dal and Keshavati got married.**
Daarna is Champa-Dal en Keshavati getroud.
**They made the traditional exchange of garlands of flowers.**
Hulle het die tradisionele uitruil van blommekranse gemaak.
**The princess had never been out of the house.**
Die prinses was nog nooit uit die huis nie.
**So she naturally expressed a desire to see the outer world.**
So het sy natuurlik 'n begeerte uitgespreek om die buitewêreld
te sien.
**Every morning and evening they went on long walks.**
Elke oggend en aand het hulle lang staptogte onderneem.
**There was a large river Keshavati wished to bathe in.**
Daar was 'n groot rivier waarin Keshavati wou bad.
**As she bathed one of Keshavati's hairs came off.**
Terwyl sy gebad het, het een van Keshavati se hare afgekom.
**There was a special custom in those times.**
Daar was 'n spesiale gebruik in daardie tye.
**A woman never threw away a hair away by itself.**
'n Vrou het nooit 'n haar op sy eie weggegooi nie.
**A sea-shell was floating in the water.**
'n Seeskulp het in die water gedryf.
**So Keshavati tied the strand of hair to the sea-shell.**
So het Keshavati die haarstreng aan die seeskulp vasgemaak.
**And then the couple returned to the palace.**
En toe het die paartjie na die paleis teruggekeer.
**Meanwhile the sea-shell floated down the stream.**

Intussen het die seeskulp met die stroom af gedryf.
**And in due time the sea-shell reached another bathing spot.**
En mettertyd het die seeskulp 'n ander badplek bereik.
**This was the bathing spot Sahasra-Dal went to.**
Dit was die badplek waarheen Sahasra-Dal gegaan het.
**Here Champa-Dal's brother performed his ablutions.**
Hier het Champa-Dal se broer sy wassings uitgevoer.
**On this day Sahasra-Dal was in the water.**
Op hierdie dag was Sahasra-Dal in die water.
**He was bathing and swimming with his friends.**
Hy het saam met sy vriende gebad en geswem.
**And so the sea-shell floated past the men.**
En so het die seeskulp verby die mans gedryf.
**The men were in a playful mood that day.**
Die manne was daardie dag in 'n speelse bui.
**"Whoever gets to the sea-shell first wins"**
"Wie eerste by die seeskulp kom, wen"
**And so they all swam towards the sea-shell.**
En so het hulle almal na die seeskulp geswem.
**Sahasra-Dal was the strongest swimmer among his friends.**
Sahasra-Dal was die sterkste swemmer onder sy vriende.
**And so he was the first the reach the sea-shell.**
En so was hy die eerste wat die seeskulp bereik het.
**Examining the seashell, he found a hair tied to it.**
Toe hy die seeskulp ondersoek, het hy 'n haar daaraan
vasgemaak gevind.
**But it was a hair of extraordinary length.**
Maar dit was 'n haar van buitengewone lengte.
**He had never seen such a long hair.**
Hy het nog nooit so 'n lang hare gesien nie.
**The strand of hair was exactly seven cubits long.**
Die haarstring was presies sewe el lank.
**"This strand of hair must belong to a woman"**
"Hierdie haarstring moet aan 'n vrou behoort"
**"And this woman must be very remarkable"**
"En hierdie vrou moet baie merkwaardig wees"
**"I must see who this remarkable woman is"**

"Ek moet sien wie hierdie merkwaardige vrou is"
**Sahasra-Dal was determined to find the remarkable woman.**
Sahasra-Dal was vasbeslote om die merkwaardige vrou te vind.
**He went home from the river in a pensive mood.**
Hy het in 'n peinsende bui van die rivier af huis toe gegaan.
**And he did not proceed to the zenana for breakfast.**
En hy het nie na die zenana vir ontbyt gegaan nie.
**Instead he remained in the outer part of the palace.**
In plaas daarvan het hy in die buitenste deel van die paleis gebly.
**The queen-mother heard about Sahasra-Dal's meloncholy.**
Die koningin-moeder het van Sahasra-Dal se meloncholie gehoor.
**And she heard he had not come to breakfast.**
En sy het gehoor hy het nie vir ontbyt gekom nie.
**So she went to him and asked the reason.**
Toe gaan sy na hom toe en vra die rede.
**He showed her the strand of hair he had found.**
Hy het haar die haarstring gewys wat hy gevind het.
**"I must see the woman who's head this strand of hair adorned"**
"Ek moet die vrou sien wie se kop met hierdie haarstring getooi is"
**The queen-mother was happy to help her son-in-law.**
Die koninginmoeder was bly om haar skoonseun te help.
**"Very well," she said to him.**
"Baie goed," het sy vir hom gesê.
**"You shall soon have that lady in the palace"**
"Jy sal binnekort daardie dame in die paleis hê"
**"I promise you to bring her here"**
"Ek belowe jou om haar hierheen te bring"
**The queen mother already had a plan.**
Die koninginmoeder het reeds 'n plan gehad.
**Her favourite maid-servant would be good at the job.**
Haar gunsteling diensmeisie sou goed wees in die werk.
**Because this maid-servant was very resourceful.**

Omdat hierdie diensmeisie baie vindingryk was.

**Of course the queen-mother did not really know her maid.**

Natuurlik het die koningin-moeder haar diensmeisie nie regtig geken nie.

**She did not know her favourite maid was a Rakshasi.**

Sy het nie geweet haar gunsteling diensmeisie was 'n Rakshasi nie.

**"Please find the owner of this strand of hair," she asked.**

"Soek asseblief die eienaar van hierdie haarstring," het sy gevra.

**And her maid-servant more than politely agreed.**

En haar diensmeisie het meer as beleefd ingestem.

**"It would my pleasure to find this woman"**

"Dit sal my plesier wees om hierdie vrou te vind"

**"I will soon bring her to the palace"**

"Ek sal haar binnekort na die paleis bring"

**"I will need a boat build from Hajol wood"**

"Ek sal 'n boot van Hajol-hout nodig hê om te bou"

**"The oars of the boat must be made from Mon-Paban wood"**

"Die roeispane van die boot moet van Mon-Paban-hout gemaak word"

**The boat makers soon made the boat.**

Die bootmakers het die boot gou gemaak.

**And the boat was launched on the stream.**

En die boot is op die stroom te water gelaat.

**The maid-servant went on board of the boat.**

Die diensmeisie het aan boord van die boot gegaan.

**With her she took some baskets of wicker.**

Sy het 'n paar mandjies met riet saamgeneem.

**The baskets of wicker were of curious workmanship.**

Die mandjies van riet was van eienaardige vakmanskap.

**She also took with her some sweetmeats.**

Sy het ook 'n paar lekkergoed saamgeneem.

**Into the sweetmeats some poison had been mixed.**

In die soetgoed was daar gif gemeng.

**She snapped her fingers thrice.**

Sy het haar vingers drie keer geknip.

And then she uttered the following charm:
En toe het sy die volgende towerkrag uitgespreek:
**"Boat of Hajol! Oars of Mon Paban!"**
"Boat van Hajol! Roei van Mon Paban!"
**"Take me to the Ghat,"**
"Vat my na die Ghat,"
**"The Ghat in which Keshavati bathes"**
"Die Ghat waarin Keshavati bad"
**The boat heeded to her command.**
Die boot het op haar bevel ag geslaan.
**And the boat flew like lightning over the waters.**
En die boot het soos weerlig oor die waters gevlieg.
**And the boat left many towns and cities behind.**
En die boot het baie dorpe en stede agtergelaat.
**At last the boat stopped at a bathing-place.**
Uiteindelik het die boot by 'n badplek gestop.
**The Rakshasi maid-servant had reached her goal.**
Die Rakshasi-diensmeisie het haar doel bereik.
**She concluded it was the bathing ghat of Keshavati.**
Sy het tot die gevolgtrekking gekom dat dit die badghat van
Keshavati was.
**She landed with the sweetmeats in her hand.**
Sy het met die lekkergoed in haar hand geland.
**She went to the gate of the palace, and cried aloud:**
Sy het na die hek van die paleis gegaan en hardop uitgeroep:
**"Oh Keshavati! Keshavati! I am your aunt"**
"O Keshavati! Keshavati! Ek is jou tante"
**"Oh Keshavati, I am your mother's sister"**
"O Keshavati, ek is jou ma se suster"
**"I have come to see you, my darling"**
"Ek het gekom om jou te sien, my liefling"
**"I have come after so many years"**
"Ek het na soveel jare gekom"
**"Are you home, Keshavati?" she asked.**
"Is jy tuis, Keshavati?" het sy gevra.
**The princess heard the words of the false-aunt.**
Die prinses het die woorde van die valse tante gehoor.

**She came out of her room and to the entrance of the palace.**
Sy het uit haar kamer gekom en na die ingang van die paleis
gekom.
**She had no doubt that it was really her aunt.**
Sy het geen twyfel gehad dat dit regtig haar tante was nie.
**And she embraced and kissed her aunt.**
En sy het haar tante omhels en gesoen.
**They both wept rivers of joy.**
Hulle het albei riviere van vreugde geween.
**Although you should know the Rakshasi wept first.**
Alhoewel jy moet weet dat die Rakshasi eerste gehuil het.
**Keshavati wept with her out of empathy.**
Keshavati het uit empatie saam met haar geween.
**Champa-Dal also believed the Rakshasi to be her aunt.**
Champa-Dal het ook geglo dat die Rakshasi haar tante was.
**They all ate and drank and enjoyed the happy occasion.**
Hulle het almal geëet en gedrink en die vrolike geleentheid
geniet.
**And then they took rest in the middle of the day.**
En toe het hulle in die middel van die dag gerus.
**And they celebrated again in the evening.**
En hulle het weer die aand feesgevier.


**The next day the celebrations continued at breakfast.**
Die volgende dag het die vieringe met ontbyt voortgeduur.
**Champa-Dal had a habit of sleeping after breakfast.**
Champa-Dal het 'n gewoonte gehad om na ontbyt te slaap.
**Towards afternoon, the supposed aunt said to Keshavati:**
Teen die middag het die sogenaamde tante vir Keshavati gesê:
**"Let us both go to the river and wash ourselves:**
"Laat ons albei na die rivier gaan en onsself was:
**Keshavati replied, "How can we go now?"**
Keshavati het geantwoord: "Hoe kan ons nou gaan?"
**"My husband is sleeping," she explained.**
"My man slaap," het sy verduidelik.
**"Do not worry about your husband's sleep," said the aunt.**

"Moenie bekommerd wees oor jou man se slaap nie," het die tante gesê.

**"Let him sleep as much as he likes"**

"Laat hom slaap soveel as wat hy wil"

**"Let me put these sweetmeats near his bedside"**

"Laat ek hierdie lekkergoed naby sy bed sit"

**"That way, when he awakes, he has something to eat"**

"Sodoende, wanneer hy wakker word, het hy iets om te eet."

**Then they then went to the river-side.**

Toe het hulle na die rivieroewer gegaan.

**They went close to the spot where the boat was.**

Hulle het naby die plek gegaan waar die boot was.

**From a distance Keshavati saw the baskets of wicker-work.**

Van 'n verte af het Keshavati die mandjies met rietwerk gesien.

**"Aunt, what beautiful things are those!"**

"Tante, wat is daardie mooi goedjies!"

**"I wish I could get some of those wicker baskets"**

"Ek wens ek kon van daardie rietmandjies kry"

**Her aunt happily obliged her.**

Haar tante het haar met graagte tegemoetgekom.

**"Come, my child, and look at the wicker baskets"**

"Kom, my kind, en kyk na die rietmandjies"

**"You can have as many baskets as you like"**

"Jy kan soveel mandjies hê as jy wil"

**Keshavati at first refused to go into the boat.**

Keshavati het aanvanklik geweier om in die boot te klim.

**But her aunt was very persuasive.**

Maar haar tante was baie oortuigend.

**And finally she went onto the boat.**

En uiteindelik het sy op die boot gegaan.

**But once on the boat her aunt did a strange thing.**

Maar toe sy op die boot was, het haar tante iets vreemdes gedoen.

**The aunt snapped her fingers thrice and said:**

Die tante het haar vingers drie keer geknip en gesê:

**"Boat of Hajol! Oars of Mon-Paban!"**

"Boat van Hajol! Rie van Mon-Paban!"
**"Take me to the Ghat,"**
"Vat my na die Ghat,"
**"The Ghat in which Sahasra-Dal bathes"**
"Die Ghat waarin Sahasra-Dal bad"
**And the boat heeded to her command.**
En die boot het op haar bevel ag geslaan.
**And the boat flew like an arrow over the waters.**
En die boot het soos 'n pyl oor die waters gevlieg.
**Keshavati was frightened and began to cry.**
Keshavati was bang en het begin huil.
**But the boat went on despite her crying.**
Maar die boot het voortgegaan ten spyte van haar gehuil.
**And the boat left behind many towns and cities.**
En die boot het baie dorpe en stede agtergelaat.
**In a trice the boat reached its destination.**
In 'n japtrap het die boot sy bestemming bereik.
**The ghat where Sahasra-Dal was in the habit of bathing.**
Die ghat waar Sahasra-Dal die gewoonte gehad het om te bad.
**Keshavati was taken to the palace.**
Keshavati is na die paleis geneem.
**Sahasra-Dal admired her beauty and the length of her hair.**
Sahasra-Dal het haar skoonheid en die lengte van haar hare
bewonder.
**And the ladies of the palace tried their best to comfort her.**
En die dames van die paleis het hul bes gedoen om haar te
troos.
**But she set up a loud cry of protest.**
Maar sy het 'n harde proteskreet opgestel.
**And she wanted to be taken back to her husband.**
En sy wou teruggeneem word na haar man.
**Finally she saw that she had been taken captive.**
Uiteindelik het sy gesien dat sy gevange geneem is.
**So she spoke to the ladies of the palace.**
So het sy met die dames van die paleis gepraat.
**"Upon marriage I made a vow to my husband"**
"Met my huwelik het ek 'n gelofte aan my man afgelê"

**"I promised not to look upon the face of any other man"**
"Ek het belowe om nie na die gesig van enige ander man te
kyk nie"
**"I promised to uphold this vow for six months"**
"Ek het belowe om hierdie gelofte vir ses maande na te kom"
**She was then lodged away from the others in the palace.**
Sy is toe weg van die ander in die paleis gehuisves.
**And she was given a small house to live in.**
En sy is 'n klein huisie gegee om in te woon.
**The window of the house overlooked the road.**
Die venster van die huis het oor die pad uitgekyk.
**There she spent the livelong day.**
Daar het sy die hele dag deurgebring.
**And there she spent the livelong night.**
En daar het sy die lang nag deurgebring.
**Because she had very little sleep.**
Omdat sy baie min slaap gehad het.
**Because her time was spent in sighing and weeping.**
Omdat haar tyd in gesug en geween deurgebring is.


**In the meantime Champa-Dal awoke from his sleep.**
Intussen het Champa-Dal uit sy slaap wakker geword.
**He was distracted with the grief of not finding his wife.**
Hy was afgelei deur die hartseer om nie sy vrou te vind nie.
**His suspicions turned to the aunt of Keshavati.**
Sy agterdog het na die tante van Keshavati gedraai.
**He knew she was a cheat and an impostor.**
Hy het geweet sy was 'n bedrieër en 'n bedrieër.
**It must have been her who carried away Keshavati.**
Dit moes sy gewees het wat Keshavati weggedra het.
**He did not eat the sweetmeats left for him.**
Hy het nie die lekkergoed geëet wat vir hom oorgebly het nie.
**Because he suspected the sweets to have been poisoned.**
Omdat hy vermoed het dat die lekkers vergiftig was.
**He threw one of the sweets to a crow.**
Hy het een van die lekkers vir 'n kraai gegooi.
**The moment the crow ate the sweet, it dropped down dead.**

Die oomblik toe die kraai die soetgoed eet, het hy dood neergeval.

**This confirmed his suspicion of the pretend aunt.**

Dit het sy vermoede van die skyntante bevestig.

**Maddened with grief, he rushed out of the house.**

Waansinnig van hartseer het hy uit die huis gehardloop.

**He was determined to go wherever his feet took him.**

Hy was vasbeslote om te gaan waar sy voete hom ook al geneem het.

**Like a madman he blubbered, "Oh Keshavati! Oh Keshavati!"**

Soos 'n mal mens het hy gebulder, "O Keshavati! O Keshavati!"

**He travelled on foot day after day.**

Hy het dag na dag te voet gereis.

**And he followed whatever way his feet took him.**

En hy het gevolg watter pad sy voete hom ook al geneem het.

**Six months he spent travelling in this wearisome manner.**

Ses maande het hy op hierdie vermoeiende manier gereis.

**After six month he reached the capital of Sahasra-Dal.**

Na ses maande het hy die hoofstad van Sahasra-Dal bereik.

**He passed by the gate of the palace.**

Hy het by die hek van die paleis verbygegaan.

**And from the road he could see a small house.**

En van die pad af kon hy 'n klein huisie sien.

**And from in the house he could hear sighs.**

En van binne die huis kon hy sugte hoor.

**Champa-Dal instantly recognized his wife.**

Champa-Dal het sy vrou onmiddellik herken.

**And Keshavita instantly recognized her husband.**

En Keshavita het haar man onmiddellik herken.

**Keshavita told her husband everything that had happened.**

Keshavita het haar man alles vertel wat gebeur het.

**"The woman asked to go bathing after breakfast"**

"Die vrou het gevra om na ontbyt te gaan bad"

**"At the river there was a boat"**

"By die rivier was daar 'n boot"

**"The woman persuaded me onto the boat"**
"Die vrou het my oorreed om op die boot te gaan"
**"And then the boat took us to this place"**
"En toe het die boot ons na hierdie plek geneem"
**"I realized that I had been made captive"**
"Ek het besef dat ek gevange geneem is"
**"So I told them of my vows to you"**
"So het ek hulle van my geloftes aan jou vertel"
**"But tomorrow will be the end of six month"**
"Maar môre sal die einde van ses maande wees"
**There was a custom in those days.**
Daar was 'n gebruik in daardie dae.
**The fulfilments of vows were publicly recited.**
Die nakoming van geloftes is in die openbaar voorgedra.
**This was normally fulfilled by a learned Brahman.**
Dit is normaalweg deur 'n geleerde Brahman vervul.
**They planned for Champa-Dal to take on this role.**
Hulle het beplan dat Champa-Dal hierdie rol sou oorneem.
**And so that evening the palace drum was beat.**
En so is daardie aand die paleistrom geslaan.
**The king wanted a learned Brahman to make a recitation.**
Die koning wou hê dat 'n geleerde Brahman 'n resitasie moes
doen.
**The story of Keshavati on the fulfilment of her vow.**
Die verhaal van Keshavati oor die vervulling van haar gelofte.
**Champa-Dal touched the drum and volunteered.**
Champa-Dal het die trom aangeraak en vrywillig aangebied.
**"I will make the recitation of Keshavita's vows"**
"Ek sal die resitasie van Keshavita se geloftes doen"
**The next morning all assembled in the courtyard.**
Die volgende oggend het almal in die binnehof
bymekaargekom.
**The old king and the queen mother.**
Die ou koning en die koninginmoeder.
**Sahasra-Dal and his wife were there.**
Sahasra-Dal en sy vrou was daar.
**All the courtiers and the learned Brahmans of the country.**

Al die hofdienaars en die geleerde Brahmins van die land.

**All royalty was under a huge canopy of silk.**

Alle koninklikes was onder 'n enorme afdak van sy.

**Kashavati was also there, but behind a veil.**

Kashavati was ook daar, maar agter 'n sluier.

**So that she wouldn't be exposed to the rude gaze of people.**

Sodat sy nie aan die onbeskofte blikke van mense blootgestel sou word nie.

**Champa-Dal, the reciter, sat on a dais.**

Champa-Dal, die voordraer, het op 'n verhoging gesit.

**And he began to tell the story of Keshavati.**

En hy het die storie van Keshavati begin vertel.

**"There was once a poor dimwitted Brahman"**

"Daar was eens 'n arme, dom Brahman"

**"This dimwitted man had a wife, but no children"**

"Hierdie dom man het 'n vrou gehad, maar geen kinders nie"

**"But him not having children was probably for the best"**

"Maar dat hy nie kinders gehad het nie, was waarskynlik die beste."

**"Because he was barely able to meet his own needs"**

"Omdat hy skaars in sy eie behoeftes kon voorsien"

**"And he could hardly supply enough for his wife"**

"En hy kon skaars genoeg vir sy vrou voorsien"

**"But his dimwittedness was not even his biggest problem"**

"Maar sy domheid was nie eens sy grootste probleem nie"

**And he continued the story as we have followed it.**

En hy het die storie voortgesit soos ons dit gevolg het.

**And sometimes he turned around to Keshavati.**

En soms het hy omgedraai na Keshavati.

**And he asked her if he was telling the story correctly.**

En hy het haar gevra of hy die storie reg vertel.

**And she told him he was telling the story correctly.**

En sy het vir hom gesê hy vertel die storie reg.

**"The Brahman woman concluded her fate was sealed"**

"Die Brahman-vrou het tot die gevolgtrekking gekom dat haar lot verseël is"

**"And she thought her husband would meet the same fate"**

"En sy het gedink haar man sou dieselfde lot tegemoetgaan"
**"And she did not expect her son to be spared either"**
"En sy het ook nie verwag dat haar seun gespaar sou word nie"
**"That night she hardly slept at all"**
"Daardie nag het sy skaars geslaap"
**"The Rakshasi had prevented her from seeing her husband"**
"Die Rakshasi het haar verhoed om haar man te sien"
**"Early next morning Champa-Dal went to school"**
"Vroeg die volgende oggend het Champa-Dal skool toe gegaan"
**"Before he went to school, she gave her son a golden bottle"**
"Voordat hy skool toe gegaan het, het sy vir haar seun 'n goue bottel gegee"
**"In the golden bottle was her own breast milk"**
"In die goue bottel was haar eie borsmelk"
**"Carefully watch the colour of the milk"**
"Let noukeurig op die kleur van die melk "
**During the recitation the Rakshasi maid-servant grew pale.**
Tydens die resitasie het die Rakshasi-diensmeisie bleek geword.
**She perceived that her real character was going to be discovered.**
Sy het besef dat haar ware karakter ontdek sou word.
**And Sahasra-Dal was astonished at the knowledge of the reciter.**
En Sahasra-Dal was verbaas oor die kennis van die verteller.
**The reciter clearly told the history of the prince's life.**
Die verteller het die geskiedenis van die prins se lewe duidelik vertel.
**"A drop or two of the blood fell from the bees"**
"'n Druppel of twee van die bloed het van die bye geval"
**"But their blood did not touch the ground"**
"Maar hulle bloed het nie die grond geraak nie"
**"Instead, their blood landed on the ashes"**
"In plaas daarvan het hul bloed op die as beland"
**"A terrible scream was heard at a distance"**

"'n Verskriklike gil is van ver af gehoor"
**"The scream was the wailing of the Rakshasas"**
"Die gil was die gehuil van die Rakshasas"
**"They were all running home as fast as they could"**
"Hulle het almal so vinnig as moontlik huis toe gehardloop"
**"They wanted to prevent the bees from being killed"**
"Hulle wou verhoed dat die bye doodgemaak word"
**"But they could not reach the palace in time"**
"Maar hulle kon nie betyds die paleis bereik nie"
**"Because the bees had already been killed"**
"Omdat die bye reeds doodgemaak was"
**"The moment the bees were killed, all the Rakshasas died"**
"Die oomblik toe die bye doodgemaak is, het al die Rakshasas gesterf"
**"Their carcasses fell on the very spot they were standing"**
"Hul karkasse het geval op die plek waar hulle gestaan het"
**"Their carcasses now blocked the gateway of the palace"**
"Hul karkasse het nou die poort van die paleis versper"
**"In this manner the seven hundred Rakshasas were destroyed"**
"Op hierdie manier is die sewehonderd Rakshasas vernietig"
**All where enthralled by the story of the Rakshasas.**
Almal was geboei deur die verhaal van die Rakshasas.
**Because the story was being told by a true storyteller.**
Omdat die storie deur 'n ware storieverteller vertel is.
**All enjoyed the story except for the maid-servant.**
Almal het die storie geniet, behalwe die diensmeisie.
**Because her real character was bound to be discovered.**
Omdat haar ware karakter ontdek sou word.
**"Champa-Dal touched the drum and volunteered.**
"Champa-Dal het die trom aangeraak en vrywillig aangebied."
**"I will make the recitation of Keshavita's vows"**
"Ek sal die resitasie van Keshavita se geloftes doen"
**"The next morning all assembled in the courtyard"**
"Die volgende oggend het almal in die binnehof bymekaargekom"

"The old king and the queen mother"
"Die ou koning en die koninginmoeder"
"Sahasra-Dal and his wife were there"
"Sahasra-Dal en sy vrou was daar"
"All the courtiers and the learned Brahmans of the country"
"Al die hofdienaars en die geleerde Brahmins van die land"
"All royalty was under a huge canopy of silk"
"Alle koninklikes was onder 'n enorme afdak van sy"
"Kashavati was also there, but behind a veil"
"Kashavati was ook daar, maar agter 'n sluier"
"So that she wouldn't be exposed to the rude gaze of people"
"Sodat sy nie aan die onbeskofte blikke van mense blootgestel
sou word nie"
"Champa-Dal, the reciter, sat on a dais"
"Champa-Dal, die voordraer, het op 'n verhoging gesit"
"And he began to tell the story of Keshavati"
"En hy het die storie van Keshavati begin vertel"
Sahasra-Dal jumped up from his seat.
Sahasra-Dal het van sy sitplek af opgespring.
And he embraced the reciter of the story.
En hy het die verteller van die storie omhels.
"You can be none other than my brother Champa-Dal"
"Jy kan niemand anders as my broer Champa-Dal wees nie"
Then the prince was inflamed with rage.
Toe was die prins woedend.
He ordered the maid-servant to come into his presence.
Hy het die diensmeisie beveel om in sy teenwoordigheid te
kom.
A hole the height of a man was dug in the ground.
'n Gat so hoog soos 'n man is in die grond gegrawe.
And the maid-servant was put into the hole, standing.
En die diensmeisie is staande in die gat gesit.
Prickly thorns were heaped around her.
Stekeldorings was om haar opgehoop.
Up to the crown of her head she was covered in thorns.
Tot aan die kroon van haar kop was sy oortrek met dorings.
In this way the maid-servant was buried alive.

Op hierdie manier is die diensmeisie lewend begrawe.

**After this all lived happily together for many years.**

Daarna het almal vir baie jare gelukkig saamgewoon.

**Sahasra-Dal and his princess, and Champa-Dal and
Keshavati.**

Sahasra-Dal en sy prinses, en Champa-Dal en Keshavati.

### The Story of Swet and Bachanta
Die storie van Swet en Bachanta

**There was once upon a time a rich merchant.**
Daar was eens op 'n tyd 'n ryk handelaar.
**This rich merchant had only one son.**
Hierdie ryk handelaar het slegs een seun gehad.
**And he loved his only son very much.**
En hy het sy enigste seun baie liefgehad.
**He gave to his son whatever he wanted.**
Hy het vir sy seun gegee wat hy ook al wou hê.
**Of course his son wanted a beautiful house.**
Natuurlik wou sy seun 'n pragtige huis hê.
**And he also wanted to have a large garden.**
En hy wou ook 'n groot tuin hê.
**So a beautiful house was built for him.**
So is 'n pragtige huis vir hom gebou.
**And a fine garden was made for him too.**
En 'n pragtige tuin is ook vir hom aangelê.
**The merchant's son was pleased with the garden.**
Die seun van die handelaar was tevrede met die tuin.
**And he enjoyed walking in the garden.**
En hy het dit geniet om in die tuin te stap.
**One day a bird's nest caught his attention.**
Eendag het 'n voëlnes sy aandag getrek.
**This bird happens to be called Toontooni.**
Hierdie voël word toevallig Toontooni genoem.
**He put his hand into the small bird's nest.**
Hy het sy hand in die klein voëltjie se nes gesteek.
**And in the nest he found an egg.**
En in die nes het hy 'n eier gevind.
**He took the egg out of its nest.**
Hy het die eier uit sy nes gehaal.
**There was an almirah in the wall of his house.**
Daar was 'n almirah in die muur van sy huis.
**So he put the egg in the almirah.**
So het hy die eier in die almirah gesit.

**He closed the door of the almirah.**
Hy het die deur van die almirah toegemaak.
**And then he thought no more of the egg.**
En toe het hy nie meer aan die eier gedink nie.
**The merchant's son had a house of his own.**
Die seun van die handelaar het sy eie huis gehad.
**But he had a house without a household.**
Maar hy het 'n huis sonder 'n huishouding gehad.
**So in his house there was no cook.**
So in sy huis was daar geen kok nie.
**But he had no need for his own cook.**
Maar hy het geen behoefte aan sy eie kok gehad nie.
**Because his mother regularly sent him food.**
Omdat sy ma gereeld vir hom kos gestuur het.
**In the morning she sent him breakfast.**
Die oggend het sy vir hom ontbyt gestuur.
**And every day she had dinner sent to him.**
En elke dag het sy aandete vir hom laat stuur.
**One day the egg in the almirah burst.**
Eendag het die eier in die almirah gebars.
**But it was not a bird that came out of the egg.**
Maar dit was nie 'n voël wat uit die eier gekom het nie.
**Out of the egg came a beautiful infant.**
Uit die eier het 'n pragtige baba gekom.
**The infant was not a bird, but a human girl.**
Die baba was nie 'n voël nie, maar 'n menslike meisie.
**But the merchant's son knew nothing of the event.**
Maar die seun van die handelaar het niks van die gebeurtenis geweet nie.
**He had forgotten everything about the egg.**
Hy het alles van die eier vergeet.
**The door of the wall-almirah had been kept closed.**
Die deur van die muur-almirah was toe gehou.
**However, the merchant's son did not lock the door.**
Die seun van die handelaar het egter nie die deur gesluit nie.
**The child grew up within the wall-almirah.**
Die kind het binne die muur-almirah grootgeword.

**She had no knowledge of the merchant's son.**
Sy het geen kennis van die handelaar se seun gehad nie.
**Nor did she know of anyone else.**
Sy het ook nie van iemand anders geweet nie.
**When the child could walk it grew curious.**
Toe die kind kon loop, het dit nuuskierig geword.
**And out of curiosity she opened the door.**
En uit nuuskierigheid het sy die deur oopgemaak.
**That day, too, the mother had sent breakfast.**
Daardie dag het die moeder ook ontbyt gestuur.
**And the breakfast had been put on the floor.**
En die ontbyt was op die vloer neergesit.
**The child saw the food that was on the floor.**
Die kind het die kos op die vloer gesien.
**Of course the child ate from the food.**
Natuurlik het die kind van die kos geëet.
**And then the child returned into the wall.**
En toe het die kind terug in die muur geval.
**The merchant's mother always made a lot of food.**
Die handelaar se ma het altyd baie kos gemaak.
**It was more food than he could possibly eat.**
Dit was meer kos as wat hy moontlik kon eet.
**So he didn't notice that any food was missing.**
Hy het dus nie opgemerk dat enige kos vermis was nie.
**The girl of the wall-almirah came out every day.**
Die meisie van die muur-almirah het elke dag uitgekom.
**And every day she ate a part of the food.**
En elke dag het sy 'n deel van die kos geëet.
**After eating the food she returned to the almirah.**
Nadat sy die kos geëet het, het sy na die almirah teruggekeer.
**But with time the girl got older and older.**
Maar met verloop van tyd het die meisie ouer en ouer geword.
**And with age she got bigger and bigger.**
En met ouderdom het sy al hoe groter geword.
**And the bigger she got the hungrier she got.**
En hoe groter sy geword het, hoe hongerder het sy geword.
**And she began to eat more of the food each day.**

En sy het elke dag meer van die kos begin eet.
**Eventually the merchant's son noticed the missing food.**
Uiteindelik het die handelaar se seun die vermiste kos opgemerk.
**But he had no way of knowing where the food went.**
Maar hy het geen manier gehad om te weet waarheen die kos gegaan het nie.
**The last thing he suspected was a girl from inside the almirah.**
Die laaste ding wat hy vermoed het, was 'n meisie van binne die almirah.
**And so he came to a very different conclusion.**
En so het hy tot 'n heel ander gevolgtrekking gekom.
**"Why is mother sending such a small quantity of food?".**
"Waarom stuur ma so 'n klein hoeveelheid kos?"
**And he had a message sent to his mother.**
En hy het 'n boodskap aan sy ma gestuur.
**"Why am I being sent insufficient food?".**
"Waarom word daar nie genoeg kos vir my gestuur nie?"
**"And why is the dish served so slovenly?".**
"En hoekom word die gereg so slordig bedien?"
**Of course we know why the food was insufficient.**
Natuurlik weet ons hoekom die kos onvoldoende was.
**And we know why the food was presented slovenly.**
En ons weet hoekom die kos slordig aangebied is.
**The girl from in the wall ate from his food.**
Die meisie van in die muur het van sy kos geëet.
**And as she ate she fingered the rice and curry.**
En terwyl sy geëet het, het sy aan die rys en kerrie gevoed.
**And she always hurried back into her cell in the wall.**
En sy het altyd teruggehaas na haar sel in die muur.
**So that she would not be seen by anyone.**
Sodat sy deur niemand gesien sou word nie.
**She had no time to put the rice in proper order.**
Sy het nie tyd gehad om die rys behoorlik te rangskik nie.
**The mother was astonished at her son's complaint.**
Die moeder was verbaas oor haar seun se klagte.

**She gave him more than he could eat.**
Sy het hom meer gegee as wat hy kon eet.
**The food was served up on a silver plate.**
Die kos is op 'n silwerbord bedien.
**And she neatly arranged the food herself.**
En sy het die kos self netjies gereël.
**But her son repeated the same complaint again.**
Maar haar seun het dieselfde klagte weer herhaal.
**Day after day he complained of the small portions.**
Dag na dag het hy gekla oor die klein porsies.
**Day after day he complained of the messy food.**
Dag na dag het hy gekla oor die morsige kos.
**And so his mother began to suspect foul play.**
En so het sy ma vuilspel begin vermoed.
**She told her son to watch over the food.**
Sy het vir haar seun gesê om oor die kos te waak.
**"See if anyone is eating your food".**
"Kyk of iemand jou kos eet."
**The next day a servant brought the food.**
Die volgende dag het 'n dienaar die kos gebring.
**The servant laid the food in a clean place.**
Die dienaar het die kos op 'n skoon plek neergesit.
**Normally the merchant's son took a bath.**
Gewoonlik het die handelaar se seun gebad.
**But this day he did not go for a bath.**
Maar hierdie dag het hy nie gaan bad nie.
**Instead, on this day he hid himself nearby.**
In plaas daarvan het hy homself op hierdie dag naby
weggekruip.
**From his hiding place he could see the food.**
Van sy wegkruipplek af kon hy die kos sien.
**The merchant's son did not have to wait for long.**
Die seun van die handelaar hoef nie lank te wag nie.
**Soon he saw the wall-almirah open.**
Gou sien hy die muur-almirah oop.
**And he saw a beautiful damsel step out.**
En hy het 'n pragtige jonkvrou sien uitstap.

**She could not have been more than sixteen.**
Sy kon nie ouer as sestien gewees het nie.
**She sat on the carpet by the breakfast.**
Sy het op die mat by die ontbyt gesit.
**And she began to eat from the food left on the floor.**
En sy het begin eet van die kos wat op die vloer agtergebly
het.
**The merchant's son came out of his hiding-place.**
Die handelaar se seun het uit sy wegkruipplek gekom.
**And the damsel could not escape from him.**
En die jongmeisie kon nie van hom ontsnap nie.
**"Who are you, beautiful creature?".**
"Wie is jy, pragtige wese?"
**"You do not seem to be earth-born".**
"Jy lyk nie of jy van die aarde afkomstig is nie."
**"Are you one of the daughters of the gods?".**
"Is jy een van die dogters van die gode?"
**The girl replied, "I do not know who I am".**
Die meisie het geantwoord: "Ek weet nie wie ek is nie."
**"But there is one thing I do know," the girl continued.**
"Maar daar is een ding wat ek wel weet," het die meisie
voortgegaan.
**"One day I found myself in the almirah in the wall".**
"Eendag het ek myself in die almirah in die muur bevind."
**"And since then I have been living in the wall".**
"En sedertdien woon ek in die muur."
**The merchant's son thought her story was strange.**
Die handelaar se seun het gedink haar storie was vreemd.
**But then he thought a bit more about the story.**
Maar toe het hy 'n bietjie meer oor die storie gedink.
**And he remembered what happened sixteen years ago.**
En hy het onthou wat sestien jaar gelede gebeur het.
**He remembered the nest of the toontoori bird.**
Hy het die nes van die toonoori-voël onthou.
**And he remembered finding an egg in the nest.**
En hy het onthou dat hy 'n eier in die nes gevind het.
**And he remembered putting the egg in the almirah.**

En hy het onthou dat hy die eier in die almirah gesit het.

**The wall-almirah girl was of uncommon beauty.**

Die muur-almirah-meisie was van buitengewone skoonheid.

**And the merchant's son was struck by her beauty.**

En die seun van die handelaar was beïndruk deur haar skoonheid.

**Her beauty made a deep impression on his mind.**

Haar skoonheid het 'n diep indruk op sy gemoed gemaak.

**And he resolved in his mind to marry her.**

En hy het in sy gedagtes besluit om met haar te trou.

**From then on the girl didn't stay in the almirah.**

Van toe af het die meisie nie in die almirah gebly nie.

**She was given a room in the merchant's son's house.**

Sy is 'n kamer in die handelaar se seun se huis gegee.

**The next day the merchant's son wrote a message.**

Die volgende dag het die handelaar se seun 'n boodskap geskryf.

**And he had the message sent to his mother.**

En hy het die boodskap aan sy ma gestuur.

**You can guess the general theme of the message.**

Jy kan die algemene tema van die boodskap raai.

**The merchant's son said he would like to get married.**

Die seun van die handelaar het gesê hy wil graag trou.

**The mother of the merchant's son reproached herself.**

Die moeder van die handelaar se seun het haarself verwyt.

**She had not tried to find a wife for his son.**

Sy het nie probeer om 'n vrou vir sy seun te vind nie.

**She felt she should have thought of his marriage.**

Sy het gevoel sy moes aan sy huwelik gedink het.

**And so she promptly replied to her son's message.**

En so het sy dadelik op haar seun se boodskap geantwoord.

**She and her father were going to send out ghataks.**

Sy en haar pa sou ghataks uitstuur.

**The ghataks were going to go to different countries.**

Die ghataks sou na verskillende lande gaan.

**There they were going to look for suitable brides.**

Daar sou hulle na geskikte bruide soek.

**But the merchant's son said there would be no need.**
Maar die seun van die handelaar het gesê daar sou geen nodigheid wees nie.
**He had secured himself a lovely young lady.**
Hy het vir homself 'n pragtige jong dame bekom.
**If they had no objection, he would introduce her to them.**
As hulle geen beswaar gehad het nie, sou hy haar aan hulle voorstel.
**And so the young lady was taken to the merchant's house.**
En so is die jong dame na die handelaar se huis geneem.
**The merchant and his wife welcomed the stranger.**
Die handelaar en sy vrou het die vreemdeling verwelkom.
**And they were also struck by her unmatched beauty.**
En hulle was ook getref deur haar ongeëwenaarde skoonheid.
**The girl was of perfect loveliness and grace.**
Die meisie was van volkome skoonheid en grasie.
**The parents made no questions to her birth.**
Die ouers het geen vrae oor haar geboorte gehad nie.
**And the nuptials were celebrated there and then.**
En die huwelik is daar en dan gevier.

**In the course of time the merchant's son had two sons.**
Met verloop van tyd het die seun van die handelaar twee seuns gehad.
**The elder of the sons he named Swet.**
Die oudste van die seuns het hy Swet genoem.
**And the younger son he named Basanta.**
En die jonger seun het hy Basanta genoem.
**After the passing of more time the old merchant died.**
Na verloop van tyd is die ou handelaar oorlede.
**So the merchant's son now became the merchant.**
So het die handelaar se seun nou die handelaar geword.
**And after some time his mother died too.**
En na 'n rukkie is sy moeder ook oorlede.
**Swet and Basanta grew up to be fine lads.**
Swet en Basanta het grootgeword en goeie seuns geword.
**And the elder son was in due time married.**

En die oudste seun is te geruime tyd getroud.
**Sometime after Swet's marriage his mother also died.**
'n Ruk na Swet se huwelik is sy moeder ook oorlede.
**The girl from in the wall was no more.**
Die meisie van in die muur was nie meer nie.
**The widower lost no time in marrying again.**
Die wewenaar het geen tyd verloor om weer te trou nie.
**And he had a new young and beautiful wife.**
En hy het 'n nuwe jong en pragtige vrou gehad.
**Swet's wife was older than his stepmother.**
Swet se vrou was ouer as sy stiefma.
**So his wife became the mistress of the house.**
So het sy vrou die eienares van die huis geword.
**The stepmother was like all stepmothers are.**
Die stiefma was soos alle stiefma's is.
**She hated Swet and Basanta with a perfect hatred.**
Sy het Swet en Basanta met 'n volkome haat gehaat.
**And the two ladies also couldn't stand each other.**
En die twee dames kon mekaar ook nie verdra nie.
**It so happened one day that a fisherman came.**
Dit het so gebeur dat eendag 'n visserman opgedaag het.
**The fisherman brought to the merchant a fish.**
Die visserman het 'n vis vir die handelaar gebring.
**This fish was of singular and remarkable beauty.**
Hierdie vis was van unieke en merkwaardige skoonheid.
**It was unlike any other fish that had been seen.**
Dit was anders as enige ander vis wat al gesien is.
**And the fish had other qualities too.**
En die vis het ook ander eienskappe gehad.
**The fisherman explained the wonders of the fish.**
Die visserman het die wonders van die vis verduidelik.
**"Two things will happen if you eat this fish".**
"Twee dinge sal gebeur as jy hierdie vis eet."
**"When you laugh maniks will drop from your mouth".**
"Wanneer jy lag, sal daar manikure uit jou mond val."
**"And when you weep pearls will drop from your eyes".**
"En wanneer julle ween, sal pêrels van julle oë afval."

**The merchant was astounded by what he had heard.**
Die handelaar was verstom oor wat hy gehoor het.
**And he wanted the wonderful properties of the fish.**
En hy wou die wonderlike eienskappe van die vis hê.
**And so he bought the fish at one thousand rupees.**
En so het hy die vis vir duisend roepees gekoop.
**And he put the fish into the hands of Swet's wife.**
En hy het die vis in die hande van Swet se vrou gesit.
**Because Swet's wife was the mistress of the house.**
Omdat Swet se vrou die eienares van die huis was.
**He strictly instructed her to cook the fish well.**
Hy het haar streng opdrag gegee om die vis goed gaar te maak.
**And he told her to give the fish to him alone to eat.**
En hy het haar beveel om die vis vir hom alleen te gee om te eet.
**The house-mother however knew the fish's secret.**
Die huismoeder het egter die vis se geheim geken.
**She had overheard what the fisherman had said.**
Sy het gehoor wat die visserman gesê het.
**Secretly she made a different plan in her mind.**
In die geheim het sy 'n ander plan in haar gedagtes gemaak.
**She was going to cook the fish for her husband.**
Sy sou die vis vir haar man gaarmaak.
**And she was going to share the fish with his brother.**
En sy sou die vis met sy broer deel.
**For her father-in-law she was going to prepare a frog.**
Vir haar skoonpa wou sy 'n padda voorberei.
**Soon she had finished cooking the marvelous fish.**
Gou het sy die wonderlike vis klaar gaargemaak.
**And she had finished cooking a frog too.**
En sy het ook klaar 'n padda gekook.
**But from the kitchen she could hear a squable.**
Maar vanuit die kombuis kon sy 'n gekibbel hoor.
**She could hear who it was that was arguing.**
Sy kon hoor wie dit was wat stry.
**Her stepmother-in-law and her husband's brother.**

Haar stiefma en haar man se broer.
**And she understood the cause of the argument.**
En sy het die oorsaak van die argument verstaan.
**Basanta was still but a young lad.**
Basanta was nog maar 'n jong seun.
**But he was passionately fond of his pigeons.**
Maar hy was passievol lief vir sy duiwe.
**And he tamed his pigeons very well.**
En hy het sy duiwe baie goed getem.
**Nonetheless, one of his pigeons had escaped.**
Nietemin het een van sy duiwe ontsnap.
**And the pigeon flew into his stepmother's room.**
En die duif het in sy stiefma se kamer ingevlieg.
**His stepmother hid the pigeon in her clothes.**
Sy stiefma het die duif in haar klere weggesteek.
**Basanta rushed after the pigeon into the room.**
Basanta het agter die duif aan die kamer ingestorm.
**And he loudly demanded to have the pigeon back.**
En hy het luidkeels geëis om die duif terug te kry.
**His stepmother denied having the pigeon.**
Sy stiefma het ontken dat sy die duif gehad het.
**Swet, however, did know she had the pigeon.**
Swet het egter geweet sy het die duif gehad.
**And the older brother forcibly took the bird.**
En die ouer broer het die voël met geweld geneem.
**And he freed the pigeon from her clothes.**
En hy het die duif uit haar klere bevry.
**And he gave the pigeon back to his brother.**
En hy het die duif aan sy broer teruggegee.
**The stepmother cursed and swore, and added;**
Die stiefma het gevloek en gesweer, en bygevoeg;
**"Wait until the head of the house comes home".**
"Wag tot die hoof van die huis huis toe kom."
**"He will get no water till he sheds your blood".**
"Hy sal geen water kry totdat hy jou bloed vergiet het nie."
**Swet's wife called her husband and said to him;**
Swet se vrou het haar man gebel en vir hom gesê;

**"My dearest lord, that woman is a most wicked woman".**
"My liewe heer, daardie vrou is 'n uiters bose vrou."
**"And she has boundless influence over my father-in-law".**
"En sy het onbeperkte invloed oor my skoonpa."
**"She will make him do what she has threatened".**
"Sy sal hom laat doen wat sy gedreig het."
**"All our lives are in imminent danger".**
"Almal van ons lewens is in dreigende gevaar."
**"But let us first eat a little," she added.**
"Maar laat ons eers 'n bietjie eet," het sy bygevoeg.
**"And then let us all three run away from this place".**
"En laat ons dan al drie van hierdie plek af wegvlug."
**Swet forthwith called Basanta to him.**
Swet het Basanta dadelik na hom geroep.
**And he told him what he had heard from his wife.**
En hy het hom vertel wat hy van sy vrou gehoor het.
**They resolved to run away before nightfall.**
Hulle het besluit om voor sononder weg te hardloop.
**The woman placed before her husband the fish.**
Die vrou het die vis voor haar man neergesit.
**And her brother-in-law ate of the fish too.**
En haar swaer het ook van die vis geëet.
**And they ate of the fish heartily.**
En hulle het met oorgawe van die vis geëet.
**The woman packed up all her jewels in a box.**
Die vrou het al haar juwele in 'n kissie gepak.
**There was only one horse in the stables.**
Daar was net een perd in die stalle.
**But the horse was of uncommon fleetness.**
Maar die perd was van buitengewone vlugheid.
**They could all sit on the horse together.**
Hulle kon almal saam op die perd sit.
**Swet held the reins of the horse.**
Swet het die teuels van die perd vasgehou.
**The woman sat in the middle of the horse.**
Die vrou het in die middel van die perd gesit.
**And she had the jewel-box in her lap.**

En sy het die juweelkissie in haar skoot gehad.
**And Basanta sat on the rear of the horse.**
En Basanta het op die agterkant van die perd gesit.
**The horse galloped with the utmost swiftness.**
Die perd het met die grootste spoed gegalop.
**They passed through many a plain and noted town.**
Hulle het deur menige eenvoudige en bekende dorp gegaan.
**After midnight they found themselves in a forest.**
Na middernag het hulle hulself in 'n woud bevind.
**And they were not far from the banks of a river.**
En hulle was nie ver van die oewers van 'n rivier af nie.
**Here the most untoward event took place.**
Hier het die mees onheilspellende gebeurtenis plaasgevind.
**Swet's wife began to feel the pains of child-birth.**
Swet se vrou het die pyne van geboorte begin voel.
**They dismounted from the horse without delay.**
Hulle het sonder versuim van die perd afgeklim.
**And within an hour Swet's wife gave birth to a son.**
En binne 'n uur het Swet se vrou geboorte gegee aan 'n seun.
**What were the two brothers to do in this forest?**
Wat moes die twee broers in hierdie woud doen?
**They knew that a fire had to be kindled.**
Hulle het geweet dat 'n vuur aangesteek moes word.
**The mother and the new-born baby needed warmth.**
Die moeder en die pasgebore baba het warmte nodig gehad.
**But from where was there fire to be gotten?**
Maar waar sou daar vuur vandaan kom?
**There were no human habitations visible.**
Daar was geen menslike wonings sigbaar nie.
**Nonetheless, a fire had to be procured.**
Nietemin moes 'n vuur aangeskaf word.
**And it was the winter month of December.**
En dit was die wintermaand Desember.
**The mother and the baby would certainly perish.**
Die moeder en die baba sou sekerlik omkom.
**Swet told Basanta to sit beside his wife.**
Swet het vir Basanta gesê om langs sy vrou te sit.

**And he set out in the darkness of the night.**
En hy het in die donkerte van die nag vertrek.
**And he went in search of wood to make a fire.**
En hy het hout gaan soek om 'n vuur te maak.
**Swet walked many a mile through the darkness.**
Sweet het baie myl deur die donkerte geloop.
**But despite the distance he saw no human habitations.**
Maar ten spyte van die afstand het hy geen menslike wonings
gesien nie.
**But eventually his eyes were given some help.**
Maar uiteindelik het sy oë hulp gekry.
**The genial light of Sukra somewhat illumined his path.**
Die vriendelike lig van Sukra het sy pad ietwat verlig.
**And he saw at a distance what seemed a large city.**
En hy het van ver af iets gesien wat soos 'n groot stad gelyk
het.
**He was congratulating himself on his journey's end.**
Hy het homself gelukgewens met die einde van sy reis.
**And he congratulated himself for finding fire.**
En hy het homself gelukgewens dat hy vuur gevind het.
**The fire that was going to benefit his poor wife.**
Die vuur wat sy arme vrou sou bevoordeel.
**His wife that was lying cold in the forest.**
Sy vrou wat koud in die bos gelê het.
**The fire that was going to save his new-born child.**
Die vuur wat sy pasgebore kind sou red.
**The new-born baby born into the coldness.**
Die pasgebore baba wat in die koue gebore is.
**Suddenly an elephant shot across his path.**
Skielik het 'n olifant oor sy pad geskiet.
**The elephant was gorgeously caparisoned.**
Die olifant was pragtig verfraai.
**And the elephant gently picked him with his trunk.**
En die olifant het hom saggies met sy slurp opgetel.
**He placed him on the rich howdah on its back.**
Hy het hom op die ryk howdah op sy rug geplaas.
**The elephant then walked rapidly towards the city.**

Die olifant het toe vinnig na die stad gestap.

**Swet was quite taken aback by the events.**

Swet was nogal verbaas oor die gebeure.

**He did not understand the elephant's actions.**

Hy het nie die olifant se optrede verstaan nie.

**And he wondered what was in store for him.**

En hy het gewonder wat vir hom voorlê.

**A crown is that which was in store for him.**

'n Kroon is dit wat vir hom beoog was.

**He was being taken to the chief city of a kingdom.**

Hy is na die hoofstad van 'n koninkryk geneem.

**In this kingdom every morning a king was elected.**

In hierdie koninkryk is elke oggend 'n koning verkies.

**Because the kings of this city lasted but a day.**

Omdat die konings van hierdie stad maar 'n dag lank bestaan het.

**Every night the new king joined the queen in her room.**

Elke aand het die nuwe koning by die koningin in haar kamer aangesluit.

**And every morning the previous king was found dead.**

En elke oggend is die vorige koning dood gevind.

**No one knew what caused the deaths of the kings.**

Niemand het geweet wat die dood van die konings veroorsaak het nie.

**Not even the queen knew what caused their death.**

Nie eens die koningin het geweet wat hul dood veroorsaak het nie.

**So this kingdom had its own king-maker.**

So hierdie koninkryk het sy eie koningmaker gehad.

**The elephant who suddenly took hold of Swet.**

Die olifant wat skielik vir Swet beetgekry het.

**Early in the morning the elephant roamed about.**

Vroegoggend het die olifant rondgeswerf.

**Sometimes the elephant went to distant places.**

Soms het die olifant na verafgeleë plekke gegaan.

**And every evening the elephant returned with a man.**

En elke aand het die olifant met 'n man teruggekeer.

**The man on the elephant's became their king.**
Die man op die olifant het hulle koning geword.
**The elephant majestically marched through the streets.**
Die olifant het majestueus deur die strate gemarsjeer.
**A crowd of people welcomed their new king.**
'n Skare mense het hul nuwe koning verwelkom.
**But Swet did not yet understand their cheers.**
Maar Swet het nog nie hulle gejuig verstaan nie.
**The elephant entered the kingdom's palace.**
Die olifant het die koninkryk se paleis binnegegaan.
**And the elephant placed Swet on the throne.**
En die olifant het Swet op die troon geplaas.
**Amid much rejoicing he was proclaimed king.**
Te midde van groot vreugde is hy tot koning uitgeroep.
**But there were lamentations in the crowd too.**
Maar daar was ook klaagliedere in die skare.
**In the course of the day he heard of the curse.**
Gedurende die dag het hy van die vloek gehoor.
**The nightly death of every newly elected king.**
Die nagtelike dood van elke nuutverkose koning.
**But Swet was possessed of great discretion.**
Maar Swet was oor groot diskresie beskik.
**And he had the courage not to try an escape.**
En hy het die moed gehad om nie te probeer ontsnap nie.
**He took every precaution that he could take.**
Hy het elke voorsorgmaatreël getref wat hy kon tref.
**But he did not know how to avert the catastrophe.**
Maar hy het nie geweet hoe om die ramp af te weer nie.
**And he knew not what expedients to adopt.**
En hy het nie geweet watter hulpmiddels om te gebruik nie.
**Because he didn't know the nature of the danger.**
Omdat hy nie die aard van die gevaar geken het nie.
**He resolved, however, upon two things;**
Hy het egter oor twee dinge besluit;
**He was going to go armed into the bedchamber.**
Hy sou gewapend die slaapkamer ingaan.
**And he was going to stay awake the whole night.**

En hy sou die hele nag wakker bly.
**The queen was young and of exquisite beauty.**
Die koningin was jonk en van uitsonderlike skoonheid.
**Guileless and benevolent was the expression of her face.**
Argeloos en welwillend was die uitdrukking op haar gesig.
**It was impossible to attribute her any malice.**
Dit was onmoontlik om haar enige kwaadwilligheid toe te skryf.
**No one believed she caused all the kings' deaths.**
Niemand het geglo dat sy al die konings se dood veroorsaak het nie.
**In the queen's chamber Swet spent an agreeable evening.**
In die koningin se kamer het Swet 'n aangename aand deurgebring.
**As the night advanced the queen fell asleep.**
Soos die nag gevorder het, het die koningin aan die slaap geraak.
**But Swet kept awake, and was on the alert.**
Maar Swet het wakker gebly en was op sy hoede.
**He looked at every creek and corner of the room.**
Hy het na elke stroompie en hoek van die kamer gekyk.
**And he expected every minute to be murdered.**
En hy het elke minuut verwag om vermoor te word.
**But the queen did not rise to murder him.**
Maar die koningin het nie opgestaan om hom te vermoor nie.
**And no one entered the room to murder him either.**
En niemand het die kamer binnegegaan om hom te vermoor nie.
**Nor did he feel anything other than sleepiness.**
Hy het ook niks anders as slaperigheid gevoel nie.
**But in the dead of night he perceived something.**
Maar in die middel van die nag het hy iets gewaar.
**A thread was coming out the queen's nostril.**
'n Draad het uit die koningin se neusgat gekom.
**The thread was so thin that it was almost invisible.**
Die draad was so dun dat dit amper onsigbaar was.
**Slowly the thread reached several yards in length.**

Stadig maar seker het die draad 'n paar meter lank geword.
**And eventually all the thread came out.**
En uiteindelik het al die draad uitgekom.
**Only then did the thread begin to grow thicker.**
Eers toe het die draad dikker begin word.
**Soon the thread took on its real shape.**
Gou het die draad sy ware vorm aangeneem.
**The thread was in fact a huge serpent.**
Die draad was in werklikheid 'n reuse slang.
**Immediately Swet cut off the head of the serpent.**
Onmiddellik het Swet die kop van die slang afgekap.
**The body of the serpent wriggled violently.**
Die slang se liggaam het hewig gewriemel.
**He sat quiet in the room, expecting other adventures.**
Hy het stil in die kamer gesit en ander avonture verwag.
**But nothing else happened the rest of the night.**
Maar niks anders het die res van die nag gebeur nie.
**The queen slept longer than usual.**
Die koningin het langer as gewoonlik geslaap.
**Because she had been relieved of the huge snake.**
Omdat sy van die groot slang verlig was.
**Early next morning the ministers came.**
Vroeg die volgende oggend het die ministers opgedaag.
**They were expecting to hear of the king's death.**
Hulle het verwag om van die koning se dood te hoor.
**The ladies of the bedchamber knocked at the door.**
Die dames van die slaapkamer het aan die deur geklop.
**But to their astonishment Swet come out.**
Maar tot hul verbasing het Swet uitgekom.
**The folk learned the mystery of all the kings' deaths.**
Die mense het die misterie van al die konings se dood geleer.
**And now the country rejoiced their permanent king.**
En nou het die land hul permanente koning verheug.
**There is a strange thing you probably noticed.**
Daar is 'n vreemde ding wat jy waarskynlik opgemerk het.
**Swet did not remember his wife he left behind.**
Swet het nie sy vrou onthou wat hy agtergelaat het nie.

**It is a strange thing, nevertheless it is true.**
Dit is 'n vreemde ding, nietemin is dit waar.
**Nor did he remember the defenceless new-born babe.**
Hy het ook nie die weerlose pasgebore baba onthou nie.
**And he did not remember his brother either.**
En hy het ook nie sy broer onthou nie.
**He had no time to remember when the elephant came.**
Hy het geen tyd gehad om te onthou wanneer die olifant gekom het nie.
**On the first night he had to worry for his own life.**
Die eerste nag moes hy hom oor sy eie lewe bekommer.
**And now the crown brought on his forgetfulness.**
En nou het die kroon sy vergeetlikheid gebring.
**But he had entrusted his wife and child to Basanta.**
Maar hy het sy vrou en kind aan Basanta toevertrou.
**And his brother sat waiting for many weary hours.**
En sy broer het vir baie vermoeiende ure gewag.
**Every moment he expected to see Swet return with fire.**
Elke oomblik het hy verwag om Swet met vuur te sien terugkeer.
**But the whole night passed away without his return.**
Maar die hele nag het verbygegaan sonder sy terugkeer.
**At sunrise he went to the bank of the river.**
Met sonsopkoms het hy na die oewer van die rivier gegaan.
**There he anxiously looked about for his brother.**
Daar het hy angstig rondgekyk na sy broer.
**But his waiting and searching were all in vain.**
Maar sy wag en soek was alles tevergeefs.
**Distressed beyond measure, he wept at the riverside.**
Uitermate benoud het hy by die rivieroewer geween.
**As he was weeping a boat was passing by.**
Terwyl hy gehuil het, het 'n boot verbygevaar.
**In the boat a merchant was returning from business.**
In die boot was 'n handelaar op pad terug van besigheid.
**The boat was not far from the shore.**
Die boot was nie ver van die kus af nie.
**So the merchant could see Basanta weeping.**

So kon die handelaar Basanta sien huil.
**Something struck the attention of the merchant.**
Iets het die aandag van die handelaar getrek.
**By the weeping man appeared to be a pile of pearls.**
By die huilende man het 'n hoop pêrels gelyk.
**The merchant requested the boatman to halt.**
Die handelaar het die bootman versoek om te stop.
**And the merchant went to the weeping man.**
En die handelaar het na die huilende man gegaan.
**By the weeping man was in fact a pile of pearls.**
By die huilende man was in werklikheid 'n hoop pêrels.
**And the pearls were of the highest quality.**
En die pêrels was van die hoogste gehalte.
**And another thing astonished the merchant.**
En nog iets het die handelaar verbaas.
**The pile of pearls grew larger every second.**
Die hoop pêrels het elke sekonde groter geword.
**Because the man was crying, but not tears.**
Want die man het gehuil, maar nie trane nie.
**Because his tears turned to pearls on the ground.**
Omdat sy trane in pêrels op die grond verander het.
**The merchant stowed away the pearls into his boat.**
Die handelaar het die pêrels in sy boot weggepak.
**Then the merchant got his servants to help him.**
Toe kry die handelaar sy dienaars om hom te help.
**And together they captured the crying man.**
En saam het hulle die huilende man gevang.
**They put him on board of the vessel.**
Hulle het hom aan boord van die skip gesit.
**And he tied him to one of the ship's masts.**
En hy het hom aan een van die skip se maste vasgemaak.
**Basanta, of course, tried his best to resist.**
Basanta het natuurlik sy bes probeer om weerstand te bied.
**But what could he do against so many sailors?**
Maar wat kon hy teen soveel matrose doen?
**He thought of his brother who never returned.**
Hy het aan sy broer gedink wat nooit teruggekeer het nie.

**He thought of his sister-in-law in the forest.**
Hy het aan sy skoonsuster in die bos gedink.
**And he thought of his newly born niece.**
En hy het aan sy pasgebore niggie gedink.
**And he cried even more bitterly than before.**
En hy het selfs bitterder as voorheen gehuil.
**His weeping mightily pleased the merchant.**
Sy gehuil het die handelaar geweldig behaag.
**Because even more pearls were falling to the ground.**
Omdat nog meer pêrels op die grond geval het.
**And the merchant became richer and richer.**
En die handelaar het al hoe ryker geword.
**Eventually the merchant reached his native town.**
Uiteindelik het die handelaar sy geboortedorp bereik.
**When they got there he confined Basanta in a room.**
Toe hulle daar aankom, het hy Basanta in 'n kamer opgesluit.
**At stated hours every day he had him whipped.**
Elke dag op vasgestelde ure het hy hom laat sweep.
**In order to make him shed yet more tears.**
Om hom nog meer trane te laat stort.
**And every tear converted into a bright pearl.**
En elke traan het in 'n helder pêrel verander.
**The merchant one day said to his servants;**
Die handelaar het eendag vir sy dienaars gesê;
**"The fellow is making me rich by his weeping".**
"Die man maak my ryk deur sy huil."
**"Let us see what he gives me by laughing".**
"Kom ons kyk wat hy my gee deur te lag."
**Accordingly, he began to tickle his captive.**
Gevolglik het hy sy gevangene begin kielie.
**Upon being tickled Basanta began to laugh.**
Nadat hy gekielie is, het Basanta begin lag.
**Of course he was not laughing out of happiness.**
Natuurlik het hy nie van geluk gelag nie.
**But none the less maniks dropped from his mouth.**
Maar nietemin het manikure uit sy mond gedrup.
**After this Basanta was not just whipped anymore.**

Hierna is Basanta nie meer net gegesel nie.
**Now he was alternately whipped and tickled.**
Nou is hy afwisselend gegesel en gekielie.
**All day and far into the night he was exploited.**
Die hele dag en tot diep in die nag is hy uitgebuit.
**The merchant's wealth increased day and night.**
Die handelaar se rykdom het dag en nag toegeneem.
**Soon he became the wealthiest man in the land.**
Gou het hy die rykste man in die land geword.
**But let us return to Basanta's subjugation later.**
Maar laat ons later terugkeer na Basanta se onderwerping.
**Now let us turn our attention to Swet's wife.**
Laat ons nou ons aandag op Swet se vrou vestig.

**Swet's abandoned wife was still in the forest.**
Swet se verlate vrou was nog steeds in die woud.
**She had just given birth to her child.**
Sy het pas aan haar kind geboorte gegee.
**But now she was alone in the forest.**
Maar nou was sy alleen in die bos.
**First her husband had abandoned her.**
Eers het haar man haar verlaat.
**And now her brother-in-law abandoned her too.**
En nou het haar swaer haar ook verlaat.
**Imagine how overwhelmed with grief she felt.**
Stel jou voor hoe oorweldig sy deur hartseer gevoel het.
**Alone, and in a forest, far from civilization.**
Alleen, en in 'n woud, ver van die beskawing.
**Her case was indeed deserving of sympathy.**
Haar geval was inderdaad simpatie verdien.
**She wept rivers of sad and lonely tears.**
Sy het riviere van hartseer en eensame trane geween.
**Excessive grief, however, brought her relief.**
Oormatige hartseer het haar egter verligting gebring.
**She fell asleep with the new-born in her arms.**
Sy het aan die slaap geraak met die pasgeborene in haar arms.
**While she was deep in sleep another tragedy took place.**

Terwyl sy diep aan die slaap was, het nog 'n tragedie plaasgevind.

**It so happened that the Kotwal was passing by.**

Dit het so gebeur dat die Kotwal verbygeloop het.

**He had recently suffered his own misfortune.**

Hy het onlangs sy eie ongeluk gely.

**But his misfortune was of a different nature.**

Maar sy ongeluk was van 'n ander aard.

**The children his wife bore died shortly after birth.**

Die kinders wat sy vrou in die wêreld gebring het, is kort na geboorte oorlede.

**And he was now going to bury the last infant.**

En hy sou nou die laaste baba begrawe.

**He was heading to the banks of the river.**

Hy was op pad na die oewer van die rivier.

**The place where the other infants were buried.**

Die plek waar die ander babas begrawe is.

**But then he saw the woman sleeping in the forest.**

Maar toe sien hy die vrou in die bos slaap.

**And in her arms he saw her holding a baby.**

En in haar arms het hy haar 'n baba sien vashou.

**The infant was a lively and beautiful boy.**

Die baba was 'n lewendige en pragtige seuntjie.

**His liveliness did not disturb his mother's sleep.**

Sy lewendigheid het nie sy ma se slaap versteur nie.

**The Kotwal wanted the lovely infant very much.**

Die Kotwal wou baie graag die pragtige baba hê.

**He quietly took the child from his mother.**

Hy het die kind stilweg van sy ma af weggeneem.

**And in her arms he placed his own dead child.**

En in haar arms het hy sy eie dooie kind geplaas.

**Of course this is not what he could tell his wife.**

Natuurlik is dit nie wat hy vir sy vrou kon sê nie.

**"We both thought that our son had died".**

"Ons het albei gedink dat ons seun dood is."

**"And I carried his body to the river bank".**

"En ek het sy liggaam na die rivieroewer gedra."

"**And that was when a miracle occurred**".

"En dit was toe dat 'n wonderwerk plaasgevind het."

"**Once more our son opened his young eyes**".

"Weereens het ons seun sy jong oë oopgemaak."

"**And now we have a beautiful and lively boy**".

"En nou het ons 'n pragtige en lewendige seun."

**But Swet's wife did not know the true events.**

Maar Swet se vrou het nie die ware gebeure geken nie.

**When she woke she held the dead child in her arms.**

Toe sy wakker word, het sy die dooie kind in haar arms gehou.

**And she thought it was her child that had died.**

En sy het gedink dit was haar kind wat gesterf het.

**The distress of her mind may easily be imagined.**

Die benoudheid van haar gemoed kan maklik verbeel word.

**The whole world became dark to her.**

Die hele wêreld het vir haar donker geword.

**She was distracted by the loss of her child.**

Sy was afgelei deur die verlies van haar kind.

**And in her distraction she formed a resolution.**

En in haar afleiding het sy 'n besluit gevorm.

**She had resolved to take her own life.**

Sy het besluit om haar eie lewe te neem.

**The river was not far from where she had slept.**

Die rivier was nie ver van waar sy geslaap het nie.

**And she determined to drown herself in the river.**

En sy het besluit om haarself in die rivier te verdrink.

**She took in her hand the bundle of jewels.**

Sy het die bondel juwele in haar hand geneem.

**And then she proceeded to the river-side.**

En toe het sy na die rivieroewer gegaan.

**An old Brahman was at no great distance.**

'n Ou Brahman was nie op 'n groot afstand nie.

**The Brahman was performing his morning ablutions.**

Die Brahman was besig met sy oggendwas.

**He noticed the woman going into the water.**

Hy het opgemerk hoe die vrou in die water ingaan.

**Naturally he thought that she was going to bathe.**
Natuurlik het hy gedink dat sy gaan bad.
**But then he saw her going into the deep waters.**
Maar toe sien hy haar in die diep waters ingaan.
**Something akin to suspicion arose in his mind.**
Iets soortgelyk aan agterdog het in sy gedagtes opgekom.
**The Brahman discontinued his devotions.**
Die Brahman het sy toewydings gestaak.
**He too waded out towards the river's depth.**
Hy het ook uitgewaad na die diepte van die rivier.
**And he ordered the woman to come to him.**
En hy het die vrou beveel om na hom toe te kom.
**Swet's wife heard the old man calling her.**
Swet se vrou het die ou man haar hoor roep.
**So she retraced her steps to the old man.**
So het sy haar stappe teruggevolg na die ou man.
**"What were your intentions?" asked the Braham.**
"Wat was jou bedoelings?" het Braham gevra.
**And the woman confirmed his suspicions.**
En die vrou het sy vermoedens bevestig.
**"I was going to put an end to my life".**
"Ek was op pad om 'n einde aan my lewe te maak."
**And she thanked the Brahman for saving her.**
En sy het die Brahman bedank vir die redding van haar.
**"Accept these jewels as a sign of appreciation".**
"Aanvaar hierdie juwele as 'n teken van waardering."
**The Brahman accepted the sign of appreciation.**
Die Brahman het die teken van waardering aanvaar.
**But he was more interested in her story.**
Maar hy was meer geïnteresseerd in haar storie.
**And at his request she related her story.**
En op sy versoek het sy haar storie vertel.
**She had escaped from her stepmother in law.**
Sy het van haar stiefma ontsnap.
**In the forest she gave birth to a child.**
In die woud het sy aan 'n kind geboorte gegee.
**First her husband went looking for fire.**

Eers het haar man vuur gaan soek.

**But her husband never came back to her.**

Maar haar man het nooit na haar teruggekom nie.

**Then her brother-in-law looked for her husband.**

Toe het haar swaer na haar man gesoek.

**But her brother-in-law did not return either.**

Maar haar swaer het ook nie teruggekeer nie.

**Eventually she fell asleep with her child.**

Uiteindelik het sy saam met haar kind aan die slaap geraak.

**But when she woke her child was dead.**

Maar toe sy wakker word, was haar kind dood.

**And that's when she decided to drown herself.**

En dit is toe dat sy besluit het om haarself te verdrink.

**She felt the relieve of telling her fate.**

Sy het die verligting gevoel om haar lot te vertel.

**The Brahman invited the woman to his house.**

Die Brahman het die vrou na sy huis genooi.

**And the woman was accepted into his family.**

En die vrou is in sy familie opgeneem.

**The Brahman's wife treated her like a daughter.**

Die Brahman se vrou het haar soos 'n dogter behandel.

**And she spent years with her new family.**

En sy het jare saam met haar nuwe familie deurgebring.

**Swet spend those years in his kingdom.**

Sweet het daardie jare in sy koninkryk deurgebring.

**Basanta spent those years being tortured.**

Basanta het daardie jare gemartel.

**And the adopted son of the Kotwal grew up.**

En die aangenome seun van die Kotwal het grootgeword.

**The Brahman's house was not far from the Kotwal's.**

Die Brahman se huis was nie ver van die Kotwal s'n af nie.

**So the Kotwal's son met the Brahman's adopted daughter.**

So het die Kotwal se seun die Brahman se aangenome dogter ontmoet.

**And the lad thought he fell in love with her.**

En die seun het gedink hy het verlief geraak op haar.

**He spoke to his father about the woman.**

Hy het met sy pa oor die vrou gepraat.

**And the father spoke to the Brahman about the woman.**

En die vader het met die Brahman oor die vrou gepraat.

**The Brahman's rage knew no bounds.**

Die Brahman se woede het geen perke geken nie.

**"What is this insolence!" the Brahman protested.**

"Wat is hierdie onbeskoftheid!" het die Brahman geprotesteer.

**"Your son is the son of an infidel".**

"Jou seun is die seun van 'n ongelowige."

**"How can he aspire to the hand of a Brahman's daughter!?".**

"Hoe kan hy na die hand van 'n Brahman se dogter streef!?"

**"A dwarf may as well aspire to catch hold of the moon!".**

"'n Dwerg kan net sowel daarna streef om die maan te gryp!"

**But the Kotwal's son determined to have her by force.**

Maar die Kotwal se seun het besluit om haar met geweld te kry.

**One day he scaled the wall of the Brahman's house.**

Eendag het hy die muur van die Brahman se huis geklim.

**He got upon the thatched roof of the cow-house.**

Hy het op die grasdak van die koeihok geklim.

**And from that lofty position he reconnoitered.**

En vanuit daardie verhewe posisie het hy verken.

**And he saw two young calves below him.**

En hy het twee jong kalwers onder hom gesien.

**And he overheard the conversation of two young calves.**

En hy het die gesprek van twee jong kalwers gehoor.

**"Men accuse us of brutish ignorance and immorality".**

"Mans beskuldig ons van wrede onkunde en immoraliteit."

**"But in my opinion men are fifty times worse".**

"Maar na my mening is mans vyftig keer erger."

**"What makes you say so, brother?" the calf asked.**

"Wat laat jou so sê, broer?" het die kalf gevra.

**"Have you witnessed instances of human depravity?".**

"Het jy al gevalle van menslike verdorwenheid gesien?"

**"Who is a greater monster than the Kotwal's son?".**

"Wie is 'n groter monster as die Kotwal se seun?"

**"The same lad standing on the thatched roof".**

"Dieselfde seun wat op die grasdak staan."

**"The roof of this hut above our heads".**

"Die dak van hierdie hut bo ons koppe."

**"I thought he was just the son of our Kotwal".**

"Ek het gedink hy was net die seun van ons Kotwal."

**"I never heard that he was exceptionally vicious".**

"Ek het nog nooit gehoor dat hy buitengewoon wreed was nie."

**"You may have never heard of his wickedness".**

"Jy het dalk nog nooit van sy boosheid gehoor nie."

**"But now you will hear of his wickedness from me".**

"Maar nou sal julle van my van sy boosheid hoor."

**"This wicked lad is now making immoral plans".**

"Hierdie bose seun maak nou immorele planne."

**"He is trying get married to his own mother!".**

"Hy probeer met sy eie ma trou!"

**The First Calf then related the whole story.**

Die Eerste Kalf het toe die hele storie vertel.

**And the inquisitive Second Calf listened.**

En die nuuskierige Tweede Kalf het geluister.

**And the calf told Swet's and Basanta's story.**

En die kalfie het Swet en Basanta se storie vertel.

**"A merchant built a house for his son"**

"'n Koopman het 'n huis vir sy seun gebou"

**"In the garden of the house was a Toontooni bird"**

"In die tuin van die huis was 'n Toontooni-voël"

**"In the nest of the Toontooni bird was an egg"**

"In die nes van die Toontooni-voël was 'n eier"

**"The merchant's son put the egg in a almirah"**

"Die seun van die handelaar het die eier in 'n almirah gesit"

**"Out of the egg came a beautiful girl"**

"Uit die eier het 'n pragtige meisie gekom"

**"Eventually the merchant's son married this beautiful girl"**

"Uiteindelik het die handelaar se seun met hierdie pragtige meisie getrou"

**"Together they had two children; Swet and Basanta"**

"Saam het hulle twee kinders gehad; Swet en Basanta"

"Some time later the grandfather of the children died"
"'n Rukkie later is die oupa van die kinders oorlede"
"Some time later again their grandmother died too"
"'n Rukkie later is hul ouma ook weer oorlede"
"At the right time, the oldest son, Swet, got married"
"Op die regte tyd het die oudste seun, Swet, getrou"
"His mother, the Toontooni woman, died sometime later"
"Sy moeder, die Toontooni-vrou, is later oorlede"
"Soon after their father married a younger woman"
"Kort daarna het hul pa met 'n jonger vrou getrou"
"But their new stepmother hated her stepsons"
"Maar hul nuwe stiefma het haar stiefseuns gehaat"
"And she also hated her new stepdaughter-in-law"
"En sy het ook haar nuwe stiefdogter gehaat"
"One day a fisherman happened to visit the merchant"
"Eendag het 'n visserman die handelaar besoek"
"The Fisherman had sold the merchant a magical fish"
"Die visserman het die handelaar 'n magiese vis verkoop"
"Whoever ate the fish would laugh maniks"
"Wie ook al die vis geëet het, sou manlik lag"
"And whoever ate the fish would weep pearls"
"En wie ook al die vis geëet het, sou pêrels huil"
"The same day there was an argument over some pigeons"
"Dieselfde dag was daar 'n argument oor 'n paar duiwe"
"The stepmother was terribly vengeful to her stepsons"
"Die stiefma was verskriklik wraaksugtig teenoor haar stiefseuns"
"And she swore revenge on her stepsons"
"En sy het wraak gesweer op haar stiefseuns "
"That day Swet, his wife, and Basanta escaped"
"Daardie dag het Swet, sy vrou en Basanta ontsnap"
"But before leaving they ate the magical fish"
"Maar voordat hulle vertrek het, het hulle die magiese vis geëet"
"On their journey Swet's wife gave birth to a baby boy"
"Op hul reis het Swet se vrou geboorte gegee aan 'n babaseuntjie"

**"Swet went to look for wood to make a fire"**

"Sweet het hout gaan soek om vuur te maak"

**"But he was carried away by an elephant"**

"Maar hy is deur 'n olifant weggevoer"

**"He was taken to a Queen haunted by a snake"**

"Hy is na 'n koningin geneem wat deur 'n slang geteister word"

**"But he succeeded in killing the serpent"**

"Maar hy het daarin geslaag om die slang dood te maak"

**"And so he became king of the land""Basanta went looking for his brother"**

"En so het hy koning van die land geword" "Basanta het na sy broer gesoek"

**"But he was captured by a merchant"**

"Maar hy is deur 'n handelaar gevange geneem"

**"And now he's flogged and tickled daily"**

"En nou word hy daagliks gegesel en gekielie"

**"And he cries pearls and laughs maniks"**

"En hy huil pêrels en lag maniks"

**"The Kotwal's son had died that night"**

"Die Kotwal se seun is daardie nag oorlede"

**"So the Kotwal exchanged the two babies"**

"So het die Kotwal die twee babas uitgeruil"

**"The mother couldn't bear the loss of her child"**

"Die moeder kon die verlies van haar kind nie verduur nie"

**"So she made the decision to drown herself"**

"So sy het die besluit geneem om haarself te verdrink"

**"But there was a Brahman that saved her life"**

"Maar daar was 'n Brahman wat haar lewe gered het"

**"And this Brahman took her into his home"**

"En hierdie Brahman het haar in sy huis geneem"

**"The Kotwal's son grew up a hardy boy"**

"Die Kotwal se seun het as 'n geharde seun grootgeword"

**"And he fell in love with the woman"**

"En hy het verlief geraak op die vrou"

**"And now he stands on the roof"**

"En nou staan hy op die dak"

"And he's intent on having the woman"
"En hy is vasbeslote om die vrou te hê"
**All this the Kotwal's son heard.**
Dit alles het die Kotwal se seun gehoor.
**And he was struck with horror.**
En hy was met afgryse getref.
**He forthwith got down from the thatch.**
Hy het dadelik van die grasdak afgeklim.
**And he went home to his father.**
En hy het huis toe gegaan na sy pa.
**And he said he must speak with the king.**
En hy het gesê hy moet met die koning praat.
**The father protested against the request.**
Die vader het teen die versoek geprotesteer.
**But he got an interview with the king.**
Maar hy het 'n onderhoud met die koning gekry.
**He told the king about the two calves.**
Hy het die koning van die twee kalwers vertel.
**And he repeated the whole story.**
En hy het die hele storie herhaal.
**The king now remembered his poor wife.**
Die koning het nou aan sy arme vrou gedink.
**So a servant was sent to the Brahman.**
So is 'n dienaar na die Brahman gestuur.
**And the Brahman was richly rewarded.**
En die Brahman is ryklik beloon.
**And his wife was brought back to the palace.**
En sy vrou is teruggebring na die paleis.
**His wife was put in her proper position.**
Sy vrou is in haar regte posisie geplaas.
**And she became queen of the kingdom.**
En sy het koningin van die koninkryk geword.
**The reputed son of the Kotwal was readopted.**
Die vermeende seun van die Kotwal is heraanneem.
**And he was proclaimed heir to the throne.**
En hy is as erfgenaam van die troon verklaar.
**Basanta was brought out of the dungeon.**

Basanta is uit die kerker gebring.

**And the wicked merchant was buried alive.**

En die bose handelaar is lewend begrawe.

**And thorns were put in his burying-place.**

En dorings is in sy graf gelê.

**And all lived together happily for many years.**

En almal het vir baie jare gelukkig saamgewoon.

**Swet, his wife and son, and Basantas.**

Swet, sy vrou en seun, en Basantas.

## The Evil Eye of Sani
### Die Bose Oog van Sani

**Once upon a time Sani and Lakshmi fell out with each other.**
Eendag op 'n tyd het Sani en Lakshmi met mekaar uitgeval.
**Sani, also known as Saturn, is the God of bad luck.**
Sani, ook bekend as Saturnus, is die God van slegte geluk.
**And Lakshmi is the Goddess of good luck.**
En Lakshmi is die godin van geluk.
**And these two Gods fell out with each other in heaven.**
En hierdie twee gode het in die hemel met mekaar uitgegaan.
**Sani said he was higher in rank than Lakshmi.**
Sani het gesê hy was hoër in rang as Lakshmi.
**And Lakshmi said she was higher in rank than Sani.**
En Lakshmi het gesê sy was hoër in rang as Sani.
**But there were just as many Gods as there were Goddesses.**
Maar daar was net soveel Gode as wat daar Godinne was.
**Therefore the dispute could not be settled in heaven.**
Daarom kon die geskil nie in die hemel besleg word nie.
**The contending deities agreed to refer the matter to humans.**
Die strydende gode het ooreengekom om die saak na mense te
verwys.
**The humans had a name for wisdom and justice.**
Die mense het 'n naam vir wysheid en geregtigheid gehad.
**There lived at that time upon earth a man named Sribatsa.**
Daar het destyds 'n man met die naam Sribatsa op aarde
gewoon.
**(Sri is another name of Lakshmi).**
(Sri is 'n ander naam van Lakshmi).
**(And"batsa" is another word for child).**
(En "batsa" is 'n ander woord vir kind).
**(so Sribatsa literally means"the child of fortune").**
(dus beteken Sribatsa letterlik "die kind van fortuin").
**Sribatsa had as much wisdom as he had wealth.**
Sribatsa het net soveel wysheid as rykdom gehad.
**And he was as fair as he was rich, too.**
En hy was so regverdig as wat hy ook ryk was.

**He was therefore a good judge for the dispute.**
Hy was dus 'n goeie regter vir die geskil.
**And the God and Goddess agreed he could judge their case.**
En die God en Godin het ooreengekom dat hy hul saak kon beoordeel.
**One day, accordingly, Sribatsa was contacted.**
Eendag is Sribatsa gevolglik gekontak.
**He was told that Sani and Lakshmi would come to him.**
Hy is meegedeel dat Sani en Lakshmi na hom toe sou kom.
**And he was told they wished for him to settle their dispute.**
En daar is vir hom gesê dat hulle wou hê dat hy hulle geskil moes besleg.
**This put Sribatsa in a delicate situation.**
Dit het Sribatsa in 'n delikate situasie geplaas.
**He could say Sani was higher in rank than Lakshmi.**
Hy kon sê Sani was hoër in rang as Lakshmi.
**But then she would be angry with him and forsake him.**
Maar dan sou sy kwaad vir hom wees en hom verlaat.
**He could say Lakshmi was higher in rank than Sani.**
Hy kon sê Lakshmi was hoër in rang as Sani.
**But then Sani would cast his evil eye upon him.**
Maar dan sou Sani sy bose oog op hom werp.
**He made up his mind not to say anything directly.**
Hy het besluit om niks direk te sê nie.
**The god and the goddess had to observe his actions.**
Die god en die godin moes sy optrede dophou.
**And from his actions they could gather their opinions.**
En uit sy optrede kon hulle hul menings aflei.
**Sribatsa ordered two chairs to be made.**
Sribatsa het twee stoele laat maak.
**One of the chairs was made from gold.**
Een van die stoele was van goud gemaak.
**And the other chair was made from silver.**
En die ander stoel was van silwer gemaak.
**And he placed the two chairs beside himself.**
En hy het die twee stoele langs homself neergesit.
**The day came when Sani and Lakshmi visited Sribatsa.**

Die dag het aangebreek toe Sani en Lakshmi Sribatsa besoek het.

**He told Sani to sit upon the silver chair.**

Hy het vir Sani gesê om op die silwer stoel te sit.

**And he told Lakshmi to sit upon the gold chair.**

En hy het vir Lakshmi gesê om op die goue stoel te sit.

**Sani became mad with rage, and spoke angrily;**

Sani het woedend geword en kwaad gepraat;

**"You consider me lower in rank than Lakshmi"**

"Jy beskou my as laer in rang as Lakshmi"

**"I will cast my eye on you for three years"**

"Ek sal my oog vir drie jaar op jou rig"

**"We shall see how you fare at the end of that period"**

"Ons sal sien hoe jy aan die einde van daardie tydperk vaar"

**The god then went away in great anger.**

Die god het toe in groot woede weggegaan.

**Lakshmi, before she went away, said to Sribatsa;**

Lakshmi, voordat sy weggegaan het, het vir Sribatsa gesê;

**"My child, do not fear. I'll befriend you"**

"My kind, moenie vrees nie. Ek sal jou bevriend."

**The god and the goddess then went away.**

Die god en die godin het toe weggegaan.

**Sribatsa spoke to his wife, Chantamani;**

Sribatsa het met sy vrou, Chantamani, gepraat;

**"Dearest, the evil eye of Sani will be upon me"**

"Liefste, die bose oog van Sani sal op my wees"

**"I had better go away from the house"**

"Ek moet liewer van die huis af weggaan"

**"If I stay evil will befall you and me"**

"As ek bly, sal die kwaad jou en my tref"

**"But if I go, evil will overtake me only"**

"Maar as ek gaan, sal die kwaad net my oorval"

**Chintamani said, "it cannot be that way"**

Chintamani het gesê: "Dit kan nie so wees nie"

**"Wherever you go, I will go with you"**

"Waar jy ook al gaan, sal ek saam met jou gaan"

**"Your good luck shall be my good luck"**

"Jou geluk sal my geluk wees"
**"And your bad luck shall be my bad luck"**
"En jou slegte geluk sal my slegte geluk wees"
**The husband tried hard to persuade his wife to stay.**
Die man het hard probeer om sy vrou te oorreed om te bly.
**But all his efforts were of no use.**
Maar al sy pogings was tevergeefs.
**She refused to abandon her husband.**
Sy het geweier om haar man te verlaat.
**Sribatsa told his wife to make an opening in their mattress.**
Sribatsa het vir sy vrou gesê om 'n opening in hul matras te maak.
**And he told her to stow away all their money and jewels.**
En hy het haar beveel om al hulle geld en juwele weg te bêre.
**On the eve of leaving their house, Sribatsa invoked Lakshmi.**
Op die vooraand van hul vertrek uit hul huis, het Sribatsa Lakshmi aangeroep.
**Upon being invoked, Lakshmi forthwith appeared.**
Nadat hy aangeroep is, het Lakshmi onmiddellik verskyn.
**"Mother Lakshmi, the evil eye of Sani is upon us"**
"Moeder Lakshmi, die bose oog van Sani is op ons"
**"We are going away into exile"**
"Ons gaan weg in ballingskap"
**"Please befriend us, and take care of our property"**
"Word asseblief vriende met ons en sorg vir ons eiendom"
**The goddess of good luck answered.**
Die godin van geluk het geantwoord.
**"Do not fear; I'll befriend you"**
"Moenie vrees nie; Ek sal jou vriende maak"
**"In the end all will be right"**
"Uiteindelik sal alles reg wees"
**They then set out on their journey.**
Toe het hulle op hul reis vertrek.
**Sribatsa rolled up the mattress and put it on his head.**
Sribatsa het die matras opgerol en dit op sy kop gesit.
**They had not gone many miles when they saw a river.**

Hulle het nog nie baie kilometers geloop nie, toe hulle 'n rivier sien.

**There was a canoe with a man sitting in it.**

Daar was 'n kanoe met 'n man daarin wat gesit het.

**The travelers requested the ferryman to take them across.**

Die reisigers het die veerman versoek om hulle oor te neem.

**The ferryman said he could only take one at a time.**

Die veerman het gesê hy kon net een op 'n slag neem.

**"Tere are three of you," he objected.**

"Daar is drie van julle," het hy beswaar gemaak.

**"There is you, your wife, and your mattress"**

"Daar is jy, jou vrou en jou matras"

**Sribatsa proposed in what order they should ferry over the river.**

Sribatsa het voorgestel in watter volgorde hulle oor die rivier moes vaar.

**"First my wife should be taken across the river"**

"Eers moet my vrou oor die rivier geneem word"

**"After my wife, take the mattress across the river"**

"Na my vrou, vat die matras oor die rivier"

**"And then you can take me across the river"**

"En dan kan jy my oor die rivier neem"

**But the ferryman would not hear of it.**

Maar die veerman wou nie daarvan hoor nie.

**"Only one at a time," he repeated.**

"Net een op 'n slag," het hy herhaal.

**"First let me take across the mattress"**

"Laat ek eers die matras oorneem"

**Sribatsa saw no reason to object to the proposal.**

Sribatsa het geen rede gesien om teen die voorstel beswaar te maak nie.

**The ferryman started taking the mattress across the river.**

Die veerman het die matras oor die rivier begin neem.

**He had reached halfway across the river.**

Hy het halfpad oor die rivier gekom.

**But then, from nowhere, a fierce gale arose.**

Maar toe, uit die niet, het 'n hewige storm opgesteek.

**The ferryman lost control of his canoe.**
Die veerman het beheer oor sy kano verloor.
**The mattress was blown into the river.**
Die matras is in die rivier gewaai.
**The river carried everything away with it.**
Die rivier het alles saamgevoer.
**And the ferrymen, canoe, and mattress were never seen again.**
En die veerbootmanne, kano en matras is nooit weer gesien nie.
**But that was not even the strangest events.**
Maar dit was nie eens die vreemdste gebeurtenisse nie.
**Because the river also disappeared into thin air.**
Want die rivier het ook in die niet verdwyn.
**Where there was water there was now dry ground.**
Waar daar water was, was daar nou droë grond.
**Sribatsa knew the evil eye of Sani had been watching.**
Sribatsa het geweet dat Sani se bose oog hom dopgehou het.


**Sribatsa and his wife had not a pice in their pockets.**
Sribatsa en sy vrou het nie 'n pennie in hul sakke gehad nie.
**Together, impoverished, they went to a nearby village.**
Saam, verarm, het hulle na 'n nabygeleë dorpie gegaan.
**The village was dwelt in mostly by wood-cutters.**
Die dorpie is meestal deur houtkappers bewoon.
**At sunrise the woodcutters went to cut wood.**
Met sonsopkoms het die houtkappers hout gaan kap.
**And the wood they cut they sold in a faraway town.**
En die hout wat hulle gekap het, het hulle in 'n verafgeleë dorp verkoop.
**Sribatsa asked to work with the wood-cutters.**
Sribatsa het gevra om saam met die houtkappers te werk.
**And the wood-cutters agreed to let him cut wood.**
En die houtkappers het ingestem dat hy hout kap.
**He could fell trees as well as the best of them.**
Hy kon bome net so goed as die beste van hulle kap.
**But Sribatsa was different from the wood-cutters.**

Maar Sribatsa was anders as die houtkappers.
**The wood-cutters cut any and every sort of wood.**
Die houtkappers sny enige en elke soort hout.
**But Sribatsa cut only the precious types of wood.**
Maar Sribatsa het slegs die kosbare soorte hout gesny.
**His efforts were focused on cutting down sandal-wood.**
Sy pogings was gefokus op die afkap van sandelhout.
**The wood-cutters brought to market large loads of common wood.**
Die houtkappers het groot vragte gewone hout na die mark gebring.
**Sribatsa brought only a few pieces of sandal-wood to the market.**
Sribatsa het slegs 'n paar stukke sandelhout na die mark gebring.
**He was paid a great deal more money than the others.**
Hy is baie meer geld betaal as die ander.
**Things went on this way for some days.**
Dinge het vir 'n paar dae so aangegaan.
**And the wood-cutters became jealous of Sribatsa.**
En die houtkappers het jaloers op Sribatsa geword.
**In their jealousy they plotted against Sribatsa.**
In hul jaloesie het hulle teen Sribatsa saamgesweer.
**And finally they drove Sribatsa and his wife from the village.**
En uiteindelik het hulle Sribatsa en sy vrou uit die dorp verdryf.


**Sribatsa and his wife made their way to another village.**
Sribatsa en sy vrou het na 'n ander dorpie gegaan.
**In this village there were many women that weaved.**
In hierdie dorpie was daar baie vroue wat geweef het.
**Here Chintamani made herself useful by spinning cotton.**
Hier het Chintamani haarself nuttig gemaak deur katoen te spin.
**Chintamani was an intelligent and skillful woman.**
Chintamani was 'n intelligente en bekwame vrou.

**So she spun finer thread than the other women.**
So het sy fyner gare gespin as die ander vroue.
**And she got paid more money than the other women.**
En sy het meer geld gekry as die ander vroue.
**This roused the envy of the native women of the village.**
Dit het die afguns van die inheemse vroue van die dorp
gewek.
**But the envy of the other women was not all.**
Maar die afguns van die ander vroue was nie al nie.
**Sribatsa wanted to gain the good grace of the weavers.**
Sribatsa wou die goeie genade van die wewers wen.
**So he invited the women that spun cotton to a feast.**
So het hy die vroue wat katoen gespin het na 'n feesmaal
genooi.
**The dishes of the feat were all cooked by his wife.**
Die geregte van die prestasie is almal deur sy vrou
gaargemaak.
**Chintamani was a good weaver, and an excellent in cook.**
Chintamani was 'n goeie wewer en 'n uitstekende kok.
**She placed the delicacies before the women.**
Sy het die lekkernye voor die vroue neergesit.
**And the barbarous weavers were quite charmed.**
En die barbaarse wewers was nogal bekoor.
**The men went to their homes with their bellies full.**
Die mans het met vol mae na hul huise gegaan.
**But when they got home, they reproached their wives.**
Maar toe hulle by die huis kom, het hulle hul vrouens verwyt.
**"Why do you not cook like the wife of Sribatsa"**
"Waarom kook jy nie soos Sribatsa se vrou nie?"
**And the men called their wives good-for-nothing women.**
En die manne het hulle vrouens nikswerd vroue genoem.
**This made the women hate Chintamani the more.**
Dit het veroorsaak dat die vroue Chintamani des te meer haat.

**One day Chintamani went to the river-side.**
Eendag het Chintamani na die rivieroewer gegaan.

**She wanted to bathe along with the other women of the village.**

Sy wou saam met die ander vroue van die dorp bad.

**A boat had been lying on the bank, stranded on the sand.**

'n Boot het op die oewer gelê, gestrand op die sand.

**The boat had been stranded there for many days.**

Die boot was al vir baie dae daar gestrand.

**They had tried to move the boat, but in vain.**

Hulle het probeer om die boot te skuif, maar tevergeefs.

**It so happened that Chintamani touched the boat.**

Dit het so gebeur dat Chintamani die boot aangeraak het.

**It was an accident, for she did not mean to touch the boat.**

Dit was 'n ongeluk, want sy het nie bedoel om die boot aan te raak nie.

**But whether she meant to or not, the boat moved.**

Maar of sy dit nou bedoel het of nie, die boot het beweeg.

**And soon the boat was heading off to the river.**

En gou was die boot op pad rivier toe.

**The boatmen were astonished by what they had seen.**

Die bootmanne was verbaas oor wat hulle gesien het.

**They thought that the woman had uncommon power.**

Hulle het gedink dat die vrou buitengewone mag het.

**And so they thought she might be useful in future.**

En so het hulle gedink sy kan in die toekoms nuttig wees.

**They therefore caught hold of her, against her will.**

Hulle het haar dus teen haar wil vasgegryp.

**And they put her in the boat, and rowed off.**

En hulle het haar in die skuit gesit en weggeroei.

**The women of the village were present for this kidnapping.**

Die vroue van die dorp was teenwoordig vir hierdie ontvoering.

**But they did not offer Chintamani any assistance.**

Maar hulle het Chintamani geen hulp aangebied nie.

**Because Chintamani had put them in a bad light.**

Omdat Chintamani hulle in 'n slegte lig gestel het.

**Sribatsa heard how his wife had been carried away by boatmen.**
Sribatsa het gehoor hoe sy vrou deur bootmanne weggevoer is.
**I will let you imagine how he became mad with grief.**
Ek sal jou laat dink hoe hy kwaad geword het van hartseer.
**He left the village and went to the river-side.**
Hy het die dorp verlaat en na die rivieroewer gegaan.
**And he resolved to follow the course of the stream.**
En hy het besluit om die stroom se koers te volg.
**Along the stream he was sure to meet the kidnappers' boat.**
Langs die stroom sou hy sekerlik die ontvoerders se boot teëkom.
**He travelled on and on, along the side of the river.**
Hy het aan en aan gereis, langs die kant van die rivier.
**And he travelled till it eventually became dark.**
En hy het gereis totdat dit uiteindelik donker geword het.
**Where he was there were no huts to be seen.**
Waar hy was, was daar geen hutte te sien nie.
**So he climbed into a tree to sleep for the night.**
So het hy in 'n boom geklim om vir die nag te slaap.
**In the next morning he got down from the tree.**
Die volgende oggend het hy van die boom afgeklim.
**At the foot of the tree he saw a Kapila-cow.**
Aan die voet van die boom het hy 'n Kapila-koei gesien.
**A Kapila-cow never has any calves of her own.**
'n Kapila-koei het nooit haar eie kalwers nie.
**But she can be milked at all hours of the day.**
Maar sy kan te alle tye van die dag gemelk word.
**Sribatsa milked the cow without her objecting.**
Sribatsa het die koei gemelk sonder dat sy beswaar gemaak het.
**And he drank the milk to his heart's content.**
En hy het die melk na hartelus gedrink.
**And then he noticed something else about the cow.**
En toe het hy nog iets omtrent die koei opgemerk.
**The dung of the cow was of a bright yellow color.**

Die mis van die koei was van 'n heldergeel kleur.
**In fact, the dung of the cow was made of pure gold.**
Trouens, die mis van die koei was van suiwer goud gemaak.
**The golden cow dung was still in a soft state.**
Die goue koeimis was nog in 'n sagte toestand.
**So he was able to write his name in the golden dung.**
So kon hy sy naam in die goue mis skryf.
**During the course of the day the dung hardened.**
Gedurende die dag het die mis verhard.
**And finally the dung looked like a brick of gold.**
En uiteindelik het die mis soos 'n goue baksteen gelyk.
**The tree he had slept in grew on the river-side.**
Die boom waarin hy geslaap het, het aan die rivieroewer
gegroei.
**And the Kapila-cow supplied him with milk all day.**
En die Kapila-koei het hom die hele dag van melk voorsien.
**So Sribatsa decided to wait there for the boat.**
So het Sribatsa besluit om daar vir die boot te wag.
**In the morning the cow deposited the precious article.**
In die oggend het die koei die kosbare artikel neergelê.
**And at night the cow deposited the precious article.**
En in die nag het die koei die kosbare artikel neergelê.
**So the gold bricks increased every day.**
So het die goue stene elke dag toegeneem.
**And on each golden brick he had engraved his name.**
En op elke goue baksteen het hy sy naam gegraveer.
**He stacked the bricks on top of each other.**
Hy het die stene bo-op mekaar gestapel.
**From a distance it looked like a hillock of gold.**
Van 'n afstand af het dit gelyk soos 'n goudheuwel.


**But now we must leave Sribatsa to stack his gold.**
Maar nou moet ons Sribatsa los om sy goud te stapel.
**And we must turn our attention to Chintamani.**
En ons moet ons aandag op Chintamani vestig.
**Chintamani was a graceful woman of great beauty.**
Chintamani was 'n grasieuse vrou van groot skoonheid.

**She had worried her beauty might be her ruin.**

Sy was bekommerd dat haar skoonheid haar ondergang sou wees.

**So she offered a prayer as she was being kidnapped.**

So het sy 'n gebid gedoen terwyl sy ontvoer is.

**"Lakshmi, O Mother Lakshmi! have pity upon me"**

"Lakshmi, o Moeder Lakshmi! ontferm U oor my!"

**"Thou hast made me beautiful, you have"**

"Jy het my mooi gemaak, jy het"

**"But now my beauty will undoubtedly be my ruin"**

"Maar nou sal my skoonheid ongetwyfeld my ondergang wees"

**"I am bound to loss my honor and my chastity"**

"Ek is gebonde aan die verlies van my eer en my kuisheid"

**"I therefore beseech thee, gracious Mother;"**

"Ek smeek u daarom, genadige Moeder;"

**"Take my beauty from me, and make me ugly"**

"Neem my skoonheid van my af, en maak my lelik"

**"Cover my body with some loathsome disease"**

"Bedek my liggaam met een of ander afskuwelike siekte"

**"That way the boatmen might not touch me"**

"Sodoende sal die bootmanne my dalk nie aanraak nie"

**Chintamani was in the arms of the boatmen.**

Chintamani was in die arms van die bootmanne.

**But the Goddess of good fortune heard her prayer.**

Maar die Godin van geluk het haar gebed verhoor.

**In the twinkling of an eye her form changed.**

In 'n oogwink het haar vorm verander.

**Her naturally beautiful form faded away.**

Haar natuurlik pragtige vorm het verdwyn.

**And she was turned into a vile carcass.**

En sy is in 'n veragtelike karkas verander.

**The boatmen were putting her down in the boat.**

Die bootmanne was besig om haar in die boot te sit.

**They found her body was covered with loathsome sores.**

Hulle het gevind dat haar liggaam bedek was met afskuwelike sere.

And the sores were giving out a disgusting stench.
En die sere het 'n walglike stank afgegee.
They therefore threw her into the hold of the boat.
Hulle het haar dus in die ruim van die boot gegooi.
And they left her amongst the cargo of the ship.
En hulle het haar tussen die vrag van die skip agtergelaat.
Morning and evening they sent her some food.
Oggend en aand het hulle vir haar kos gestuur.
A little boiled rice, and some water to drink.
'n Bietjie gekookte rys, en bietjie water om te drink.
Chintamani was miserable in the hull of the ship.
Chintamani was ellendig in die romp van die skip.
But she greatly preferred misery to the alternative.
Maar sy het ellende baie bo die alternatief verkies.
She would rather be miserable than loss her chastity.
Sy sou liewer ellendig wees as om haar kuisheid te verloor.

The boatmen had gone to some port to sell cargo.
Die bootmanne het na 'n hawe gegaan om vrag te verkoop.
While sailing back they caught sight something.
Terwyl hulle terugvaar, het hulle iets gesien.
By the river-side there seemed to be a hillock of gold.
Aan die rivieroewer het dit gelyk of daar 'n heuwel van goud
was.
Sribatsa had been keeping watch by the river.
Sribatsa het by die rivier wag gehou.
So he was delighted to see a boat approach him.
Hy was dus verheug om 'n boot na hom te sien kom.
Because he fondly imagined his wife might be on board.
Omdat hy hom liefdevol voorgestel het dat sy vrou dalk aan
boord sou wees.
The boatmen went greedily to the hillock of gold.
Die bootmanne het gulsig na die goudheuwel gegaan.
Of course Sribatsa told them the gold was his.
Natuurlik het Sribatsa vir hulle gesê die goud is syne.
But that didn't help Sribatsa very much.
Maar dit het Sribatsa nie veel gehelp nie.

**The sailors took him prisoner on the boat.**
Die matrose het hom op die boot gevange geneem.
**And they loaded the gold onto their vessel.**
En hulle het die goud op hul skip gelaai.
**They happened to imprison him close to the ugly woman.**
Hulle het hom toevallig naby die lelike vrou gevange geneem.
**Of course the husband and wife recognized each other.**
Natuurlik het die man en vrou mekaar herken.
**In spite of the change Chintamani had undergone.**
Ten spyte van die verandering wat Chintamani ondergaan
het.
**And despite their excitement they kept their composure.**
En ten spyte van hul opgewondenheid het hulle hul kalmte
behou.
**And they thought it prudent not to speak to each other.**
En hulle het dit verstandig geag om nie met mekaar te praat
nie.
**Instead they communicated their ideas through gestures.**
In plaas daarvan het hulle hul idees deur middel van gebare
oorgedra.
**There is something you should know about the boatmen.**
Daar is iets wat jy oor die bootmanne moet weet.
**These boatmen were very fond of playing at dice.**
Hierdie bootmanne was baie lief vir dobbelstene speel.
**Sribatsa appeared to them to be a respectable man.**
Sribatsa het vir hulle na 'n respektabele man voorgekom.
**So they always asked him to join in the game.**
So het hulle hom altyd gevra om aan die spel deel te neem.
**Sribatsa happened to be an expert dice player.**
Sribatsa was toevallig 'n ervare dobbelsteenspeler.
**Despite their efforts he won almost every game.**
Ten spyte van hul pogings het hy amper elke wedstryd
gewen.
**You can imagine how the sailors felt about losing.**
Jy kan jou voorstel hoe die matrose gevoel het oor die verlies.
**And in jealousy the boatmen threw him overboard.**
En uit jaloesie het die bootmanne hom oorboord gegooi.

**Chintamani saw the men throw her husband overboard.**
Chintamani het gesien hoe die mans haar man oorboord gooi.
**Fortunately for Sribatsa, his wife had great presence of mind.**
Gelukkig vir Sribatsa het sy vrou 'n goeie teenwoordigheid van gees gehad.
**The boatmen had allowed her a pillow to rest her head.**
Die bootmanne het haar 'n kussing gegee om haar kop op te rus.
**And she simultaneously threw this pillow into the water.**
En sy het gelyktydig hierdie kussing in die water gegooi.
**Sribatsa was able to grab hold of the pillow.**
Sribatsa kon die kussing gryp.
**And the pillow helped him float down the stream.**
En die kussing het hom gehelp om met die stroom af te dryf.
**Up until nightfall the river carried him downstream.**
Tot nag toe het die rivier hom stroomaf gedra.
**At nightfall he arrived at what seemed to be a garden.**
Teen nag het hy aangekom by wat soos 'n tuin gelyk het.
**Because it was dark there was nothing he could do.**
Omdat dit donker was, kon hy niks doen nie.
**So all night he stayed in the garden, cold and wet.**
So het hy die hele nag in die tuin gebly, koud en nat.
**I should tell you who this garden belonged to.**
Ek moet jou vertel aan wie hierdie tuin behoort het.
**This was the garden of an old widowed woman.**
Dit was die tuin van 'n ou weduwee.
**This woman used to supply flowers for the king.**
Hierdie vrou het blomme vir die koning voorsien.
**But one day some blight had come over her garden.**
Maar eendag het 'n plaag oor haar tuin gekom.
**Almost all the trees and plants ceased flowering.**
Byna al die bome en plante het opgehou blom.
**She had therefore given up the business she had.**
Sy het dus die besigheid wat sy gehad het, laat vaar.
**And she was no longer the royal flower supplier.**
En sy was nie meer die koninklike blomverskaffer nie.

**However, Sribatsa's arrival had rejuvenated her garden.**
Sribatsa se aankoms het egter haar tuin verjong.
**She could scarcely believe her eyes in the morning.**
Sy kon skaars haar oë in die oggend glo.
**The whole garden was ablaze with flowers again.**
Die hele tuin was weer in bloesems.
**There was no plant that was not in bloom.**
Daar was geen plant wat nie in blom was nie.
**And every tree she had was begemmed with flowers.**
En elke boom wat sy gehad het, was met blomme besaai.
**She had no way of knowing the cause of the miracle.**
Sy het geen manier gehad om die oorsaak van die wonderwerk te weet nie.
**And so she took a walk through the garden.**
En so het sy deur die tuin gaan stap.
**But she soon found the cause of all the flowers.**
Maar sy het gou die oorsaak van al die blomme gevind.
**At the edge of her garden was a cold, wet man.**
Aan die rand van haar tuin was 'n koue, nat man.
**He was shivering and almost dead from hypothermia.**
Hy het gebewe en amper dood weens hipotermie.
**She immediately brought the man into to her cottage.**
Sy het die man dadelik na haar kothuis gebring.
**And she lighted a fire to give him some warmth.**
En sy het 'n vuur aangesteek om hom bietjie warmte te gee.
**She nursed him and showed him every attention.**
Sy het hom verpleeg en hom alle aandag gegee.
**And she ascribed the miracle to his presence.**
En sy het die wonderwerk aan sy teenwoordigheid toegeskryf.
**She made him as comfortable as she could.**
Sy het hom so gemaklik as moontlik gemaak.
**And then she ran to the king's palace.**
En toe hardloop sy na die koning se paleis.
**She asked to speak to the king's chief servant.**
Sy het gevra om met die koning se hoofdienaar te praat.
**And she told him the good fortune she had had.**
En sy het hom vertel van die goeie geluk wat sy gehad het.

**"I can again supply the palace with flowers"**
"Ek kan weer die paleis van blomme voorsien"
**Her flowers had been very much missed at the palace.**
Haar blomme is baie gemis by die paleis.
**So she was immediately restored to her former position.**
So is sy onmiddellik in haar vorige posisie herstel.
**She was again the flower-woman of the royal household.**
Sy was weer die blomvrou van die koninklike huishouding.

**Sribatsa spent a few more days recovering his health.**
Sribatsa het nog 'n paar dae daaraan bestee om sy gesondheid
te herstel.
**And eventually he had all his vitality back.**
En uiteindelik het hy al sy vitaliteit teruggekry.
**He asked the woman if he could speak with a minister.**
Hy het die vrou gevra of hy met 'n predikant kon praat.
**So the woman took him to the palace with her.**
Toe het die vrou hom saam met haar na die paleis geneem.
**One of the king's ministers gave him an appointment.**
Een van die koning se ministers het hom 'n afspraak gegee.
**And he was at once found to be a man of intelligence.**
En hy is dadelik as 'n intelligente man bevind.
**So was offered a position in the king's service.**
So is 'n pos in die koning se diens aangebied.
**In fact, he was allowed to choose what job he wanted.**
Trouens, hy is toegelaat om te kies watter werk hy wou hê.
**He asked to be collector of tolls on the river.**
Hy het gevra om tolgeldinvorderaar op die rivier te wees.
**The minister was happy to give Sribatsa the job.**
Die minister was bly om vir Sribatsa die werk te gee.
**The kingdom needed someone to collect river-tolls.**
Die koninkryk het iemand nodig gehad om riviertol te
invorder.
**And Sribatsa immediately started his new job.**
En Sribatsa het dadelik met sy nuwe werk begin.
**It wasn't long before his plan came to fruition.**
Dit was nie lank voordat sy plan verwesenlik is nie.

**The boat his wife was on was coming down the river.**
Die boot waarop sy vrou was, was op pad met die rivier af.
**Under the king's authority he detained the boat.**
Onder die gesag van die koning het hy die boot teruggehou.
**And he charged the boatmen with the theft of gold-bricks.**
En hy het die bootmanne aangekla van die diefstal van goudstene.
**The king liked the sound of a boat full of gold.**
Die koning het van die geluid van 'n boot vol goud gehou.
**So the king himself came to the river-side.**
So het die koning self na die rivieroewer gekom.
**Even he was amazed by the quantity of gold they had.**
Selfs hy was verbaas oor die hoeveelheid goud wat hulle gehad het.
**And every gold brick had Sribatsa's inscription.**
En elke goue baksteen het Sribatsa se inskripsie gehad.
**At the same time he rescued his wife from the boatmen.**
Terselfdertyd het hy sy vrou van die bootmanne gered.
**Back on dry land she returned to her previous beauty.**
Terug op droë grond het sy teruggekeer na haar vorige skoonheid.
**He told the king the story of their misfortune.**
Hy het die koning die verhaal van hulle ongeluk vertel.
**And the king had them as a guest in his palace.**
En die koning het hulle as gas in sy paleis gehad.
**The king gave them presents of horses and elephants.**
Die koning het vir hulle geskenke van perde en olifante gegee.
**And on the horses and elephants they rode to their country.**
En op die perde en olifante het hulle na hul land gery.
**The evil eye of Sani was now turned away from Sribatsa.**
Die bose oog van Sani was nou van Sribatsa afgewend.
**And he again became what he formerly was.**
En hy het weer geword wat hy voorheen was.
**He was again Sribatsa; the Child of Fortune.**
Hy was weer Sribatsa; die Kind van Fortuin.

# The Boy whom Seven Mothers Suckled
## Die Seun wat deur Sewe Moeders gesoog is

**Once on a time there reigned a king who had seven queens.**

Eendag op 'n tyd het daar 'n koning geheers wat sewe koninginne gehad het.

**He was very sad, for the seven queens were all barren.**

Hy was baie hartseer, want die sewe koninginne was almal onvrugbaar.

**One day, however, he met a holy mendicant.**

Eendag het hy egter 'n heilige bedelmonnik ontmoet.

**The holy mendicant told the king about a certain forest.**

Die heilige bedelmonnik het die koning van 'n sekere woud vertel.

**In this forest there grew a special kind of tree.**

In hierdie woud het 'n spesiale soort boom gegroei.

**On a branch of this tree hung seven mangoes.**

Aan 'n tak van hierdie boom het sewe mango's gehang.

**These mangos could restore the fertilities of his queens.**

Hierdie mango's kan die vrugbaarheid van sy koninginne herstel.

**But the king had to pluck the mangoes himself.**

Maar die koning moes self die mango's pluk.

**The king followed the advice of the mendicant.**

Die koning het die raad van die bedelmonnik gevolg.

**And he set off to go to the forest with the mango tree.**

En hy het vertrek om na die woud te gaan met die mangoboom.

**Soon he had found the tree the mendicant spoke of.**

Gou het hy die boom gevind waarvan die bedelmonnik gepraat het.

**And he plucked the seven mangoes that grew upon one branch.**

En hy het die sewe mango's gepluk wat aan een tak gegroei het.

**He gave a mango to each of the queens to eat.**

Hy het vir elkeen van die koninginne 'n mango gegee om te
eet.
**In a short time the king's heart was filled with joy.**
Binne 'n kort tydjie was die koning se hart met vreugde gevul.
**He was told that the seven queens were all with child.**
Hy is meegedeel dat die sewe koninginne almal swanger was.

**One day the king was out hunting.**
Eendag was die koning op jag.
**On his path he saw a young lady of peerless beauty.**
Op sy pad het hy 'n jong dame van ongeëwenaarde skoonheid
gesien.
**He instantly fell in love with the beautiful woman.**
Hy het onmiddellik verlief geraak op die pragtige vrou.
**And he brought her to his palace, and married her.**
En hy het haar na sy paleis gebring en met haar getrou.
**This lady was, however, not a human being.**
Hierdie dame was egter nie 'n mens nie.
**But what this woman was was a Rakshasi.**
Maar wat hierdie vrou was, was 'n Rakshasi.
**But the king of course did not know this.**
Maar die koning het dit natuurlik nie geweet nie.
**The king became dotingly fond of her.**
Die koning het innig verlief op haar geraak.
**And he did whatever she told him to do.**
En hy het gedoen wat sy hom ook al gesê het om te doen.
**One day she made a very particular request of the king.**
Eendag het sy 'n baie spesifieke versoek aan die koning gerig.
**"You say that you love me more than anyone else"**
"Jy sê dat jy my meer liefhet as enigiemand anders"
**"Let me see whether you really love me as much as you say"**
"Laat ek sien of jy my werklik so liefhet soos jy sê"
**"If you love me, make your seven other queens blind"**
"As jy my liefhet, maak jou sewe ander koninginne blind"
**"And once they are blind, let them be killed"**
"En sodra hulle blind is, laat hulle doodgemaak word"
**The king became very sad at the terrible request.**

Die koning het baie hartseer geword oor die verskriklike versoek.

**He was especially sad because the queens were all pregnant.**

Hy was veral hartseer omdat die koninginne almal swanger was.

**But he had no choice but to comply with her request.**

Maar hy het geen ander keuse gehad as om aan haar versoek te voldoen nie.

**The eyes of the queens were plucked out of their sockets.**

Die oë van die koninginne is uit hul kaste gepluk.

**And the queens were delivered up to the chief minister.**

En die koninginne is aan die hoofminister uitgelewer.

**It was up to the chief minister to destroy the queens.**

Dit was die hoofminister se verantwoordelikheid om die koninginne te vernietig.

**But the chief minister was a merciful man.**

Maar die hoofminister was 'n barmhartige man.

**In the side of the hill there was secret a cave.**

Aan die kant van die heuwel was daar 'n geheime grot.

**Instead of killing the queens, the minister hid them.**

In plaas daarvan om die koninginne dood te maak, het die minister hulle weggesteek.

**In course of time the eldest of the seven queens gave birth.**

Met verloop van tyd het die oudste van die sewe koninginne geboorte gegee.

**"What shall I do with the child," said she.**

"Wat moet ek met die kind doen," het sy gesê.

**"we are blind and are dying for want of food?"**

"Ons is blind en sterf weens gebrek aan kos?"

**"Let me kill the child," she proposed.**

"Laat ek die kind doodmaak," het sy voorgestel.

**"let us all eat of the child's flesh" she added.**

"Laat ons almal van die kind se vlees eet," het sy bygevoeg.

**Just as she said she would, she killed the infant.**

Net soos sy gesê het sy sou, het sy die baba doodgemaak.

**She gave to each of her sister-queens a part of the child.**

Sy het aan elkeen van haar suster-koninginne 'n deel van die kind gegee.

**And the sister queens ate their part of the child.**

En die susterkoninginne het hulle deel van die kind geëet.

**But the youngest queen did not eat her share.**

Màar die jongste koningin het nie haar deel geëet nie.

**Instead, she laid her part of the child beside her.**

In plaas daarvan het sy haar deel van die kind langs haar neergelê.

**In a few days the second queen also was delivered of a child.**

Binne 'n paar dae het die tweede koningin ook 'n kind in die wêreld gebring.

**She did with her child as her eldest sister had done with hers.**

Sy het met haar kind gedoen soos haar oudste suster met hare gedoen het.

**So did the third, the fourth, the fifth, and the sixth queen.**

So het die derde, die vierde, die vyfde en die sesde koningin ook gedoen.

**Eventually the seventh queen gave birth to a son.**

Uiteindelik het die sewende koningin aan 'n seun geboorte gegee.

**But she did not follow the example of her sister-queens.**

Maar sy het nie die voorbeeld van haar suster-koninginne gevolg nie.

**Instead, she resolved to raise the child.**

In plaas daarvan het sy besluit om die kind groot te maak.

**The other queens demanded their portions of the newly-born.**

Die ander koninginne het hul gedeeltes van die pasgeborene geëis.

**But she still had the portions she had not eaten.**

Maar sy het steeds die porsies gehad wat sy nie geëet het nie.

**And she gave her sister-queens back their children's parts.**

En sy het haar suster-koninginne hul kinders se dele teruggegee.

**The other queens at once perceived that their portions were dry.**
Die ander koninginne het dadelik opgemerk dat hulle porsies droog was.
**Therefore the parts could not be of the newly born child.**
Daarom kon die dele nie van die pasgebore kind wees nie.
**"I have decided not to kill me child," she explained.**
"Ek het besluit om my kind nie dood te maak nie," het sy verduidelik.
**"I will not eat him, but try to raise him instead"**
"Ek sal hom nie eet nie, maar eerder probeer om hom groot te maak"
**The others were glad to hear this news.**
Die ander was bly om hierdie nuus te hoor.
**They all said that they would help her in nursing the child.**
Hulle het almal gesê dat hulle haar sou help met die borsvoeding van die kind.
**And so the child was suckled by seven mothers.**
En so is die kind deur sewe moeders gesoog.
**And the child became the hardiest and strongest boy that ever lived.**
En die kind het die gehardste en sterkste seun geword wat ooit geleef het.

**In the meantime the Rakshasi-queen was doing infinite mischief.**
Intussen het die Rakshasi-koningin oneindige kwaad aangerig.
**And she got the royal household into all sorts of trouble.**
En sy het die koninklike huishouding in allerhande moeilikheid gekry.
**What she ate at the royal table did not fill her capacious stomach.**
Wat sy aan die koninklike tafel geëet het, het nie haar ruim maag gevul nie.
**She therefore, in the darkness of night, went hunting.**
Sy het daarom, in die donkerte van die nag, gaan jag.

**Gradually she ate up all the members of the royal family.**
Geleidelik het sy al die lede van die koninklike familie opgeëet.
**She ate all the king's servants, and his attendants.**
Sy het al die koning se dienaars en sy dienaars geëet.
**She ate all his horses, elephants, and cattle.**
Sy het al sy perde, olifante en beeste geëet.
**And eventually only her royal consort and the king were left.**
En uiteindelik het net haar koninklike metgesel en die koning oorgebly.
**After that she used to go out in the evenings into the city.**
Daarna het sy saans in die stad uitgegaan.
**And she ate up stray human beings wherever she found any.**
En sy het verdwaalde mense opgeëet waar sy hulle ook al gevind het.
**The king was left without any servants.**
Die koning is sonder enige dienaars gelaat.
**There was no person left to cook for him.**
Daar was niemand meer oor om vir hom te kook nie.
**Because no one would accept this job.**
Want niemand sou hierdie werk aanvaar nie.
**But at last someone volunteered their services.**
Maar uiteindelik het iemand hul dienste aangebied.
**The boy who had been suckled by seven mothers.**
Die seun wat deur sewe moeders gesoog is.
**He had now grown up to be a stalwart youth.**
Hy het nou grootgeword as 'n dapper jongman.
**He attended on the king and prepared his food.**
Hy het die koning bedien en sy kos voorberei.
**But he took every care while with the queen.**
Maar hy het elke sorg geneem terwyl hy by die koningin was.
**And he made sure that she did not swallow him up.**
En hy het seker gemaak dat sy hom nie insluk nie.
**The Rakshasi-queen seized her victims only at night.**
Die Rakshasi-koningin het haar slagoffers slegs snags gegryp.
**So the boy he went home long before nightfall.**

So het die seun lank voor sononder huis toe gegaan.
**So she had to find another way to get rid of the boy.**
So moes sy 'n ander manier vind om van die seun ontslae te raak.

**The boy always boasted that he could do any work.**
Die seun het altyd gespog dat hy enige werk kon doen.
**So the queen invented a disease for herself.**
So het die koningin 'n siekte vir haarself uitgedink.
**She said that there was a cure for her disease.**
Sy het gesê dat daar 'n kuur vir haar siekte was.
**But she said the cure was not easy to get.**
Maar sy het gesê die geneesmiddel was nie maklik om te kry nie.
**This made the boy even more interested in the task.**
Dit het die seun nog meer in die taak geïnteresseerd gemaak.
**She said there was a melon which cured her disease.**
Sy het gesê daar was 'n spanspek wat haar siekte genees het.
**The melon was twelve cubits in length.**
Die spanspek was twaalf el lank.
**But the stone of the lemon was thirteen cubits long.**
Maar die klip van die suurlemoen was dertien el lank.
**The fruit could only be gotten from her mother.**
Die vrugte kon slegs van haar ma gekry word.
**And her mother lived on the other side of the ocean.**
En haar ma het aan die ander kant van die see gewoon.
**She gave him a letter of introduction to her mother.**
Sy het hom 'n bekendstellingsbrief aan haar ma gegee.
**But actually the note told her to eat the boy.**
Maar eintlik het die briefie haar gesê om die seun te eet.
**The boy had suspected there was some foul play.**
Die seun het vermoed dat daar vuilspel was.
**So he tore up the letter and proceeded on his journey.**
Toe het hy die brief verskeur en sy reis voortgesit.
**The dauntless youth passed through many lands.**
Die onverskrokke jongman het deur baie lande getrek.
**After much travel he stood on the shore of the ocean.**

Na baie reis het hy op die oewer van die see gestaan.

**On the other side of the ocean was the country of the Rakshasis.**

Aan die ander kant van die oseaan was die land van die Rakshasis.

**He then bawled as loud as he could, and said;**

Toe het hy so hard as wat hy kon geskree en gesê;

**"Granny! granny! come and save your daughter"**

"Ouma! ouma! kom en red jou dogter"

**"Your daughter, my mother, is dangerously ill"**

"Jou dogter, my moeder, is gevaarlik siek"

**On the other side of the ocean an old Rakshasi heard him.**

Aan die ander kant van die oseaan het 'n ou Rakshasi hom gehoor.

**The old Rakshasi crossed the ocean to the boy.**

Die ou Rakshasi het die see na die seun oorgesteek.

**The boy told her the message of the queen.**

Die seun het haar die boodskap van die koningin vertel.

**And the Rakshasi took the boy on her back.**

En die Rakshasi het die seun op haar rug geneem.

**She re-crossed the ocean to the land of the Rakshasi.**

Sy het die see weer oorgesteek na die land van die Rakshasi.

**And the boy was at once given the medicinal melon.**

En die seun is dadelik die medisinale spanspek gegee.

**The Rakshasi told him to hurry back to her daughter.**

Die Rakshasi het hom beveel om gou terug te gaan na haar dogter.

**But the boy said he was too tired to keep travelling.**

Maar die seun het gesê hy was te moeg om aan te hou reis.

**And he begged to be allowed to rest one day.**

En hy het gesmeek om eendag te mag rus.

**The old Rakshasi consented to her grandson's wishes.**

Die ou Rakshasi het ingestem tot haar kleinseun se wense.


**The boy noticed interesting things in the Rakshasi's room.**

Die seun het interessante dinge in die Rakshasi se kamer opgemerk.

**There was a stout club and a rope hanging in the room.**
Daar het 'n stewige knuppel en 'n tou in die kamer gehang.
**The boy inquired what the stout club and rope were for.**
Die seun het gevra waarvoor die stewige knuppel en tou was.
**"Child, with that club and rope I cross the ocean"**
"Kind, met daardie knuppel en tou steek ek die see oor"
**"One just has to take the club and the rope in his hands"**
"'n Mens moet net die knuppel en die tou in sy hande neem"
**"And then you have to say the following magical words:"**
"En dan moet jy die volgende magiese woorde sê:"
**"O stout club! O strong rope!"**
"O stewige knuppel! O sterk tou!"
**"Take me at once to the other side"**
"Neem my dadelik na die ander kant"
**"Then they will take him to the other side of the ocean"**
"Dan sal hulle hom na die ander kant van die see neem"
**The boy noticed another interesting thing in the room.**
Die seun het nog 'n interessante ding in die kamer opgemerk.
**There was a bird in a cage in the corner of the room.**
Daar was 'n voël in 'n hok in die hoek van die kamer.
**The boy also wanted to know what this bird was for.**
Die seun wou ook weet waarvoor hierdie voël was.
**"The bird contains a secret, my child"**
"Die voël bevat 'n geheim, my kind"
**"But that secret must not be disclosed to mortals"**
"Maar daardie geheim mag nie aan sterflinge bekend gemaak
word nie"
**"But how can I hide this secret from my own grandchild?"**
"Maar hoe kan ek hierdie geheim vir my eie kleinkind
wegsteek?"
**"That bird, child, contains the life of your mother.**
"Daardie voël, kind, bevat die lewe van jou moeder.
**"If the bird is killed, your mother will at once die"**
"As die voël doodgemaak word, sal jou ma dadelik sterf"
**Armed with these secrets, the boy went to bed that night.**
Gewapen met hierdie geheime, het die seun daardie aand
gaan slaap.

**Next morning the old Rakshasi went to distant countries.**

Die volgende oggend het die ou Rakshasi na verre lande gegaan.

**Together with all the other Rakshasis, she went to forage.**

Saam met al die ander Rakshasis het sy gaan soek na voedsel.

**The boy took down the bird-cage from the ceiling.**

Die seun het die voëlhok van die plafon afgehaal.

**And the boy took the club and the rope.**

En die seun het die knuppel en die tou geneem.

**And then he spoke the magic words to the club and rope.**

En toe het hy die magiese woorde vir die knuppel en tou gespreek.

**"O stout club! O strong rope!"**

"O stewige knuppel! O sterk tou!"

**"Take me at once to the other side"**

"Neem my dadelik na die ander kant"

**In the twinkling of an eye the boy was put on this side of the ocean.**

In 'n oogwink is die seun aan hierdie kant van die see geplaas.

**He then retraced his steps, back to the queen.**

Toe het hy sy stappe teruggevolg, terug na die koningin.

**To her astonishment he really had the medicinal lemon.**

Tot haar verbasing het hy regtig die medisinale suurlemoen gehad.

**But the bird in the cage he kept carefully concealed.**

Maar die voël in die hok het hy sorgvuldig versteek gehou.


**In the course of time the people of the city came to the king.**

Met verloop van tyd het die mense van die stad na die koning gekom.

**And they told the king of their troubles.**

En hulle het die koning van hulle probleme vertel.

**"A monstrous bird comes from the palace every evening"**

"'n Monsteragtige voël kom elke aand uit die paleis"

**"The bird seizes the people in the streets"**

"Die voël gryp die mense in die strate"

**"And the bird swallows the people up whole"**
"En die voël verslind die mense heel in"
**"This has been going on for a long time"**
"Dit gaan al lank aan"
**"And now the city has become almost desolate"**
"En nou het die stad amper verlate geword"
**The king did not know what this monstrous bird was.**
Die koning het nie geweet wat hierdie monsteragtige voël was nie.
**But the king's servant, the boy, said he knew.**
Maar die koning se dienaar, die seun, het gesê hy weet.
**"I will kill the monstrous bird," he offered.**
"Ek sal die monsteragtige voël doodmaak," het hy aangebied.
**"But the queen has to stand beside us," he added.**
"Maar die koningin moet langs ons staan," het hy bygevoeg.
**The king saw no reason to object to the proposal.**
Die koning het geen rede gesien om teen die voorstel beswaar te maak nie.
**And so the queen was made to stand beside the king.**
En so is die koningin langs die koning laat staan.
**The boy then took the bird out from its cage.**
Die seun het toe die voël uit sy hok gehaal.
**On seeing the bird she fell into a fainting fit.**
Toe sy die voël sien, het sy in 'n floubui geval.
**Then the boy turned to the king, and spoke.**
Toe draai die seun na die koning en praat.
**"King, you will soon perceive who the monstrous bird is"**
"Koning, u sal binnekort sien wie die monsteragtige voël is"
**"You will see what devours your people every evening"**
"Jy sal sien wat jou mense elke aand verslind"
**"I tear off each limb of this bird"**
"Ek skeur elke ledemaat van hierdie voël af"
**"The corresponding limb of the man-eater will fall off"**
"Die ooreenstemmende ledemaat van die mensvreter sal afval"
**The boy then tore off one leg of the bird in his hand.**
Die seun het toe een poot van die voël in sy hand afgeruk.

**All assembled were astonished at what happened next.**
Almal wat daar was, was verbaas oor wat volgende gebeur het.
**One of the legs of the queen fell off.**
Een van die koningin se bene het afgeval.
**Then the boy squeezed the throat of the bird.**
Toe druk die seun die voël se keel vas.
**And as he squeezed the bird, the queen gave up the ghost.**
En toe hy die voël druk, het die koningin die gees gegee.
**The boy then retold his history to the king.**
Die seun het toe sy geskiedenis aan die koning oorvertel.
**"You used to have seven barren wives"**
"Jy het sewe onvrugbare vroue gehad"
**"To treat their barrenness, you gave them each a mango"**
"Om hulle onvrugbaarheid te behandel, het jy hulle elkeen 'n mango gegee"
**"And each of your wives fell pregnant with a child"**
"En elkeen van julle vroue het swanger geraak met 'n kind"
**"However, you then married an eighth wife"**
"Jy het egter toe met 'n agtste vrou getrou"
**"This wife ordered you to blind your other wives"**
"Hierdie vrou het jou beveel om jou ander vrouens te verblind"
**"And she ordered you to have your other wives killed"**
"En sy het jou beveel om jou ander vrouens te laat doodmaak"
**"Your minister blinded your seven wives"**
"Jou predikant het jou sewe vroue verblind"
**"But he was too good hearted to kill your wives"**
"Maar hy was te goedhartig om julle vroue dood te maak"
**"Your seven wives were taken to a hiding place"**
"Jou sewe vrouens is na 'n wegkruipplek geneem"
**"And in this hiding place they each gave birth"**
"En in hierdie wegkruipplek het hulle elkeen geboorte gegee"
**"But they were forced to eat their newly born children"**
"Maar hulle is gedwing om hul pasgebore kinders te eet"
**"Only my mother did not let me be eaten"**
"Net my ma het my nie toegelaat om geëet te word nie"

**"Instead, I was suckled by seven mothers"**
"In plaas daarvan is ek deur sewe moeders gesoog"
**"And I grew up strong and capable"**
"En ek het sterk en bekwaam grootgeword"
**"Eventually I came to work in your palace"**
"Uiteindelik het ek in jou paleis kom werk"
**"Your wife, my stepmother, sent me on a mission"**
"Jou vrou, my stiefma, het my op 'n sending gestuur"
**"She sent me to her mother for a medicine"**
"Sy het my na haar ma gestuur vir medisyne"
**"However, her mother was a Rakshasi"**
"Haar ma was egter 'n Rakshasi"
**"From her I found the secret of your wife's life"**
"Van haar het ek die geheim van jou vrou se lewe ontdek"
**"And so I brought the bird that held your wife's life"**
"En so het ek die voël gebring wat jou vrou se lewe vasgehou
het"
**The king had listened to the story his son told him.**
Die koning het geluister na die storie wat sy seun hom vertel
het.
**The seven queens were brought back to the palace.**
Die sewe koninginne is teruggebring na die paleis.
**And their eyes were miraculously restored.**
En hulle oë is wonderbaarlik herstel.
**The boy that was suckled by seven mothers was crowned.**
Die seun wat deur sewe moeders gesoog is, is gekroon.
**And he was recognized by the king as his rightful heir.**
En hy is deur die koning as sy regmatige erfgenaam erken.
**And they lived together happily.**
En hulle het gelukkig saamgewoon.

## The Story of Prince Sobur
### Die verhaal van Prins Sobur

**Once upon a time there lived a merchant.**
Eendag op 'n tyd het daar 'n handelaar gewoon.
**This merchant had seven daughters.**
Hierdie handelaar het sewe dogters gehad.
**One day the merchant asked them a question.**
Eendag het die handelaar hulle 'n vraag gevra.
**"From whose fortune do you live?"**
"Van wie se fortuin leef jy?"
**The eldest daughter answered first.**
Die oudste dogter het eerste geantwoord.
**"Papa, I live from your fortune"**
"Pappa, ek leef van jou fortuin"
**The second daughter gave the same answer.**
Die tweede dogter het dieselfde antwoord gegee.
**The same answer was given by the third daughter.**
Dieselfde antwoord is deur die derde dogter gegee.
**His fourth daughter also lived from his fortune.**
Sy vierde dogter het ook van sy fortuin geleef.
**His fifth daughter was no different.**
Sy vyfde dogter was geen uitsondering nie.
**And his sixth daughter was like the rest.**
En sy sesde dogter was soos die res.
**But his youngest daughter surprised him.**
Maar sy jongste dogter het hom verras.
**She had a very different answer.**
Sy het 'n heel ander antwoord gehad.
**"I live from my own fortune"**
"Ek leef van my eie fortuin"
**He did not like this answer.**
Hy het nie van hierdie antwoord gehou nie.
**Her answer made the merchant very angry.**
Haar antwoord het die handelaar baie kwaad gemaak.
**"You are very ungrateful," he told her.**
"Jy is baie ondankbaar," het hy vir haar gesê.

**"See how well you do on your own"**

"Kyk hoe goed jy op jou eie vaar"

**"I am kicking you out of my house"**

"Ek skop jou uit my huis uit"

**"You will not have a rupee in your pocket"**

"Jy sal nie 'n roepie in jou sak hê nie"

**He called his palanquins to come.**

Hy het sy palanquins geroep om te kom.

**And he ordered them to take the girl away.**

En hy het hulle beveel om die meisie weg te neem.

**"Leave her in the midst of a forest"**

"Los haar te midde van 'n woud"

**The girl begged to be allowed one thing.**

Die meisie het gesmeek om een ding toegelaat te word.

**"Please let me take my work-box"**

"Laat my asseblief my werkkis vat"

**"In the box are my needles and threads"**

"In die boks is my naalde en gare"

**Her father allowed her to take her box.**

Haar pa het haar toegelaat om haar boks te neem.

**She got into the seat of the palanquins.**

Sy het in die sitplek van die palanquins geklim.

**And the bearers lifted her up.**

En die draers het haar opgetel.

**And they put her onto their shoulders.**

En hulle het haar op hulle skouers gesit.

**As the bearers ran they chanted.**

Terwyl die draers gehardloop het, het hulle gesing.

**"hoon! hoon! hoon! hoon! hoon!"**

"hoon! hoon! hoon! hoon! hoon!"

**But they didn't get very far.**

Maar hulle het nie baie ver gekom nie.

**An old woman stood in their way.**

'n Ou vrou het in hul pad gestaan.

**She came up to the carriage.**

Sy het na die koets toe gekom.

**"Where are you taking my daughter?"**

"Waarheen neem jy my dogter?"
**She was the maid of the child.**
Sy was die diensmeisie van die kind.
**"We have been given orders by the merchant"**
"Ons het bevele van die handelaar ontvang"
**"He told us to take her away"**
"Hy het vir ons gesê om haar weg te neem"
**"We will leave her in a forest"**
"Ons sal haar in 'n woud los"
**"We are going to do his bidding"**
"Ons gaan sy bevele uitvoer"
**"I must go with her," said the old woman.**
"Ek moet saam met haar gaan," het die ou vrou gesê.
**But the bearers were not sure.**
Maar die draers was nie seker nie.
**Bearers run when they carry a sedan chair.**
Draers hardloop wanneer hulle 'n sedanstoel dra.
**"How will you be able to keep pace with us?"**
"Hoe sal julle tred kan hou met ons?"
**The old woman was not deterred.**
Die ou vrou was nie afgeskrik nie.
**"It does not matter how I do it"**
"Dit maak nie saak hoe ek dit doen nie"
**"I must go where my daughter goes"**
"Ek moet gaan waar my dogter gaan "
**The youngest daughter begged the bearers.**
Die jongste dogter het die draers gesmeek.
**"Please carry my mother with me"**
"Dra asseblief my ma saam met my"
**And the bearers gracefully agreed.**
En die draers het grasieus ingestem.
**They carried mother and child to the forest.**
Hulle het moeder en kind na die bos gedra.
**"hoon! hoon! hoon! hoon! hoon!"**
"hoon! hoon! hoon! hoon! hoon!"
**In the afternoon they reached a dense forest.**
In die middag het hulle 'n digte woud bereik.

**They went deeper and deeper into the forest.**
Hulle het al hoe dieper die woud ingegaan.
**Towards sunset they reached their goal.**
Teen sonsondergang het hulle hul doelwit bereik.
**They stopped at the foot of an old tree.**
Hulle het aan die voet van 'n ou boom stilgehou.
**They lowered the girl and the old woman.**
Hulle het die meisie en die ou vrou laat sak.
**And they left them in the forest.**
En hulle het hulle in die bos gelos.
**Then they retraced their steps home.**
Toe het hulle hul stappe huis toe teruggevolg.

**The merchant's youngest daughter looked around.**
Die handelaar se jongste dogter het rondgekyk.
**You would not have wanted to be in her shoes.**
Jy sou nie in haar skoene wou wees nie.
**Her situation was truly pitiable.**
Haar situasie was werklik bejammerenswaardig.
**She was hardly fourteen years old.**
Sy was skaars veertien jaar oud.
**She had grown up in luxury.**
Sy het in weelde grootgeword.
**But now there was no luxury for her.**
Maar nou was daar geen luukse vir haar nie.
**She was in the heart of a dark forest.**
Sy was in die hartjie van 'n donker woud.
**She had not a rupee in her pocket.**
Sy het nie 'n roepie in haar sak gehad nie.
**And she had nothing for protection.**
En sy het niks vir beskerming gehad nie.
**Nothing except an old, decrepit, woman.**
Niks behalwe 'n ou, afgeleefde vrou nie.
**Even the trees of the forest pitied her.**
Selfs die bome van die bos het haar jammer gekry.
**The young girl and old woman sat together.**
Die jong meisie en die ou vrou het saam gesit.

**They were at the foot of an old tree.**
Hulle was aan die voet van 'n ou boom.
**And together they cried over their situation.**
En saam het hulle oor hul situasie gehuil.
**I should say this all happened long ago.**
Ek moet sê dit alles het lank gelede gebeur.
**In these times the trees could talk.**
In hierdie tye kon die bome praat.
**And the old tree spoke to the girl.**
En die ou boom het met die meisie gepraat.
**"Unhappy women, I much pity you"**
"Ongelukkige vroue, ek is baie jammer vir julle"
**"There are wild beasts in this forest"**
"Daar is wilde diere in hierdie woud"
**"Soon they will come out of their lairs"**
"Binnekort sal hulle uit hul lêplekke kom"
**"They will roam about for prey"**
"Hulle sal rondswerf vir prooi"
**"And they are sure to devour you two"**
"En hulle sal julle twee verseker verslind"
**"But I can help you, if you want"**
"Maar ek kan jou help, as jy wil"
**"I will make an opening for you"**
"Ek sal 'n opening vir jou maak"
**"When you see the opening, go into it"**
"Wanneer jy die opening sien, gaan daarin in"
**"And then I will close the opening up"**
"En dan sal ek die opening toemaak"
**"As long as you are in me you'll be safe"**
"Solank jy in My is, sal jy veilig wees"
**"This way the wild beasts can't touch you"**
"So kan die wilde diere jou nie aanraak nie"
**And then the tree split itself in two.**
En toe het die boom homself in twee gesplete.
**The two women went inside the tree.**
Die twee vroue het in die boom ingegaan.
**And the old tree resumed its natural shape.**

En die ou boom het sy natuurlike vorm teruggekry.

**The shade of night darkened the forest.**
Die skaduwee van die nag het die woud verduister.
**Everything the tree had said was true.**
Alles wat die boom gesê het, was waar.
**The wild beasts came out of their lairs.**
Die wilde diere het uit hulle lêplekke te voorskyn gekom.
**The fierce tiger came out at night.**
Die wrede tier het in die nag uitgekom.
**The wild bear left his lair.**
Die wilde beer het sy lêplek verlaat.
**The rhinoceros roamed the forest.**
Die renoster het in die woud rondgeswerf.
**The bushy bear was there that night.**
Die bosbeer was daardie nag daar.
**The great elephant could be heard.**
Die groot olifant kon gehoor word.
**And there was the horned buffalo.**
En daar was die gehoornde buffel.
**They all growled as they circled the tree.**
Hulle het almal gegrom terwyl hulle om die boom geloop het.
**They had gotten the scent of human blood.**
Hulle het die reuk van menslike bloed gekry.
**They could hear the growls of the beasts.**
Hulle kon die gegrom van die diere hoor.
**The beasts came dashing against the tree.**
Die diere het teen die boom aangestorm.
**They broke the old tree's branches.**
Hulle het die ou boom se takke gebreek.
**Their horns pierced the tree's trunk.**
Hul horings het die boom se stam deurboor.
**They scratched its bark with their claws.**
Hulle het sy bas met hul kloue gekrap.
**But all their efforts were in vain.**
Maar al hulle pogings was tevergeefs.
**The girl and woman were safe in the tree.**

Die meisie en vrou was veilig in die boom.
**Towards dawn the wild beasts went away.**
Teen dagbreek het die wilde diere weggegaan.
**After sunrise the good tree spoke again.**
Na sonsopkoms het die goeie boom weer gepraat.
**"The wild beasts have gone back"**
"Die wilde diere het teruggegaan"
**"They are in their lairs again"**
"Hulle is weer in hul lêplekke"
**"But they did their best to torment me"**
"Maar hulle het hul bes gedoen om my te pynig"
**"The sun has risen up again"**
"Die son het weer opgekom"
**"So you can come out now"**
"So jy kan nou uitkom"
**The tree split itself into two again.**
Die boom het homself weer in twee verdeel.
**The girl and the old woman came out.**
Die meisie en die ou vrou het uitgekom.
**They saw the extent of the damage.**
Hulle het die omvang van die skade gesien.
**The tree's branches had been broken off.**
Die boom se takke was afgebreek.
**The tree's trunk had been pierced.**
Die boom se stam was deurboor.
**The bark had been stripped off.**
Die bas was afgestroop.
**"Good mother, we thank you"**
"Goeie moeder, ons dank u"
**"You have been very kind to us"**
"Julle was baie gaaf teenoor ons"
**"You gave us shelter from the beasts"**
"Jy het ons skuiling teen die diere gegee"
**"But it was at a great cost to yourself"**
"Maar dit was teen 'n groot koste vir jouself"
**"You have many wounds from the wilds beasts"**
"Jy het baie wonde van die wilde diere"

**"You must be in great pain?"**
"Jy moet in baie pyn wees?"
**Close by there was a flowing river.**
Daar naby was daar 'n vloeiende rivier.
**The young girl went to the river bank.**
Die jong meisie het na die rivieroewer gegaan.
**At the bank of the river she found mud.**
Aan die oewer van die rivier het sy modder gevind.
**She covered the tree with the mud.**
Sy het die boom met die modder bedek.
**She especially covered the damaged parts.**
Sy het veral die beskadigde dele bedek.
**The tree thanked her for the treatment.**
Die boom het haar vir die behandeling bedank.
**"My good girl, I thank you"**
"My goeie meisie, ek dank jou"
**"I am greatly relieved of my pain"**
"Ek is baie verlig van my pyn"
**"I am, however, more concerned for you"**
"Ek is egter meer bekommerd oor jou"
**"You must be hungry"**
"Jy moet honger wees"
**"You have not eaten since yesterday"**
"Jy het nie geëet sedert gister nie"
**"But what can I give you?"**
"Maar wat kan ek jou gee?"
**"I have no fruit of my own"**
"Ek het geen vrugte van my eie nie"
**"But I do have some advice"**
"Maar ek het wel raad"
**"Give the old woman whatever money you have"**
"Gee die ou vrou watter geld jy ook al het"
**"Let her go into the city"**
"Laat haar in die stad ingaan"
**"In the city she can buy some food"**
"In die stad kan sy kos koop"
**They explained their situation to the tree.**

Hulle het hul situasie aan die boom verduidelik.
**"We have been sent out with no money"**
"Ons is sonder geld uitgestuur"
**But she searched through her work-box anyway.**
Maar sy het in elk geval deur haar werkkis gesoek.
**And in the box she found five cowries.**
En in die boks het sy vyf kauri's gevind.
**The tree continued to give its advice.**
Die boom het aangehou om sy raad te gee.
**"Go with your cowries to the city"**
"Gaan met jou kauri's stad toe"
**"Use the cowries to buy some fried rice"**
"Gebruik die kauri's om gebraaide rys te koop"
**So the old woman went to the city.**
So het die ou vrou na die stad gegaan.
**Fortunately the city was not far away.**
Gelukkig was die stad nie ver weg nie.
**She went to the first shopkeeper she found.**
Sy het na die eerste winkelier gegaan wat sy gevind het.
**"Please give me five cowries worth of rice"**
"Gee my asseblief rys vir vyf kauri's"
**The shopkeeper laughed at her.**
Die winkelier het vir haar gelag.
**"Where can rice be had for five cowries?"**
"Waar kan rys vir vyf kauri's kry?"
**"Be off, you old hag," he told her.**
"Gaan weg, jou ou heks," het hy vir haar gesê.
**So she tried to barter at another shop.**
So het sy probeer om by 'n ander winkel te ruil.
**This shopkeeper could see her distress.**
Hierdie winkelier kon haar nood sien.
**And the shopkeeper took pity on her.**
En die winkelier het haar jammer gekry.
**She gave her a large quantity of rice.**
Sy het haar 'n groot hoeveelheid rys gegee.
**The old woman returned with the rice.**
Die ou vrou het met die rys teruggekeer.

**And the tree gave further instructions.**
En die boom het verdere instruksies gegee.
**"Eat less than half of the rice"**
"Eet minder as die helfte van die rys"
**"Go to the embankments of the river bank"**
"Gaan na die walle van die rivieroewer"
**"Cast the remaining rice on the river bank"**
"Gooi die oorblywende rys op die rivieroewer"
**They did not understand the sense of it.**
Hulle het nie die sin daarvan verstaan nie.
**"Why sow the riverbank with rice?"**
"Waarom die rivieroewer met rys besaai?"
**But they did as they were advised.**
Maar hulle het gedoen soos hulle aangeraai is.
**And they threw their rice onto the ground.**
En hulle het hulle rys op die grond gegooi.

**They spent the day lamenting their fate.**
Hulle het die dag lank oor hul lot getreur.
**Just as before the beasts came out at night.**
Net soos voorheen het die diere in die nag uitgekom.
**The tree housed them inside of its trunk again.**
Die boom het hulle weer binne-in sy stam gehuisves.
**Again they mutilated and tortured the tree.**
Weer eens het hulle die boom vermink en gemartel.
**But that night something else happened.**
Maar daardie nag het iets anders gebeur.
**The women only saw it the next day.**
Die vroue het dit eers die volgende dag gesien.
**The rice had attracted hundreds of peacocks.**
Die rys het honderde poue gelok.
**The peacocks competed for the rice.**
Die poue het om die rys meegeding.
**And their feathers fell on the floor.**
En hulle vere het op die vloer geval.
**The tree had known what would happen.**
Die boom het geweet wat sou gebeur.

**And the tree advised them what to do next.**
En die boom het hulle aangeraai wat om volgende te doen.
**"Go back to the bank of the river"**
"Gaan terug na die oewer van die rivier"
**"Go to where you cast the rice"**
"Gaan na waar jy die rys gooi"
**"There you will see many feathers"**
"Daar sal jy baie vere sien"
**"Collect all the feathers you can find"**
"Versamel al die vere wat jy kan vind"
**"Use the feathers to make a beautiful fan"**
"Gebruik die vere om 'n pragtige waaier te maak"
**"And take the feather-fan to the city"**
"En neem die veerwaaier stad toe"
**The two women did as they were advised.**
Die twee vroue het gedoen soos hulle aangeraai is.
**It was good the girl had taken her work-box.**
Dit was goed die meisie het haar werkkis geneem.
**In her work-box was some string.**
In haar werkkis was 'n bietjie tou.
**The tied the feathers together.**
Hulle het die vere aanmekaar vasgemaak.
**And she had made a fan from the feathers.**
En sy het 'n waaier van die vere gemaak.
**She took the feather fan to the city.**
Sy het die veerwaaier stad toe geneem.
**The son of the king happened to be there.**
Die seun van die koning was toevallig daar.
**He admired the feathers greatly.**
Hy het die vere baie bewonder.
**He paid a large sum of money for the feathers.**
Hy het 'n groot som geld vir die vere betaal.
**Each morning a quantity of feathers was collected.**
Elke oggend is 'n hoeveelheid vere versamel.
**And each day a feather fan was made and sold.**
En elke dag is 'n veerwaaier gemaak en verkoop.
**Within a short time the two women got rich.**

Binne 'n kort tydjie het die twee vroue ryk geword.
**The tree then advised them to build a house.**
Die boom het hulle toe aangeraai om 'n huis te bou.
**"Employ men to burn bricks for you"**
"Kry manne in diens om bakstene vir jou te brand"
**"Get them to cut beams and rafters"**
"Kry hulle om balke en daksparre te sny"
**"Make them plaster the walls with lime"**
"Laat hulle die mure met kalk pleister"
**In a few months a stately house was built.**
Binne 'n paar maande is 'n statige huis gebou.
**The tree was pleased for the women.**
Die boom was bly vir die vroue.
**"You should add a garden to your house"**
"Jy moet 'n tuin by jou huis aanbou"
**"And you want to be able to store water"**
"En jy wil water kan stoor"
**"Dig a water tank in your garden"**
"Grawe 'n watertenk in jou tuin"

**The girl had not had much time.**
Die meisie het nie veel tyd gehad nie.
**So she didn't think of her family.**
So sy het nie aan haar familie gedink nie.
**The merchant's luck had taken a turn.**
Die handelaar se geluk het 'n draai gemaak.
**The goddess of wealth frowned upon him.**
Die godin van rykdom het hom fronsend aangekyk.
**He was struck by a sudden misfortune.**
Hy is deur 'n skielike ongeluk getref.
**All at once he lost all of his money.**
Skielik het hy al sy geld verloor.
**He was forced to sell his house.**
Hy was gedwing om sy huis te verkoop.
**But he made a great loss on the property.**
Maar hy het 'n groot verlies op die eiendom gemaak.
**He and his family were left penniless.**

Hy en sy gesin is sonder 'n pennie gelaat.
**So they were forced to live elsewhere.**
So was hulle gedwing om elders te woon.
**They happened to move to a nearby village.**
Hulle het toevallig na 'n nabygeleë dorpie verhuis.
**The palace was not far from their new house.**
Die paleis was nie ver van hul nuwe huis af nie.
**But the merchant was not rich anymore.**
Maar die handelaar was nie meer ryk nie.
**And he still had to support his family.**
En hy moes steeds sy gesin onderhou.
**He had been reduced to doing manual labour.**
Hy was gereduseer tot handearbeid.
**He applied for the job at the palace.**
Hy het aansoek gedoen vir die werk by die paleis.
**He was going to dig the hole for the water.**
Hy was op pad om die gat vir die water te grawe.
**His wife also offered to work with him.**
Sy vrou het ook aangebied om saam met hom te werk.
**But they got there too late to work.**
Maar hulle het te laat daar aangekom om te werk.
**The water tank had already been finished.**
Die watertenk was reeds klaar.
**And they did not know whose house it was.**
En hulle het nie geweet wie se huis dit was nie.
**The merchant's daughter was looking out the window.**
Die handelaar se dogter het by die venster uitgekyk.
**She happened to see her parents in the garden.**
Sy het toevallig haar ouers in die tuin gesien.
**She could see the rags they were wearing.**
Sy kon die vodde sien wat hulle aangehad het.
**Her eyes filled with tears at the sight.**
Haar oë het met trane gevul by die aanskoue.
**She could not believe what she saw.**
Sy kon nie glo wat sy gesien het nie.
**Her parents had come to her for work.**
Haar ouers het na haar toe gekom vir werk.

**She immediately called her servants.**
Sy het dadelik haar bediendes geroep.
**"Outside in the garden are my parents"**
"Buite in die tuin is my ouers"
**"Please offer them these fine clothes"**
"Bied hulle asseblief hierdie mooi klere aan"
**"And ask them to come into the palace"**
"En vra hulle om die paleis binne te kom"
**Her servants did as they were told.**
Haar dienaars het gedoen soos hulle beveel is.
**But her parents were frightened beyond measure.**
Maar haar ouers was onmeetlik bang.
**They had seen that the tank was finished.**
Hulle het gesien dat die tenk klaar was.
**There used to be a strange tradition.**
Daar was vroeër 'n vreemde tradisie.
**In those days human sacrifices were offered.**
In daardie dae is menslike offers gebring.
**One of those occasions was after digging a pool.**
Een van daardie geleenthede was nadat ek 'n swembad
gegrawe het.
**You can imagine her parents' fear.**
Jy kan jou haar ouers se vrees voorstel.
**They had come to dig the water tank.**
Hulle het gekom om die watertenk te grawe.
**But now servants were calling them.**
Maar nou het dienaars hulle geroep.
**They thought they going to be sacrificed.**
Hulle het gedink hulle sou geoffer word.
**"Throw away your rags" they said.**
"Gooi julle lappe weg," het hulle gesê.
**"Here, wear these fine clothes"**
"Hier, dra hierdie mooi klere"
**And their fears increased even more.**
En hulle vrese het nog meer toegeneem.
**But they did not have to fear for long.**
Maar hulle hoef nie lank te vrees nie.

**Their rich daughter came out to meet them.**
Hul ryk dogter het uitgekom om hulle te ontmoet.
**She hugged and kissed her parents.**
Sy het haar ouers omhels en gesoen.
**And she told them everything that had happened.**
En sy het hulle alles vertel wat gebeur het.
**The father felt that she had been right.**
Die pa het gevoel dat sy reg was.
**"You do live from your own fortune"**
"Jy leef van jou eie fortuin"
**The daughter did not blame her father.**
Die dogter het nie haar pa blameer nie.
**And she gave him a large fortune.**
En sy het hom 'n groot fortuin gegee.
**With the money he moved back to the city.**
Met die geld het hy terug na die stad getrek.
**Soon he became a merchant again.**
Gou het hy weer 'n handelaar geword.
**And he went to distant countries for trade.**
En hy het na verre lande gegaan vir handel.

**One day he got ready for another business venture.**
Eendag het hy hom gereed gemaak vir nog 'n
sakeonderneming.
**But that day something strange happened.**
Maar daardie dag het iets vreemds gebeur.
**The ship was ready to leave the port.**
Die skip was gereed om die hawe te verlaat.
**But for some reason the ship did not move.**
Maar om een of ander rede het die skip nie beweeg nie.
**No one could explain what was happening.**
Niemand kon verduidelik wat gebeur het nie.
**But the merchant had an idea.**
Maar die handelaar het 'n idee gehad.
**"Perhaps my daughters would like presents"**
"Miskien wil my dogters geskenke hê"
**"I need to ask them what they would like"**

"Ek moet hulle vra wat hulle wil hê"

**He went to see his daughters.**

Hy het gegaan om sy dogters te sien.

**He asked them what they would like.**

Hy het hulle gevra wat hulle graag wou hê.

**And he promised to bring them presents.**

En hy het belowe om vir hulle geskenke te bring.

**But the ship would still not move.**

Maar die skip wou steeds nie beweeg nie.

**He had not asked all his daughters.**

Hy het nie al sy dogters gevra nie.

**His youngest daughter was not there.**

Sy jongste dogter was nie daar nie.

**She was living in a different city.**

Sy het in 'n ander stad gewoon.

**So he ordered his servants go to her palace.**

Toe beveel hy sy dienaars om na haar paleis te gaan.

**The messenger came at the wrong time.**

Die boodskapper het op die verkeerde tyd gekom.

**The young girl was engaged in devotions.**

Die jong meisie was besig met godsdienstige aanbidding.

**But the messenger asked her anyway.**

Maar die boodskapper het haar in elk geval gevra.

**She just told him"sobur"**

Sy het hom net "sobur" gesê.

**The meaning of this was"wait"**

Die betekenis hiervan was "wag"

**But the messenger didn't know this.**

Maar die boodskapper het dit nie geweet nie.

**He thought she wanted something called"sobur"**

Hy het gedink sy wou iets hê wat "sobur" genoem word.

**So he went back to the city of the merchant.**

So het hy teruggegaan na die stad van die handelaar.

**And he delivered the message he received.**

En hy het die boodskap wat hy ontvang het, oorgedra.

**"Your daughter wants something called 'sobur'"**

"Jou dogter wil iets hê wat 'sobur' genoem word"

**This time the ship could move again.**
Hierdie keer kon die skip weer beweeg.
**So the merchant started on his travels.**
So het die handelaar met sy reise begin.
**He visited many ports on his journey.**
Hy het baie hawens op sy reis besoek.
**And he made good profits from his trades.**
En hy het goeie winste uit sy ambagte gemaak.
**Finding the presents was not difficult.**
Dit was nie moeilik om die geskenke te vind nie.
**He found everything his oldest daughters wanted.**
Hy het alles gevind wat sy oudste dogters wou hê.
**But his youngest daughter's wish was difficult.**
Maar sy jongste dogter se wens was moeilik.
**He could not find the thing called"sobur"**
Hy kon nie die ding genaamd "sobur" vind nie.
**He asked at every port he came to.**
Hy het by elke hawe waar hy aangekom het, gevra.
**"Do you have something called 'sobur'?"**
"Het jy iets genaamd 'sobur'?"
**But the merchants all shook their heads.**
Maar die handelaars het almal hul koppe geskud.
**"We've never heard of 'sobur'"**
"Ons het nog nooit van 'sobur' gehoor nie"
**His voyage had almost come to its end.**
Sy reis het amper tot 'n einde gekom.
**He was soon going to head back home.**
Hy was binnekort op pad huis toe.
**But he wanted"sobur" for his daughter.**
Maar hy wou "sobur" vir sy dogter hê.
**So he went calling through the streets.**
So het hy deur die strate geroep.
**"Sobur, does anyone have sobur?!"**
"Sobur, het iemand sobur?!"
**The son of the King was in his castle.**
Die seun van die koning was in sy kasteel.
**He happened to be looking out the window.**

Hy het toevallig by die venster uitgekyk.
**And the calls attracted his attention.**
En die oproepe het sy aandag getrek.
**Because his name happened to be Sobur.**
Omdat sy naam toevallig Sobur was.
**He came to the merchant to speak with him.**
Hy het na die handelaar gekom om met hom te praat.
**"I have the Sobur that you want"**
"Ek het die Sobur wat jy wil hê"
**"Take this box, but be careful with it"**
"Neem hierdie boks, maar wees versigtig daarmee"
**"In the box is a magical feather fan and mirror"**
"In die boks is 'n magiese veerwaaier en spieël"
**"This is the Sobur your daughter wishes for"**
"Dít is die Sobur waarvoor jou dogter wens"
**The merchant thanked the prince for the box.**
Die handelaar het die prins vir die kissie bedank.
**And he returned back to his country.**
En hy het na sy land teruggekeer.

**He gave the box to his daughter.**
Hy het die boks vir sy dogter gegee.
**But the daughter didn't think about it.**
Maar die dogter het nie daaraan gedink nie.
**She thought it was just a common box.**
Sy het gedink dit was net 'n gewone boks.
**She had forgotten about the messenger.**
Sy het van die boodskapper vergeet.
**But one day she decided to open the box.**
Maar eendag het sy besluit om die boks oop te maak.
**Inside the box she found a beautiful fan.**
Binne-in die boks het sy 'n pragtige waaier gevind.
**In the feather fan there was a beautiful mirror.**
In die veerwaaier was daar 'n pragtige spieël.
**She waved the feather fan to cool herself.**
Sy het die veerwaaier gewaai om haarself af te koel.
**And Prince Sobur appeared before her.**

En Prins Sobur het voor haar verskyn.

**"You called me, so here I am," he said.**

"Jy het my geroep, so hier is ek," het hy gesê.

**"What is it you wish for?" he asked.**

"Wat wens jy toe?" het hy gevra.

**She was astonished at what she saw.**

Sy was verbaas oor wat sy gesien het.

**A handsome prince had suddenly appeared!**

'n Aantreklike prins het skielik verskyn!

**"Who are you?" she asked the prince.**

"Wie is jy?" het sy die prins gevra.

**"And how did you suddenly appear?"**

"En hoe het jy skielik verskyn?"

**The Prince explained what had happened.**

Die Prins het verduidelik wat gebeur het.

**"Your father was looking for 'sobur'"**

"Jou pa het gesoek na 'sobur'"

**"I am prince Sobur," he explained.**

"Ek is prins Sobur," het hy verduidelik.

**"I gave your father a box"**

"Ek het vir jou pa 'n boks gegee"

**"In this box there is a feather fan and mirror"**

"In hierdie boks is daar 'n veerwaaier en spieël"

**"When you shake the feather fan I will appear"**

"Wanneer jy die veerwaaier skud, sal ek verskyn"

**She asked the prince to stay as a guest.**

Sy het die prins gevra om as gas te bly.

**And for two days the prince stayed with her.**

En vir twee dae het die prins by haar gebly.

**And she entertained him in her palace.**

En sy het hom in haar paleis onthaal.

**During that time the two fell in love.**

Gedurende daardie tyd het die twee verlief geraak.

**They made their vows to each.**

Hulle het hul geloftes aan elkeen afgelê.

**And they became husband and wife.**

En hulle het man en vrou geword.

**After this the prince returned to his father.**
Hierna het die prins na sy vader teruggekeer.
**He told him that he had selected a wife.**
Hy het vir hom gesê dat hy 'n vrou gekies het.
**The day for the wedding was decided.**
Die dag vir die troue is besluit.
**All the family was invited.**
Die hele familie is genooi.
**And they had a beautiful wedding.**
En hulle het 'n pragtige troue gehad.

**But there was a death in the marriage bed.**
Maar daar was 'n dood in die huweliksbed.
**The six daughters of the merchant were envious.**
Die ses dogters van die handelaar was afgunstig.
**They were jealous of their sister's success.**
Hulle was jaloers op hul suster se sukses.
**So they decided to destroy her happiness.**
So het hulle besluit om haar geluk te vernietig.
**They broke several glass bottles.**
Hulle het verskeie glasbottels gebreek.
**And they ground the glass into fine powder.**
En hulle het die glas tot fyn poeier gemaal.
**Then they scattered the powder on the bed.**
Toe het hulle die poeier op die bed gestrooi.
**The prince suspected no danger.**
Die prins het geen gevaar vermoed nie.
**He laid himself down in the bed.**
Hy het homself in die bed gaan lê.
**Soon he felt an acute pain.**
Gou het hy 'n akute pyn gevoel.
**All of his whole body ached.**
Sy hele liggaam het gepyn.
**The powder had gone through his skin.**
Die poeier het deur sy vel gegaan.
**The prince became restless through pain.**
Die prins het rusteloos geword van pyn.

**And he started to kick and scream.**
En hy het begin skop en skree.
**He was taken away to his own country.**
Hy is na sy eie land weggevoer.
**The king and queen were very worried.**
Die koning en koningin was baie bekommerd.
**They consulted all the kingdom's physicians.**
Hulle het al die dokters van die koninkryk geraadpleeg.
**But their efforts were in vain.**
Maar hul pogings was tevergeefs.
**Day and night the young prince was screaming.**
Dag en nag het die jong prins geskree.
**No one could ascertain the disease.**
Niemand kon die siekte vasstel nie.
**So they had no way of knowing the remedy.**
So hulle het geen manier gehad om die middel te weet nie.
**You can imagine the grief of his wife.**
Jy kan jou die hartseer van sy vrou voorstel.
**The marriage knot had only just been tied.**
Die huweliksknoop was skaars vasgeknoop.
**She thought a terrible disease had attacked him.**
Sy het gedink 'n verskriklike siekte het hom aangeval.
**Then he was carried hundreds of miles away.**
Toe is hy honderde kilometers ver weggedra.
**She had never been to his country.**
Sy was nog nooit in sy land nie.
**But she was determined to go there.**
Maar sy was vasbeslote om daarheen te gaan.
**And she was determined to nurse him better.**
En sy was vasbeslote om hom beter te verpleeg.
**She put on the garb of a Sannyasi.**
Sy het die gewaad van 'n Sannyasi aangetrek.
**And she carried a dagger in her hand.**
En sy het 'n dolk in haar hand gedra.
**And then she set out on her journey.**
En toe het sy op haar reis vertrek.

**The princess was still relatively young.**
Die prinses was nog relatief jonk.
**She was unaccustomed to long journeys.**
Sy was nie gewoond aan lang reise nie.
**And she wasn't used to walking so far.**
En sy was nie gewoond daaraan om so ver te loop nie.
**She soon got weary of walking.**
Sy het gou moeg geword om te loop.
**So she sat under a tree to rest.**
So het sy onder 'n boom gaan sit om te rus.
**On the top of the tree there was a nest.**
Bo-op die boom was daar 'n nes.
**It was the nest of two divine birds.**
Dit was die nes van twee goddelike voëls.
**Bihangami and Bihangama lived here.**
Bihangami en Bihangama het hier gewoon.
**They were not in their nest at the time.**
Hulle was destyds nie in hul nes nie.
**But two of their chicks were in the nest.**
Maar twee van hulle kuikens was in die nes.
**Suddenly the chicks gave a scream.**
Skielik het die kuikens 'n gil gegee.
**This roused the half-drowsy princess.**
Dit het die half-slaperige prinses wakker gemaak.
**The little birds had seen huge serpent.**
Die klein voëltjies het 'n groot slang gesien.
**The snake was about to climb the tree.**
Die slang was op die punt om in die boom te klim.
**This would have been the end of the birds.**
Dit sou die einde van die voëls gewees het.
**But the Sannyasi took out her dagger.**
Maar die Sannyasi het haar dolk uitgehaal.
**And she cut the serpent in two.**
En sy het die slang in twee gesny.
**Of course even this frightened the young birds.**
Natuurlik het selfs dit die jong voëls bang gemaak.
**And they flew from the nest screaming.**

En hulle het gillend uit die nes gevlieg.
**Bihangama and Bihangami were on their way back.**
Bihangama en Bihangami was op pad terug.
**They came sailing through the air.**
Hulle het deur die lug geseil.
**They thought they already knew what had happened.**
Hulle het gedink hulle weet reeds wat gebeur het.
**"I don't expect to see our children"**
"Ek verwag nie om ons kinders te sien nie".
**"The nest will be empty again"**
"Die nes sal weer leeg wees"
**"All our previous children were eaten"**
"Al ons vorige kinders is geëet"
**"They were eaten by our great enemy the serpent"**
"Hulle is deur ons groot vyand, die slang, geëet"
**"They will have met the same fate"**
"Hulle sal dieselfde lot tegemoetgegaan het"
**"I do not hear the cries of my young ones"**
"Ek hoor nie die gehuil van my kleintjies nie"
**The two birds got to their nest.**
Die twee voëls het by hul nes gekom.
**And as predicted, the nest was empty.**
En soos voorspel, was die nes leeg.
**This seemed to confirm their suspicions.**
Dit het blykbaar hul vermoedens bevestig.
**But soon the young birds returned.**
Maar gou het die jong voëls teruggekeer.
**The divine birds were pleasantly surprised.**
Die goddelike voëls was aangenaam verras.
**The young birds told them what had happened.**
Die jong voëls het hulle vertel wat gebeur het.
**"There was a young Sannyasi under the tree"**
"Daar was 'n jong Sannyasi onder die boom"
**"He destroyed the serpent"**
"Hy het die slang vernietig"
**"He cut the snake in two with his dagger"**
"Hy het die slang met sy dolk in twee gesny"

**The parents went to foot of the tree.**
Die ouers het tot aan die voet van die boom gegaan.
**Two halves of the snake were still there.**
Twee helftes van die slang was nog daar.
**"The young Sannyasi has saved our offspring"**
"Die jong Sannyasi het ons nageslag gered"
**"I wish we could do him some service in return"**
"Ek wens ons kon hom 'n diens in ruil daarvoor bewys"
**The divine bird Bihangama replied.**
Die goddelike voël Bihangama het geantwoord.
**"We shall do our service to HER"**
"Ons sal ons diens aan HAAR bewys"
**"The Sannyasi under the tree is not a man"**
"Die Sannyasi onder die boom is nie 'n man nie"
**"The Sannyasi under the tree is a woman"**
"Die Sannyasi onder die boom is 'n vrou"
**"Last night she got married to Prince Sobur"**
"Gisteraand is sy met Prins Sobur getroud"
**"Shortly after their marriage he was poisoned"**
"Kort na hul huwelik is hy vergiftig"
**"His skin was pierced with small shards of glass"**
"Sy vel was deurboor met klein glasskerwe"
**"His sisters-in-law envied his wife"**
"Sy skoonsusters het sy vrou beny"
**"Her sisters spread the powder over the bed"**
"Haar susters het die poeier oor die bed versprei"
**"He is still suffering from his pain"**
"Hy ly steeds aan sy pyn"
**"But he is in his native land"**
"Maar hy is in sy geboorteland"
**"And now he is at the point of death"**
"En nou is hy op die punt van dood"
**"Beneath the tree is his heroic bride"**
"Onder die boom is sy heldhaftige bruid"
**"She is wearing the garb of a Sannyasi"**
"Sy dra die gewaad van 'n Sannyasi"
**"And she is going to nurse him"**

"En sy gaan hom verpleeg"
**The Bihangami asked the Bihangama.**
Die Bihangami het die Bihangama gevra.
**"Is there no cure for the prince?"**
"Is daar geen geneesmiddel vir die prins nie?"
**"Yes, there is a cure" replied the Bihangama.**
"Ja, daar is 'n kuur," het die Bihangama geantwoord.
**"There is hardened dung lying on the ground"**
"Daar lê verharde mis op die grond"
**"She must take this hardened dung"**
"Sy moet hierdie verharde mis vat"
**"Then she must reduce the dung to powder"**
"Dan moet sy die mis tot poeier vermaal"
**"And then she must bathe the prince"**
"En dan moet sy die prins bad"
**"She must bathe him in seven jars of water"**
"Sy moet hom in sewe kruike water was"
**"Then she must bathe him in seven jars of milk"**
"Dan moet sy hom in sewe kruike melk bad"
**"Then she must apply the powder to his body"**
"Dan moet sy die poeier op sy liggaam aanwend "
**"After this Prince Sobur will get well"**
"Hierna sal Prins Sobur gesond word"
**"I have no doubts about this remedy"**
"Ek het geen twyfel oor hierdie middel nie"
**The Bihangami saw a problem though.**
Die Bihangami het egter 'n probleem gesien.
**"The princess is but a young girl"**
"Die prinses is maar net 'n jong meisie"
**"She cannot walk such a distance"**
"Sy kan nie so 'n afstand loop nie"
**"The journey would take her many days"**
"Die reis sou haar baie dae neem"
**"By that time the poor prince will have died"**
"Teen daardie tyd sal die arme prins al dood wees"
**"I can," replied the Bihangama.**
"Ek kan," antwoord die Bihangama.

**"I will take the young lady on my back"**
"Ek sal die jong dame op my rug dra"
**"I will fly her to Prince Sobur's city"**
"Ek sal haar na Prins Sobur se stad vlieg"
**"If she takes no presents, I will fly her back"**
"As sy geen geskenke neem nie, sal ek haar terugvlieg"
**The merchant's daughter heard this conversation.**
Die handelaar se dogter het hierdie gesprek gehoor.
**She begged the Bihangama to take her on his back.**
Sy het die Bihangama gesmeek om haar op sy rug te neem.
**And of course the bird willingly consented.**
En natuurlik het die voël gewilliglik ingestem.
**First she gathered some of the birds dung.**
Eers het sy van die voëlmis bymekaargemaak.
**And then she reduced the dung to fine powder.**
En toe het sy die mis tot fyn poeier vermaal.
**She was armed with this potent drug.**
Sy was gewapen met hierdie kragtige dwelm.
**And she got on the back of the kind bird.**
En sy het op die rug van die vriendelike voël geklim.

**The Bihangama flew as fast as lightning.**
Die Bihangama het so vinnig soos weerlig gevlieg.
**They soon reached Prince Sobur's city.**
Hulle het gou Prins Sobur se stad bereik.
**The young Sannyasi went up to the palace.**
Die jong Sannyasi het na die paleis gegaan.
**And she spoke to the guards at the gate.**
En sy het met die wagte by die hek gepraat.
**"Send word to the king that I have a drug"**
"Stuur vir die koning boodskap dat ek 'n dwelm het"
**"This drug will save the prince's life"**
"Hierdie middel sal die prins se lewe red"
**"Within hours I will have cured the prince"**
"Binne ure sal ek die prins genees het"
**The king had tried all the best doctors.**
Die koning het al die beste dokters probeer.

**But no doctor had been able to cure his son.**
Maar geen dokter kon sy seun genees nie.
**So he didn't believe the Sannyasi's words.**
So hy het nie die Sannyasi se woorde geglo nie.
**But his councilors advised him otherwise.**
Maar sy raadslede het hom anders aangeraai.
**The Sannyasi ordered for seven jars of water.**
Die Sannyasi het sewe kruike water bestel.
**And seven jars of milk were ordered.**
En sewe flesse melk is bestel.
**He poured a jar of water on the prince.**
Hy het 'n kruik water oor die prins uitgegooi.
**And he poured a jar of milk on the prince.**
En hy het 'n kruik melk oor die prins uitgegooi.
**He had a feather from the divine bird.**
Hy het 'n veer van die goddelike voël gehad.
**And he used the feather to apply the powder.**
En hy het die veer gebruik om die poeier aan te wend.
**All of the prince's body was covered.**
Die hele prins se liggaam was bedek.
**This was repeated another six times.**
Dit is nog ses keer herhaal.
**The last treatment did the magic.**
Die laaste behandeling het die towerkrag verrig.
**The prince started to feel well again.**
Die prins het weer begin goed voel.
**The king was happier than words can describe.**
Die koning was gelukkiger as wat woorde kan beskryf.
**"Give the Sannyasi the finest treasures"**
"Gee die Sannyasi die beste skatte"
**But the Sannyasi refused to take presents.**
Maar die Sannyasi het geweier om geskenke te neem.
**"Let me have the ring on the prince's finger"**
"Laat ek die ring aan die prins se vinger kry"
**The king and the prince were happy.**
Die koning en die prins was gelukkig.
**And they gave him what he wanted.**

En hulle het hom gegee wat hy wou hê.
**The merchant's daughter hastened back.**
Die handelaar se dogter het haastig teruggekeer.
**The Bihangama was waiting at the sea-shore.**
Die Bihangama het by die seekus gewag.
**They reached the tree of the divine birds.**
Hulle het die boom van die goddelike voëls bereik.
**The young bride walked back to her palace.**
Die jong bruid het teruggestap na haar paleis.

**The following day she shook the magical feather fan.**
Die volgende dag het sy die magiese veerwaaier geskud.
**Just as before, her husband appeared.**
Net soos voorheen, het haar man verskyn.
**Of course he was happy to see his wife.**
Natuurlik was hy bly om sy vrou te sien.
**But he was infinitely surprised.**
Maar hy was oneindig verbaas.
**She had his ring on her finger.**
Sy het sy ring aan haar vinger gehad.
**His own wife was his doctor.**
Sy eie vrou was sy dokter.
**It was his wife that had cured him!**
Dit was sy vrou wat hom genees het!
**The prince took his bride to his palace.**
Die prins het sy bruid na sy paleis geneem.
**He forgave his sisters-in-law.**
Hy het sy skoonsusters vergewe.
**They lived happily for many years.**
Hulle het vir baie jare gelukkig geleef.
**And they were blessed with children.**
En hulle was geseën met kinders.

# The Origins of Opium
## Die oorsprong van opium

**Once upon on a time there lived a Rishi.**

Eens op 'n tyd het daar 'n Rishi gewoon.

**He lived on the banks of the holy Ganges.**

Hy het aan die oewers van die heilige Ganges gewoon.

**This Rishi was a very religious man.**

Hierdie Rishi was 'n baie godsdienstige man.

**He spent his days performing religious rites.**

Hy het sy dae deurgebring met die uitvoering van godsdienstige rituele.

**From sunrise to sunset he sat on the river bank.**

Van sonsopkoms tot sonsondergang het hy op die rivieroewer gesit.

**For the whole time he sat engaged in devotion.**

Die hele tyd het hy in toewyding gesit.

**At night he took shelter in his hut.**

In die nag het hy in sy hut skuiling gesoek.

**His hut was made from palm-leaves.**

Sy hut was van palmblare gemaak.

**The palms he had grown from saplings.**

Die palmbome het hy van jong bome gekweek.

**There was no one around for miles.**

Daar was niemand vir kilometers in die omtrek nie.

**However, in the hut there was a mouse.**

In die hut was daar egter 'n muis.

**She lived from what the Rishi left for her.**

Sy het geleef van wat die Rishi vir haar nagelaat het.

**The Rishi was a kind-hearted man.**

Die Rishi was 'n goedhartige man.

**He would not hurt any living thing.**

Hy sou geen lewende wese seermaak nie.

**So our mouse never ran away from him.**

So ons muis het nooit van hom weggehardloop nie.

**In fact, our mouse went to him.**

Trouens, ons muis het na hom toe gegaan.

**She touched his feet when he was sitting.**
Sy het aan sy voete geraak toe hy gesit het.
**And she enjoyed playing with him.**
En sy het dit geniet om met hom te speel.
**The Rishi also liked the little mouse.**
Die Rishi het ook van die klein muisie gehou.
**So he wanted to be kind to her.**
So wou hy vriendelik teenoor haar wees.
**And he wanted someone to talk to.**
En hy wou iemand hê om mee te praat.
**So he gave her the power of speech.**
So het Hy haar die mag van spraak gegee.

**One night the mouse stood up.**
Een nag het die muis opgestaan.
**She got onto her hind legs.**
Sy het op haar agterpote geklim.
**And she stood in front of the Rishi.**
En sy het voor die Rishi gestaan.
**And she put her front paws together.**
En sy het haar voorpote bymekaar gesit.
**"Holy Sage, you have been kind to me"**
"Heilige Wyse, jy was goed vir my"
**"And you have given me human language"**
"En jy het my menslike taal gegee"
**"I hope it doesn't displease your reverence"**
"Ek hoop dit mishaag nie u eerbied nie"
**"But I have one more boon to ask"**
"Maar ek het nog een seën om te vra"
**The Rishi listened to his mouse.**
Die Rishi het na sy muis geluister.
**"What is it?" asked the Rishi.**
"Wat is dit?" het die Rishi gevra.
**"Say what you want, little mouse"**
"Sê wat jy wil, klein muisie"
**The mouse answered the Rishi.**
Die muis het die Rishi geantwoord.

**"By day your reverence goes to the river"**
"Bedags gaan jou eerbied na die rivier"
**"And there you practice your devotions"**
"En daar beoefen jy jou toewyding "
**"During this time a cat comes to the hut"**
"Gedurende hierdie tyd kom 'n kat na die hut toe"
**"This cat has been trying to catch me"**
"Hierdie kat probeer my vang"
**"She still has some fear of your reverence"**
"Sy het steeds 'n mate van vrees vir jou eerbied"
**"Otherwise she would have eaten me long ago"**
"Anders sou sy my lankal geëet het"
**"But I fear the cat will eat me someday"**
"Maar ek vrees die kat sal my eendag eet"
**"So I have one prayer to ask of you"**
"So ek het een gebed om van jou te vra"
**"Please may I be changed into a cat!"**
"Mag ek asseblief in 'n kat verander word!"
**"Then I would be a match for my foe"**
"Dan sou ek 'n pasmaat vir my vyand wees"
**The Rishi understood the mouse's plight.**
Die Rishi het die muis se benarde situasie verstaan.
**He threw some holy water on the mouse.**
Hy het heilige water op die muis gegooi.
**And the mouse instantly turned into a cat.**
En die muis het onmiddellik in 'n kat verander.

**She had lived as a cat for some days.**
Sy het vir 'n paar dae soos 'n kat geleef.
**One night she went to the Rishi again.**
Een aand het sy weer na die Rishi gegaan.
**And the Rishi spoke to his pet.**
En die Rishi het met sy troeteldier gepraat.
**"Well, little kitty, how are you!"**
"Wel, klein katjie, hoe gaan dit met jou!"
**"How do you like your present life!"**
"Hoe hou jy van jou huidige lewe!"

**The cat thought about what to say.**
Die kat het gedink oor wat om te sê.
**But she didn't have to say anything.**
Maar sy hoef niks te sê nie.
**The Rishi could tell by her expression.**
Die Rishi kon dit aan haar uitdrukking sien.
**"Why don't you like it?" asked the sage.**
"Waarom hou jy nie daarvan nie?" het die wyse gevra.
**"Are you not as strong as the other cats!"**
"Is jy nie so sterk soos die ander katte nie!"
**"Yes, I am strong enough," answered the cat.**
"Ja, ek is sterk genoeg," antwoord die kat.
**"Your reverence has made me a strong cat"**
"Jou eerbied het my 'n sterk kat gemaak"
**"As strong as any cat in the world"**
"So sterk soos enige kat in die wêreld"
**"Now I do not fear cats anymore"**
"Nou is ek nie meer bang vir katte nie"
**"But now I have got a new foe"**
"Maar nou het ek 'n nuwe vyand"
**"By day your reverence goes to the river"**
"Bedags gaan jou eerbied na die rivier"
**"During this time dogs come to the hut"**
"Gedurende hierdie tyd kom honde na die hut"
**"These dogs have been barking at me"**
"Hierdie honde het vir my geblaf"
**"And I have been frightened for my life"**
"En ek was bang vir my lewe"
**"So I have one more prayer to ask of you"**
"So ek het nog een gebed om van jou te vra"
**"Please may I be changed into a dog!"**
"Mag ek asseblief in 'n hond verander word!"
**The Rishi understood the cat's plight.**
Die Rishi het die kat se benarde situasie verstaan.
**He threw some holy water on the cat.**
Hy het heilige water op die kat gegooi.
**And the cat instantly became a dog.**

En die kat het onmiddellik 'n hond geword.

**She lived as a dog for some days.**
Sy het vir 'n paar dae soos 'n hond geleef.
**But one night she spoke to the Rishi.**
Maar eendag aand het sy met die Rishi gepraat.
**"I cannot thank your reverence enough"**
"Ek kan nie genoeg dankie sê vir u eerbied nie"
**"You have been most kind to me"**
"Jy was baie vriendelik teenoor my"
**"I was but a poor mouse"**
"Ek was maar net 'n arme muis"
**"You not only gave me speech"**
"Jy het my nie net spraak gegee nie"
**"But you also turned me into a cat"**
"Maar jy het my ook in 'n kat verander"
**"And your kindness didn't end there"**
"En jou vriendelikheid het nie daar geëindig nie"
**"Then you changed me into a dog"**
"Toe het jy my in 'n hond verander"
**"As a dog, however, I suffer greatly"**
"As 'n hond ly ek egter baie"
**"I do not get enough to eat"**
"Ek kry nie genoeg om te eet nie"
**"My only food is what you leave me"**
"My enigste kos is wat jy vir my los"
**"That was fine when I was a mouse"**
"Dit was goed toe ek 'n muis was"
**"But you have made me much larger"**
"Maar jy het my baie groter gemaak "
**"And it is not enough to fill my mouth"**
"En dit is nie genoeg om my mond vol te maak nie"
**"OH your reverence, how I envy those monkeys"**
"O u eerbied, hoe ek daardie ape beny"
**"They jump about from tree to tree"**
"Hulle spring van boom tot boom rond"
**"They eat all sorts of delicious fruits!"**

"Hulle eet allerhande heerlike vrugte!"
**"Please may reverence not get angry"**
"Mag eerbied asseblief nie kwaad word nie"
**"I pray to be changed into an monkey"**
"Ek bid om in 'n aap verander te word"
**The sage was a very understanding man.**
Die wyse man was 'n baie begripvolle man.
**His heart was filled with patience.**
Sy hart was gevul met geduld.
**He was happy to grant his pet's wish.**
Hy was bly om sy troeteldier se wens toe te staan.
**He threw some holy water on the dog.**
Hy het heilige water op die hond gegooi.
**And the dog instantly became an monkey.**
En die hond het onmiddellik 'n aap geword.

**Our monkey was at first wild with joy.**
Ons aap was aanvanklik wild van vreugde.
**She leaped from one tree to another.**
Sy het van een boom na die ander gespring.
**She sucked every luscious fruit.**
Sy het aan elke heerlike vrug gesuig.
**But her joy was short-lived again.**
Maar haar vreugde was weer van korte duur.
**Summer had brought with it its drought.**
Die somer het sy droogte meegebring.
**Monkeys find it hard to climb down.**
Ape vind dit moeilik om af te klim.
**So she couldn't drink from the river.**
So kon sy nie uit die rivier drink nie.
**She saw how the wild boars lived.**
Sy het gesien hoe die wildevarke geleef het.
**All day they splashed in the water.**
Die hele dag het hulle in die water gespat.
**She envied their life now.**
Sy was nou afgunstig op hulle lewe.
**"Oh how happy those wild boars are!"**

"O, hoe gelukkig is daardie wildevarke!"
**"All day their bodies are cooled"**
"Heeldag word hul liggame afgekoel"
**"All day they are refreshed by water"**
"Hulle word heeldag deur water verkwik"
**"How I wish I were a wild boar"**
"Hoe wens ek ek was 'n wildevark"
**That night she went to the Rishi.**
Daardie aand het sy na die Rishi gegaan.
**She recounted her troubles to him.**
Sy het haar probleme aan hom vertel.
**She told him all about the wild boars.**
Sy het hom alles van die wildevarke vertel.
**"Oh how pleasant their lives must be"**
"O, hoe aangenaam moet hulle lewens wees"
**And she begged to be changed again.**
En sy het gesmeek om weer verander te word.
**"I pray to be changed into a wild boar"**
"Ek bid om in 'n wildevark verander te word"
**The sage's kindness knew no bounds.**
Die wyse man se goedhartigheid het geen perke geken nie.
**and he complied with his pet's request.**
en hy het aan sy troeteldier se versoek voldoen.
**He threw some holy water on the monkey.**
Hy het heilige water op die aap gegooi.
**And the monkey instantly became a wild boar.**
En die aap het onmiddellik 'n wilde vark geword.

**Our boar was now very content.**
Ons vark was nou baie tevrede.
**She kept her body soaking wet.**
Sy het haar lyf sopnat gehou.
**Every day she went to the river.**
Elke dag het sy na die rivier gegaan.
**She splashed about in her favorite element.**
Sy het in haar gunsteling element rondgespeel.
**But life is not safe for wild boars.**

Maar die lewe is nie veilig vir wilde varke nie.
**One day the king was out hunting.**
Eendag was die koning op jag.
**He was riding on an adorned elephant.**
Hy het op 'n versierde olifant gery.
**Only by luck did our wild boar escape.**
Slegs deur geluk het ons wildevark ontsnap.
**She thought a lot about her experience.**
Sy het baie oor haar ervaring gedink.
**She dwelt on the dangers of her life.**
Sy het oor die gevare van haar lewe gepeins.
**And she envied the stately elephant.**
En sy het die statige olifant beny.
**The elephant was more fortunate than her.**
Die olifant was meer gelukkig as sy.
**He got to carry the king on his back.**
Hy moes die koning op sy rug dra.
**Now she longed to be an elephant.**
Nou het sy daarna verlang om 'n olifant te wees.
**And at night she besought the Rishi.**
En in die nag het sy die Rishi gesmeek.

**Our elephant was roaming the wilderness.**
Ons olifant het deur die wildernis geswerf.
**On her adventures she saw the king.**
Op haar avonture het sy die koning gesien.
**Our elephant went towards the king's suite.**
Ons olifant het na die koning se suite gegaan.
**She had every intention of being caught.**
Sy het elke voorneme gehad om gevang te word.
**The king saw the elephant from a distance.**
Die koning het die olifant van 'n afstand af gesien.
**He couldn't help but admire her beauty.**
Hy kon nie anders as om haar skoonheid te bewonder nie.
**He gave his orders to his servants.**
Hy het sy bevele aan sy dienaars gegee.
**"Catch and tame this elephant"**

"Vang en tem hierdie olifant"
**Our elephant was easily caught.**
Ons olifant is maklik gevang.
**She was taken into the royal stables.**
Sy is na die koninklike stalle geneem.
**And she was tamed without any trouble.**
En sy is sonder enige probleme getem.

**One day the queen had a wish.**
Eendag het die koningin 'n wens gehad.
**She wished to go to the holy Ganges.**
Sy wou na die heilige Ganges gaan.
**She wished to bathe in the holy waters.**
Sy wou graag in die heilige waters bad.
**The king wanted to accompany his wife.**
Die koning wou sy vrou vergesel.
**So he made his orders to his servants.**
So het hy sy bevele aan sy dienaars gegee.
**"Bring us the newly caught elephant"**
"Bring vir ons die pas gevangde olifant"
**The king and queen mounted on her back.**
Die koning en koningin het op haar rug gery.
**Our elephant had gotten her wish.**
Ons olifant het haar wens gekry.
**Well... she seemed to have gotten her wish.**
Wel... dit lyk asof sy haar wens gekry het.
**The king had mounted on her back.**
Die koning het op haar rug geklim.
**But no, the elephant didn't get her wish.**
Maar nee, die olifant het nie haar wens gekry nie.
**She looked upon herself as a lordly beast.**
Sy het haarself as 'n heersende dier beskou.
**She could not a woman riding on her back.**
Sy kon nie 'n vrou op haar rug ry nie.
**It wasn't enough that she was a queen.**
Dit was nie genoeg dat sy 'n koningin was nie.
**She could not bear the idea of it.**

Sy kon die idee daarvan nie verdra nie.

**She felt she had been degraded.**

Sy het gevoel sy is verneder.

**She jumped up as violently as elephants can.**

Sy het so hewig opgespring soos olifante kan.

**Both the king and queen fell to the ground.**

Beide die koning en koningin het op die grond geval.

**The king carefully picked up the queen.**

Die koning het die koningin versigtig opgetel.

**He took the queen in his arms.**

Hy het die koningin in sy arms geneem.

**He asked her whether she had been hurt.**

Hy het haar gevra of sy seergekry het.

**He wiped off the dust from her clothes.**

Hy het die stof van haar klere afgevee.

**And he tenderly kissed her a hundred times.**

En hy het haar honderd keer teer gesoen.

**Our elephant witnessed the king's caresses.**

Ons olifant het die koning se liefkosings aanskou.

**And she scampered off to the woods.**

En sy het na die bos gehardloop.

**She ran as fast as her legs could carry her.**

Sy het so vinnig gehardloop as wat haar bene haar kon dra.

**As she ran, she thought within herself;**

Terwyl sy gehardloop het, het sy by haarself gedink;

**"I have experienced many different lives"**

"Ek het baie verskillende lewens ervaar"

**"And I have experienced different happiness"**

"En ek het verskillende geluk ervaar"

**"But those lives cannot be compared"**

"Maar daardie lewens kan nie vergelyk word nie"

**"A queen is the happiest creature of all"**

"'n Koningin is die gelukkigste wese van almal"

**"Of what infinite regard is she the object of!"**

"Van watter oneindige agting is sy die voorwerp!"

**"The king lifted her off the ground"**

"Die koning het haar van die grond af opgetel"

**"And he carefully took her in his arms"**
"En hy het haar versigtig in sy arms geneem"
**"He made many tender inquiries to her"**
"Hy het baie teer navrae aan haar gerig"
**"And he wiped off the dust from her clothes"**
"En hy het die stof van haar klere afgevee"
**"And he kissed her a hundred times!"**
" En hy het haar honderd keer gesoen!"
**"Oh, the happiness of being a queen!"**
"O, die geluk om 'n koningin te wees!"
**"I must ask the Rishi to make me a queen!"**
"Ek moet die Rishi vra om my 'n koningin te maak!"

**The sun was just about to set.**
Die son was net op die punt om te ondergaan.
**Our elephant made it back to the hut.**
Ons olifant het dit terug by die hut gemaak.
**The Rishi had just finished his devotions.**
Die Rishi het so pas sy oordenkings voltooi.
**She fell on the ground at his feet.**
Sy het op die grond aan sy voete geval.
**She was still the little mouse.**
Sy was steeds die klein muisie.
**And he was still the holy sage.**
En hy was steeds die heilige wysgeer.
**"What's the news?" inquired the Rishi.**
"Wat is die nuus?" het die Rishi gevra.
**"Why have you left the king's palace!"**
"Waarom het jy die koning se paleis verlaat!"
**Our elephant thought about her words.**
Ons olifant het oor haar woorde nagedink.
**"What shall I say to your reverence!"**
"Wat moet ek vir u eerbied sê!"
**"You have been very kind to me"**
"Jy was baie gaaf teenoor my"
**"You have granted every wish of mine"**
"U het elke wens van my vervul"

**"I was a mouse and you gave me speech"**
"Ek was 'n muis en jy het my spraak gegee"
**"But as a mouse my life was in danger"**
"Maar as 'n muis was my lewe in gevaar"
**"You saved me by turning me into a cat"**
"Jy het my gered deur my in 'n kat te verander"
**"But as a cat my life was no safer"**
"Maar as 'n kat was my lewe nie veiliger nie"
**"And you helped me become a dog"**
"En jy het my gehelp om 'n hond te word"
**"But as a dog I had not enough to eat"**
"Maar as 'n hond het ek nie genoeg gehad om te eet nie"
**"You provided for me again"**
"Jy het weer vir my gesorg"
**"And you turned my into a monkey"**
"En jy het my in 'n aap verander"
**"I had all I could wish to eat"**
"Ek het alles gehad wat ek kon begeer om te eet"
**"But I had no way of cooling my body"**
"Maar ek het geen manier gehad om my liggaam af te koel nie"
**"You helped me with this too"**
"Jy het my ook hiermee gehelp"
**"And you turned me into a wild boar"**
"En jy het my in 'n wilde vark verander"
**"Wild boars have a comfortable life"**
"Wildevarke het 'n gemaklike lewe"
**"But they don't live without danger"**
"Maar hulle leef nie sonder gevaar nie"
**"And again you protected me"**
"En weer het jy my beskerm"
**"And you turned me into an elephant"**
"En jy het my in 'n olifant verander"
**"Being an elephant has increased my bulk"**
"Om 'n olifant te wees, het my massa vergroot"
**"But being an elephant has not increased my happiness"**
"Maar om 'n olifant te wees, het nie my geluk verhoog nie"

**"I have one more boon to ask of you"**
"Ek het nog een seën om van jou te vra"
**"It will be the last boon I ask for"**
"Dit sal die laaste seën wees wat ek vra"
**"I see now who the happiest creature is"**
"Ek sien nou wie die gelukkigste wese is"
**"A queen is the happiest in the world"**
"'n Koningin is die gelukkigste in die wêreld"
**"Holy father, please make me a queen"**
"Heilige Vader, maak my asseblief 'n koningin"
**"Silly child," answered the Rishi.**
"Slap kind," antwoord die Rishi.
**"How can I make you a queen!"**
"Hoe kan ek jou 'n koningin maak!"
**"Where can I get a kingdom for you!"**
"Waar kan ek vir jou 'n koninkryk kry!"
**"Where would I find a royal husband!"**
"Waar sou ek 'n koninklike man kry!"
**But the Rishi was still patient.**
Maar die Rishi was steeds geduldig.
**"There is one thing I can do for you"**
"Daar is een ding wat ek vir jou kan doen"
**"I can change you into a beautiful girl"**
"Ek kan jou in 'n pragtige meisie verander"
**"You will be as beautiful as a queen"**
"Jy sal so mooi soos 'n koningin wees"
**"You will possess all the charms you need"**
"Jy sal al die sjarme besit wat jy nodig het"
**"Your charms can captivate a prince's heart"**
"Jou sjarme kan 'n prins se hart bekoor"
**"But you must wait for what the gods decide"**
"Maar jy moet wag vir wat die gode besluit"
**"They will grant you an interview"**
"Hulle sal jou 'n onderhoud toestaan"
**"Tou will have your chance with a prince!"**
"Jy sal jou kans kry met 'n prins!"
**Our elephant agreed to the change.**

Ons olifant het ingestem tot die verandering.
**The beast was transformed by the Rishi.**
Die dier is deur die Rishi getransformeer.
**And now she was a beautiful young lady.**
En nou was sy 'n pragtige jong dame.
**The holy sage named her Postomani.**
Die heilige wysgeer het haar Postomani genoem.
**Her name meant 'the poppy-seed lady'.**
Haar naam het 'die papawersaaddame' beteken.

**Postomani lived in the Rishi's hut.**
Postomani het in die Rishi se hut gewoon.
**She spent her time tending the flowers.**
Sy het haar tyd spandeer om die blomme te versorg.
**And she watered the plants in the garden.**
En sy het die plante in die tuin natgemaak.
**One day she was sitting at the hut.**
Eendag het sy by die hut gesit.
**The Rishi was at the holy Ganges.**
Die Rishi was by die heilige Ganges.
**A richly dressed man came towards the cottage.**
'n Ryk geklede man het na die kothuis toe gekom.
**She stood up to welcome the man.**
Sy het opgestaan om die man te verwelkom.
**And she asked the stranger who he was.**
En sy het die vreemdeling gevra wie hy was.
**"What have you come for?" she asked.**
"Waarvoor het jy gekom?" het sy gevra.
**"I have been on a hunt"**
"Ek was op 'n jagtog"
**"But we chased the deer in vain"**
"Maar ons het die takbok tevergeefs gejaag"
**"Now I am thirsty from the heat"**
"Nou is ek dors van die hitte"
**"I thought that a Rishi lives here"**
"Ek het gedink dat 'n Rishi hier woon"
**"I had come to ask him for water"**

"Ek het hom vir water kom vra"
**"But now I see you live here"**
"Maar nou sien ek jy woon hier"
**Postomani answered the stranger.**
Postomani het die vreemdeling geantwoord.
**"Look upon this hut as your own"**
"Beskou hierdie hut as jou eie"
**"I am sorry, but we are poor"**
"Ek is jammer, maar ons is arm"
**"We cannot offer you any entertainment"**
"Ons kan jou geen vermaak bied nie"
**"But let me make your visit comfortable"**
"Maar laat ek jou besoek gemaklik maak"
**"Because, I believe you are a king"**
"Want ek glo jy is 'n koning"
**"If I am not mistaken," she added.**
"As ek my nie vergis nie," het sy bygevoeg.
**The stranger smiled in recognition.**
Die vreemdeling het herkennend geglimlag.

**Postomani then brought a pot of water.**
Postomani het toe 'n pot water gebring.
**She went to wash her royal guest's feet.**
Sy het gegaan om haar koninklike gas se voete te was.
**But the visitor did not let her do this.**
Maar die besoeker het haar nie toegelaat om dit te doen nie.
**"Holy maid, do not touch my feet"**
"Heilige maagd, moenie my voete aanraak nie"
**"I am only a Kshatriya," he confessed.**
"Ek is maar net 'n Kshatriya," het hy erken.
**"And you are the daughter of a holy sage"**
"En jy is die dogter van 'n heilige wysgeer"
**"Noble sir;" Postomani begun to confess.**
"Edele heer;" het Postomani begin bely.
**"I am not the daughter of the Rishi"**
"Ek is nie die dogter van die Rishi nie"
**"And am I not a Brahmani girl either"**

"En is ek nie ook 'n Brahmani-meisie nie?"
**"There is no harm in me touching your feet"**
"Daar is geen skade as ek aan jou voete raak nie"
**"Besides, you are my guest"**
"Boonop is jy my gas"
**"And I am bound to wash your feet"**
"En Ek is verplig om jou voete te was"
**"Forgive my impertinence," the king wished.**
"Vergewe my onbeskoftheid," het die koning gewens.
**"What caste do you belong to?" he asked.**
"Aan watter kaste behoort jy?" het hy gevra.
**"I only know what the sage told me"**
"Ek weet net wat die wyse man vir my gesê het"
**"I heard my parents were Kshatriyas"**
"Ek het gehoor my ouers was Kshatriyas"
**The stranger wanted to know more.**
Die vreemdeling wou meer weet.
**"May I ask whether your father was a king!"**
"Mag ek vra of jou pa 'n koning was!"
**"You have an uncommon beauty," he said.**
"Jy het 'n ongewone skoonheid," het hy gesê.
**"And you possess a stately demeanor"**
"En jy besit 'n statige houding"
**"These qualities cannot be worked for"**
"Hierdie eienskappe kan nie nagestreef word nie "
**"It shows that you were born a princess"**
"Dit wys dat jy as 'n prinses gebore is"
**Postomani avoided answering the question.**
Postomani het vermy om die vraag te beantwoord.
**Instead she went inside the hut.**
In plaas daarvan het sy die hut binnegegaan.
**She brought out a tray of delicious fruits.**
Sy het 'n skinkbord vol heerlike vrugte uitgebring.
**And she set the fruits before the king.**
En sy het die vrugte voor die koning neergesit.
**The king, however, did not touch the fruits.**
Die koning het egter nie aan die vrugte geraak nie.

**He waited until his question was answered.**
Hy het gewag totdat sy vraag beantwoord is.
**"I only know what the holy sage says"**
"Ek weet net wat die heilige wyse sê"
**"He says that my father was a king"**
"Hy sê dat my pa 'n koning was"
**"But he was overcome in a battle"**
"Maar hy is in 'n geveg oorwin"
**"So he, with my mother, fled into the woods"**
"So het hy, saam met my ma, die bos in gevlug"
**"My poor father was eaten by a tiger"**
"My arme pa is deur 'n tier opgeëet"
**"My mother closed her eyes as I opened mine"**
"My ma het haar oë toegemaak toe ek myne oopgemaak het"
**"There was a bee-hive on the tree"**
"Daar was 'n byekorf in die boom"
**"I lay at the foot of that tree"**
"Ek het aan die voet van daardie boom gelê"
**"Drops of honey fell into my mouth"**
"Druppels heuning het in my mond geval"
**"The honey maintained the spark inside me"**
"Die heuning het die vonk binne my behou"
**"And then the kind Rishi found me"**
"En toe het die soort Rishi my gevind"
**"The holy sage brought me into his hut"**
"Die heilige wysgeer het my in sy hut gebring"
**"This is the simple story of this wretched girl"**
"Hierdie is die eenvoudige storie van hierdie ellendige
meisie"
**"The girl who now stands before the king"**
"Die meisie wat nou voor die koning staan"
**"Call not yourself wretched,"** replied the king.
"Moenie jouself ellendig noem nie," antwoord die koning.
**"You are the most beautiful of women"**
"Jy is die mooiste van alle vroue"
**"And you are the loveliest of women"**
"En jy is die mooiste van alle vroue"

**"You would adorn the grandest palaces"**
"Jy sou die grootste paleise versier"

**Postomani had gotten her interview.**
Postomani het haar onderhoud gekry.
**She fell in love with the king.**
Sy het verlief geraak op die koning.
**And the king fell in love with her.**
En die koning het verlief geraak op haar.
**The Rishi joined them in marriage.**
Die Rishi het by hulle in die huwelik aangesluit.
**Postomani became the king's favourite queen.**
Postomani het die koning se gunstelingkoningin geword.
**And the former queen was in disgrace.**
En die voormalige koningin was in oneer.
**But Postomani's happiness was short-lived.**
Maar Postomani se geluk was van korte duur.
**One day as she was standing by a well.**
Eendag terwyl sy by 'n put gestaan het.
**She was overcome by a moment of giddiness.**
Sy is oorweldig deur 'n oomblik van duiseligheid.
**Fortune had her fall into the water.**
Fortune het haar in die water laat val.
**And she died in the water of the well.**
En sy het in die water van die put gesterf.
**The Rishi then came to the king.**
Die Rishi het toe na die koning gekom.
**"O king, grieve not over the past"**
"O koning, treur nie oor die verlede nie"
**"What is fixed by fate must come to pass"**
"Wat deur die noodlot bepaal is, moet gebeur"
**"The queen drowned in your well"**
"Die koningin het in jou put verdrink"
**"But she was not of royal blood"**
"Maar sy was nie van koninklike bloed nie"
**"She was born to a family of mice"**
"Sy is in 'n familie van muise gebore"

**"Each evening she came to my hut"**
"Elke aand het sy na my hut gekom"
**"And I gave her the power of speech"**
"En Ek het haar die mag van spraak gegee"
**"With speech she could express her wishes"**
"Met spraak kon sy haar wense uitdruk"
**"I changed her according to her wishes"**
"Ek het haar volgens haar wense verander"
**"As a mouse she feared the cat"**
"Soos 'n muis het sy die kat gevrees"
**"And so I changed her into a cat"**
"En so het ek haar in 'n kat verander"
**"As a cat she feared the dogs"**
"As 'n kat was sy bang vir honde"
**"And so I changed her into a dog"**
"En so het ek haar in 'n hond verander "
**"As a dog she had not enough to eat"**
"As hond het sy nie genoeg gehad om te eet nie"
**"And so I changed her into a monkey"**
"En so het ek haar in 'n aap verander"
**"As a monkey she couldn't bear the heat"**
"As 'n aap kon sy nie die hitte verduur nie"
**"And so I changed her into a wild boar"**
"En so het ek haar in 'n wildevark verander"
**"As a boar her life was not safe"**
"As 'n beer was haar lewe nie veilig nie"
**"And so I changed her into an elephant"**
"En so het ek haar in 'n olifant verander"
**"That was the elephant you caught"**
"Dit was die olifant wat jy gevang het"
**"But as an elephant she was not loved"**
"Maar as 'n olifant was sy nie geliefd nie"
**"And so I changed her one last time"**
"En so het ek haar vir die laaste keer verander"
**"I changed her into a beautiful girl"**
"Ek het haar in 'n pragtige meisie verander"
**"That is the girl that you married"**

"Dis die meisie met wie jy getroud is"
**"And that is the girl that drowned"**
"En dit is die meisie wat verdrink het"
**"Take into favor your former queen"**
"Neem jou vorige koningin in guns"
**"And don't worry for my daughter"**
"En moenie bekommerd wees oor my dogter nie"
**"I will make her name immortal"**
"Ek sal haar naam onsterflik maak"
**"Let her body remain in the well"**
"Laat haar liggaam in die put bly"
**"Fill the well up with earth"**
"Vul die put met aarde"
**"In her flesh there is a seed"**
"In haar vlees is daar 'n saad"
**"From her bones a tree will grow"**
"Uit haar bene sal 'n boom groei"
**"We will name this tree after her"**
"Ons sal hierdie boom na haar vernoem"
**"The tree shall be called 'Posto'"**
"Die boom sal 'Posto' genoem word"
**"This means 'the Poppy tree'"**
"Dit beteken 'die Papawerboom'"
**"From this tree there will come a drug"**
"Uit hierdie boom sal 'n dwelm kom"
**"This drug will be called opium"**
"Hierdie dwelm sal opium genoem word"
**"Opium will be a powerful medicine"**
"Opium sal 'n kragtige medisyne wees"
**"People will consume opium in every epoch"**
"Mense sal opium in elke tydperk verbruik"
**"Opium will either be swallowed or smoked"**
"Opium sal óf ingesluk óf gerook word"
**"And opium will be a wonderful narcotic"**
"En opium sal 'n wonderlike narkotiese middel wees"
**"Opium will be used till the end of time"**
"Opium sal tot die einde van tyd gebruik word"

**"You will recognize the opium smoker"**
"Jy sal die opiumroker herken"
**"He will have many different qualities"**
"Hy sal baie verskillende eienskappe hê"
**"One quality for each of the animals"**
"Een eienskap vir elk van die diere"
**"The animals which Postomani had lived as"**
"Die diere soos Postomani geleef het"
**"He will be mischievous, like a mouse"**
"Hy sal ondeund wees, soos 'n muis"
**"He will be fond of milk, like a cat"**
"Hy sal van melk hou, soos 'n kat"
**"He will be quarrelsome, like a dog"**
"Hy sal twisgierig wees, soos 'n hond"
**"He will be filthy, like a monkey"**
"Hy sal vuil wees, soos 'n aap"
**"He will be savage, like a boar"**
"Hy sal wreed wees, soos 'n vark"
**"He will be confident, like an elephant"**
"Hy sal selfversekerd wees, soos 'n olifant"
**"And he will be high-tempered, like a queen"**
"En hy sal opgewek wees, soos 'n koningin"

## Strike, but Listen First
Slaan, maar luister eers.

**There was once a king who had three sons.**
Daar was eens 'n koning wat drie seuns gehad het.
**His royal subjects came to him one day and said;**
Sy koninklike onderdane het eendag na hom toe gekom en gesê;
**"Oh incarnation of justice! hear our plea"**
"O, die beliggaming van geregtigheid! hoor ons pleidooi"
**"The kingdom is infested with thieves and robbers"**
"Die koninkryk is vol diewe en rowers"
**"Our property is not safe from their thievery"**
"Ons eiendom is nie veilig teen hulle diefstal nie"
**"We pray your majesty to catch hold of these thieves"**
"Ons bid u majesteit om hierdie diewe vas te trek"
**"We beg you punish them to the full extent of the law"**
"Ons smeek u om hulle tot die volle omvang van die wet te straf"
**The king said to his sons, "Oh, my sons, I am old"**
Die koning het vir sy seuns gesê: "Ag, my seuns, ek is oud."
**"But you are all in the prime of manhood"**
"Maar julle is almal in die fleur van julle manlikheid"
**"How is it that my kingdom is full of thieves?"**
"Hoe is dit dat my koninkryk vol diewe is?"
**"I look to you to catch hold of these thieves"**
"Ek verwag van U om hierdie diewe te vang"
**The three princes then made up their minds.**
Die drie prinse het toe hul besluite geneem.
**They were going to patrol the city every night.**
Hulle sou elke aand die stad patrolleer.
**They set up a watch out in the outskirts of the city.**
Hulle het 'n wagstasie in die buitewyke van die stad opgestel.
**The early part of the night had arrived.**
Die vroeë deel van die nag het aangebreek.
**So the eldest prince took on his duties.**
So het die oudste prins sy pligte aangeneem.

**He rode upon his horse through the whole city.**
Hy het te perd deur die hele stad gery.
**But did not see a single thief anywhere he looked.**
Maar hy het nêrens waar hy gekyk het 'n enkele dief gesien nie.
**He came back to the policing station.**
Hy het teruggekom na die polisiestasie.
**The middle part of the night had arrived.**
Die middelste deel van die nag het aangebreek.
**So the second prince took on his duties.**
So het die tweede prins sy pligte aangeneem.
**And he too rode through every part of the city.**
En hy het ook deur elke deel van die stad gery.
**But he did not see or hear of a single thief.**
Maar hy het nie 'n enkele dief gesien of gehoor nie.
**He came also back to the policing station.**
Hy het ook teruggekeer na die polisiestasie.
**The latter part of the night had arrived.**
Die laaste deel van die nag het aangebreek.
**So the youngest prince took on his duties.**
So het die jongste prins sy pligte aangeneem.
**He went near the gate of his father's palace.**
Hy het naby die poort van sy vader se paleis gegaan.
**There he saw a beautiful woman leaving the palace.**
Daar het hy 'n pragtige vrou die paleis sien verlaat.
**The prince asked the woman, "who are you?"**
Die prins het die vrou gevra: "Wie is jy?"
**"Where are you going at this hour of the night?"**
"Waarheen gaan jy op hierdie uur van die nag?"
**The woman answered the young prince.**
Die vrou het die jong prins geantwoord.
**"I am Rajlakshmi, the guardian deity of this palace"**
"Ek is Rajlakshmi, die beskermgod van hierdie paleis"
**"The king will be killed this night"**
"Die koning sal vanaand doodgemaak word"
**"I am therefore not needed here"**
"Ek word dus nie hier benodig nie"

**"And that is why I am going away"**
"En daarom gaan ek weg"
**The prince did not know what to make of this message.**
Die prins het nie geweet wat om van hierdie boodskap te maak nie.
**After a moment's reflection he said to the goddess;**
Na 'n oomblik se nadenke het hy vir die godin gesê;
**"But, suppose the king is not killed tonight"**
"Maar, gestel die koning word nie vanaand doodgemaak nie"
**"Have you any objection to return to the palace?"**
"Het u enige beswaar om na die paleis terug te keer?"
**"I have no objection," replied the goddess.**
"Ek het geen beswaar nie," antwoord die godin.
**The prince then begged the goddess to go back.**
Die prins het toe die godin gesmeek om terug te gaan.
**And he promised to do his best to protect the king.**
En hy het belowe om sy bes te doen om die koning te beskerm.
**Then the goddess entered the palace again.**
Toe het die godin weer die paleis binnegegaan.
**Within a moment she disappeared into the palace.**
Binne 'n oomblik het sy in die paleis verdwyn.

**The prince went straight into the palace too.**
Die prins het ook reguit die paleis binnegegaan.
**And he went into the bedroom of his royal father.**
En hy het in die slaapkamer van sy koninklike vader gegaan.
**There his father lay immersed in deep sleep.**
Daar het sy pa in diep slaap gelê.
**The king had a second, younger wife.**
Die koning het 'n tweede, jonger vrou gehad.
**This woman was the stepmother of our prince.**
Hierdie vrou was die stiefma van ons prins.
**She was sleeping in another bed in the room.**
Sy het in 'n ander bed in die kamer geslaap.
**There was a light that was burning dimly.**
Daar was 'n lig wat dof gebrand het.

**But then the prince saw something that surprised him!**
Maar toe sien die prins iets wat hom verbaas het!
**A huge cobra going round and round the golden bedstead.**
'n Reuse kobra wat rond en rond die goue bedkassie gaan.
**The bedstead on which his father was sleeping.**
Die bed waarop sy pa geslaap het.
**The prince with his sword cut the serpent in two.**
Die prins het met sy swaard die slang in twee gesny.
**But he was not satisfied with killing the cobra.**
Maar hy was nie tevrede om die kobra dood te maak nie.
**So he cut the cobra up into a hundred pieces.**
Toe sny hy die kobra in honderd stukke.
**And he put the pieces of the cobra inside a pan.**
En hy het die stukke van die kobra in 'n pan gesit.
**But while cutting the cobra a misfortune happened.**
Maar terwyl hy die kobra afgesny het, het 'n ongeluk gebeur.
**A drop of blood fell on the breast of his stepmother.**
'n Druppel bloed het op sy stiefma se bors geval.
**The prince was in great distress by what had happened.**
Die prins was in groot ontsteltenis oor wat gebeur het.
**"I have saved my father, but killed my stepmother"**
"Ek het my pa gered, maar my stiefma doodgemaak"
**How could he remove the drop of blood from her breast?**
Hoe kon hy die druppel bloed uit haar bors verwyder?
**He wrapped round his tongue a piece of cloth sevenfold.**
Hy het 'n stuk lap sewevoudig om sy tong gedraai.
**And with the cloth he licked up the drop of blood.**
En met die lap het hy die druppel bloed opgelek.
**But his stepmother's sleep was not so deep.**
Maar sy stiefma se slaap was nie so diep nie.
**And in his attempt to save her he awoke her.**
En in sy poging om haar te red, het hy haar wakker gemaak.
**When opening her eyes she saw it was her stepson.**
Toe sy haar oë oopmaak, sien sy dit was haar stiefseun.
**The young prince rushed out of the room.**
Die jong prins het uit die kamer gehardloop.
**The queen, hated her stepson, the youngest prince.**

Die koningin het haar stiefseun, die jongste prins, gehaat.
**And she had every intention to ruin his reputation.**
En sy het elke voorneme gehad om sy reputasie te ruïneer.
**She called out to her husband, "My lord, my lord"**
Sy het na haar man geroep: "My heer, my heer!"
**"Are you awake? are you awake? Rouse yourself up"**
"Is jy wakker? Is jy wakker? Word wakker"
**"Here is a nice piece of news for you"**
"Hier is 'n lekker stukkie nuus vir jou"
**The king on awaking inquired what the matter was.**
Toe die koning wakker word, vra hy wat die saak is.
**"What the matter is, my lord, let me tell you"**
"Wat is die probleem, my heer, laat ek u vertel"
**"Your worthy son was just here in this room"**
"U waardige seun was pas hier in hierdie kamer"
**"The youngest prince, of whom you speak so highly"**
"Die jongste prins, van wie jy so hoog praat"
**"I caught him in the act of touching my breast"**
"Ek het hom betrap terwyl hy aan my bors geraak het"
**"I don't doubt he came with wicked intents"**
"Ek twyfel nie dat hy met bose bedoelings gekom het nie"
**The king was horror-struck by what he heard.**
Die koning was met afgryse getref deur wat hy gehoor het.
**The prince went back to where his brothers kept watch.**
Die prins het teruggegaan na waar sy broers wag gehou het.
**But he told them nothing of what had happened.**
Maar hy het hulle niks vertel van wat gebeur het nie.


**Early in the morning the king called his eldest son.**
Vroeg in die oggend het die koning sy oudste seun geroep.
**"I entrust my life and my honor to men"**
"Ek vertrou my lewe en my eer aan mense toe"
**"But what if one of these men prove faithless?**
"Maar wat as een van hierdie manne ontrou blyk te wees?"
**"How should such a man be punished?"**
"Hoe moet so 'n man gestraf word?"
**The eldest prince replied to his father, the king.**

Die oudste prins het sy vader, die koning, geantwoord.
**"Doubtless such a man's head should be cut off"**
"Sonder twyfel moet so 'n man se kop afgekap word"
**"But first you should establish the facts"**
"Maar eers moet jy die feite vasstel"
**"You must see whether the man is really faithless"**
"Jy moet kyk of die man werklik ontrou is"
**"What do you mean?" inquired the king.**
"Wat bedoel jy?" het die koning gevra.
**"Let your majesty be pleased to listen"**
"Laat u majesteit dit met welgevalle aanhoor"
**Once upon on a time there lived a goldsmith.**
Eendag, op 'n tyd, het daar 'n goudsmid gewoon.
**This goldsmith had a son who had a wife.**
Hierdie goudsmid het 'n seun gehad wat 'n vrou gehad het.
**His wife had the rare faculty of understanding beasts.**
Sy vrou het die seldsame vermoë gehad om diere te verstaan.
**But she never told anyone about her uncommon gift.**
Maar sy het nooit vir enigiemand van haar ongewone gawe
vertel nie.
**Not even her husband knew she could understand animals.**
Nie eens haar man het geweet sy kan diere verstaan nie.
**One night she was lying in bed beside her husband.**
Eendag aand het sy langs haar man in die bed gelê.
**From the river by their house she heard a jackal howl.**
Van die rivier by hulle huis af het sy 'n jakkals hoor huil.
**"There goes a carcass floating on the river"**
"Daar dryf 'n karkas op die rivier"
**"There's a diamond ring on the dead man's finger"**
"Daar is 'n diamantring aan die dooie man se vinger"
**"Will anyone take the ring and give me the corpse?"**
"Sal iemand die ring neem en die lyk vir my gee?"
**The woman understood the jackal's language.**
Die vrou het die jakkals se taal verstaan.
**She got up from bed and went to the river-side.**
Sy het uit die bed opgestaan en na die rivierkant gegaan.
**The husband had not been in deep sleep.**

Die man was nie in diep slaap nie.

**So with his wife's movements he woke up too.**

So met sy vrou se bewegings het hy ook wakker geword.

**And he followed his wife to see where she went.**

En hy het sy vrou gevolg om te sien waarheen sy gegaan het.

**But he kept his distance, so that he could observe her.**

Maar hy het afstand gehou, sodat hy haar kon dophou.

**The woman went into the water next to their house.**

Die vrou het in die water langs hul huis gegaan.

**She tugged the floating corpse towards the shore.**

Sy het die drywende lyk na die strand toe getrek.

**And she saw the diamond ring on the finger.**

En sy het die diamantring aan haar vinger gesien.

**She was unable to loosen the ring with her hand.**

Sy kon nie die ring met haar hand losmaak nie.

**Because the fingers of the dead body had swelled.**

Omdat die vingers van die dooie liggaam geswel het.

**So she bit off the finger with her teeth.**

So het sy die vinger met haar tande afgebyt.

**And she put the dead body upon land, for the jackal.**

En sy het die dooie liggaam op land gesit, vir die jakkals.

**Then she returned to bed, where her husband already was.**

Toe het sy teruggekeer bed toe, waar haar man reeds was.

**The young goldsmith lay almost petrified with fear.**

Die jong goudsmid het amper versteen van vrees gelê.

**He was convinced he was lying next to a Rakshasi.**

Hy was oortuig dat hy langs 'n Rakshasi gelê het.

**He spent the rest of the night tossing in his bed.**

Hy het die res van die nag rondwoel in sy bed deurgebring.

**And early in the morning spoke to his father.**

En vroeg in die oggend het hy met sy vader gepraat.

**"The woman thou hast given me is not a real woman"**

"Die vrou wat U my gegee het, is nie 'n regte vrou nie"

**"The woman thou hast given me to wife is a Rakshasi"**

"Die vrou wat jy my as vrou gegee het, is 'n Rakshasi."

**"Last night I was lying in bed with her"**

"Laas nag het ek saam met haar in die bed gelê"

"By the river I heard the howl of a jackal"
"By die rivier het ek die gehuil van 'n jakkals gehoor"
"My wife too, heard the howl of the jackal"
"My vrou het ook die jakkals se gehuil gehoor"
"Thinking I was asleep; she went towards the howl"
"Sy het gedink ek slaap; sy het na die gehuil toe gegaan"
"I was surprised to see her go out of bed alone"
"Ek was verbaas om haar alleen uit die bed te sien gaan"
"Suspecting some sort of evil, I followed her outside"
"Ek het een of ander boosheid vermoed en haar buitentoe gevolg"
"But she could not see that I had followed her"
"Maar sy kon nie sien dat ek haar gevolg het nie"
"What did she do, do you think? O horror of horrors!"
"Wat dink jy het sy gedoen? O gruwel van gruwels!"
"From the stream she dragged a dead body out"
"Uit die stroom het sy 'n dooie liggaam uitgesleep"
"And what do you think she did with the dead body?"
"En wat dink jy het sy met die lyk gedoen?"
"She wasted no time devouring the dead man!"
"Sy het geen tyd gemors om die dooie man te verslind nie!"
"All this I had the misfortune to see with my own eyes"
"Dit alles het ek die ongeluk gehad om met my eie oë te sien"
"While she feasted on the carcass I went back to bed"
"Terwyl sy aan die karkas gesmul het, het ek teruggegaan bed toe."
"In a few minutes she also returned to bed"
"Binne 'n paar minute het sy ook teruggekeer bed toe"
"She bolted the door shut, and lay beside me"
"Sy het die deur toegesluit en langs my gaan lê"
"Oh my father, how can I live with a Rakshasi?"
"Ag my vader, hoe kan ek saam met 'n Rakshasi leef?"
"She will certainly kill me and eat me up one night"
"Sy sal my beslis eendag doodmaak en opeet"
You can imagine the shock of the old goldsmith.
Jy kan jou die skok van die ou goudsmid voorstel.
Both father and son agreed about what should be done.

Beide pa en seun het ooreengekom oor wat gedoen moes word.

**The woman should be taken deep into the forest.**

Die vrou moet diep in die bos geneem word.

**And she should be left for wild beasts to devoured.**

En sy moet vir wilde diere oorgelaat word om te verslind.

**Accordingly, the young goldsmith spoke to his wife.**

Gevolglik het die jong goudsmid met sy vrou gepraat.

**"My dear love," he said to his wife.**

"My liewe liefling," het hy vir sy vrou gesê.

**"You had better not cook much this morning"**

"Jy moet liewer nie vanoggend veel kook nie."

**"Boil a little rice and burn a brinjal"**

"Kook 'n bietjie rys en brand 'n eiervrug"

**"Because today we are going to see your parents"**

"Want vandag gaan ons jou ouers sien"

**"Your mother and father are dying to see you"**

"Jou ma en pa is baie bly om jou te sien"

**The woman was full of joy at the unexpected news.**

Die vrou was vol vreugde oor die onverwagte nuus.

**She loved returning to her father's house.**

Sy het dit baie geniet om na haar pa se huis terug te keer.

**And she finished the cooking in no time.**

En sy het die kookwerk in 'n japtrap klaargemaak.

**The husband and wife snatched a hasty breakfast.**

Die man en vrou het haastig ontbyt geëet.

**And soon after breakfast they started their journey.**

En kort na ontbyt het hulle hul reis begin.

**The way to her father's house was through dense jungle.**

Die pad na haar pa se huis was deur digte oerwoud.

**It was the perfect place to abandon his wife.**

Dit was die perfekte plek om sy vrou te verlaat.

**She was bound to be eaten up by wild beasts there.**

Sy sou daar deur wilde diere opgeëet word.

**But while they were walking the woman heard a snake.**

Maar terwyl hulle loop, hoor die vrou 'n slang.

**"Oh passer-by, in yonder hole there is a frog"**

"Ag verbyganger, in daardie gat is daar 'n padda"
**"How thankful I would be if you caught the frog"**
"Hoe dankbaar sou ek wees as jy die padda vang"
**"And the hole is full of gold and precious stones"**
"En die gat is vol goud en edelgesteentes"
**"Give me the frog, and take the treasure for yourself"**
"Gee my die padda, en neem die skat vir jouself"
**The woman forthwith went to the frog's hole.**
Die vrou het dadelik na die padda se gat gegaan.
**And she began digging the hole with a stick.**
En sy het die gat met 'n stok begin grawe.
**The young goldsmith was now quaking with fear.**
Die jong goudsmid het nou van vrees gebewe.
**He thought his Rakshasi-wife was about to kill him.**
Hy het gedink sy Rakshasi-vrou was op die punt om hom dood te maak.
**And then his wife called for him to help her.**
En toe het sy vrou hom geroep om haar te help.
**"Take all this gold and these precious stones"**
"Neem al hierdie goud en hierdie edelgesteentes"
**The goldsmith did not understand her request.**
Die goudsmid het haar versoek nie verstaan nie.
**Timidly he went to where she had dug the hole.**
Skugter het hy na die plek gegaan waar sy die gat gegrawe het.
**But he was infinitely surprised by what he saw.**
Maar hy was oneindig verbaas deur wat hy gesien het.
**The hole was full of gold and precious stones.**
Die gat was vol goud en edelgesteentes.
**"How did you know there was a treasure here?"**
"Hoe het jy geweet daar is 'n skat hier?"
**And finally his wife told him of her gift.**
En uiteindelik het sy vrou hom van haar geskenk vertel.
**"I can understand all the beasts in the forest"**
"Ek kan al die diere in die bos verstaan"
**"Just over there, there is a snake coiled up"**
"Net daar oorkant, is daar 'n slang wat opgerol is"

"She had told me there was a treasure here"
"Sy het vir my gesê daar is 'n skat hier"
The husband now felt very blessed with his wife.
Die man het nou baie geseënd gevoel met sy vrou.
"My love, it has gotten very late today"
"My liefie, dit het vandag baie laat geword"
"I don't think we will reach your father's house"
"Ek dink nie ons sal jou pa se huis bereik nie"
"Nightfall will catch us before we get there"
"Skagterval sal ons inhaal voordat ons daar kom"
"If we stay we might be devoured by wild beasts"
"As ons bly, kan ons deur wilde diere verslind word"
"I propose therefore that we both return home"
"Ek stel dus voor dat ons albei huis toe gaan"
You can imagine the wife's disappointment.
Jy kan jou die vrou se teleurstelling voorstel.
But she agreed with her husband's assessment.
Maar sy het met haar man se assessering saamgestem.
It took them a long time to reach home.
Dit het hulle lank geneem om by die huis te kom.
They were laden with a large quantity of gold.
Hulle was belaai met 'n groot hoeveelheid goud.
And they were carrying many precious stones.
En hulle het baie edelgesteentes gedra.
But eventually the got close to their home.
Maar uiteindelik het hulle naby hul huis gekom.
"My dear, go by the back door," said the goldsmith.
"My liewe, gaan by die agterdeur uit," het die goudsmid gesê.
"I will go by the front door and see my father"
"Ek sal by die voordeur ingaan en my pa sien"
"And I will show him all this treasure"
"En Ek sal hom al hierdie skat wys"
So she entered the house by the back door.
So het sy die huis deur die agterdeur binnegegaan.
But the old goldsmith had reason to be there too.
Maar die ou goudsmid het ook rede gehad om daar te wees.
He had gone there to collect a hammer.

Hy het daarheen gegaan om 'n hamer te gaan haal.
**The old goldsmith saw his Rakshasi daughter-in-law.**
Die ou goudsmid het sy Rakshasi skoondogter gesien.
**He concluded she had swallowed up his son.**
Hy het tot die gevolgtrekking gekom dat sy sy seun ingesluk het.
**And he therefore struck her with the hammer.**
En daarom het hy haar met die hamer geslaan.
**The blow immediately killed his daughter-in-law.**
Die hou het sy skoondogter onmiddellik doodgemaak.
**At that moment the son came into the house.**
Op daardie oomblik het die seun die huis binnegekom.
**But it was too late for him to explain.**
Maar dit was te laat vir hom om te verduidelik.
**And so the eldest prince's story concluded.**
En so het die oudste prins se storie afgesluit.
**"You might have to cut a man's head off"**
"Jy sal dalk 'n man se kop moet afkap"
**"But first you should establish the facts"**
"Maar eers moet jy die feite vasstel"
**"You must see whether the man is really faithless"**
"Jy moet kyk of die man werklik ontrou is"

**The king then called his second son to him.**
Die koning het toe sy tweede seun na hom geroep.
**"I entrust my life and my honor to men"**
"Ek vertrou my lewe en my eer aan mense toe"
**"But what if one of these men prove faithless?**
"Maar wat as een van hierdie manne ontrou blyk te wees?"
**"How should such a man be punished?"**
"Hoe moet so 'n man gestraf word?"
**The second prince replied to his father, the king.**
Die tweede prins het sy vader, die koning, geantwoord.
**"Doubtless such a man's head should be cut off"**
"Sonder twyfel moet so 'n man se kop afgekap word"
**"But first you should establish the facts"**
"Maar eers moet jy die feite vasstel"

"What do you mean?" inquired the king.

"Wat bedoel jy?" het die koning gevra.

**"Let your majesty be pleased to listen"**

"Laat u majesteit dit met welgevalle aanhoor"

**Once upon a time there reigned a king.**

Eens op 'n tyd het daar 'n koning geheers.

**This king was very fond of going out hunting.**

Hierdie koning was baie lief daarvoor om te gaan jag.

**One day his horse took him into a dense forest.**

Eendag het sy perd hom na 'n digte woud geneem.

**He went far from his followers, deep into the woods.**

Hy het ver van sy volgelinge af gegaan, diep in die bosse in.

**He rode on and on through the endless, quiet forest.**

Hy het aan en aan deur die eindelose, stil woud gery.

**He saw neither villages nor towns, only trees.**

Hy het geen dorpies of stede gesien nie, net bome.

**On the long, lonely journey he became very thirsty.**

Op die lang, eensame reis het hy baie dors geword.

**He could see no pond, nor lake, nor stream.**

Hy kon geen dam, of meer, of stroom sien nie.

**But then he saw something dripping from a tree.**

Maar toe sien hy iets wat van 'n boom af drup.

**He concluded it was rainwater resting in a cavity.**

Hy het tot die gevolgtrekking gekom dat dit reënwater was wat in 'n holte rus.

**He stood on horseback beneath the tree, cup in hand.**

Hy het te perd onder die boom gestaan, met die beker in die hand.

**He caught the drops slowly dripping into the small cup.**

Hy het die druppels opgevang wat stadig in die klein koppie drup.

**The water, however, was not rain from the sky.**

Die water was egter nie reën uit die hemel nie.

**A huge cobra sat on top of the tall tree.**

'n Groot kobra het bo-op die hoë boom gesit.

**The snake had struck the tree in rage with its sharp fangs.**

Die slang het die boom in woede met sy skerp slagtande
geslaan.
**The snake's poison came out and fell downward in heavy
drops.**
Die slang se gif het uitgekom en in swaar druppels afwaarts
geval.
**The king thought the falling liquid was simple rainwater.**
Die koning het gedink die vallende vloeistof was blote
reënwater.
**The horse sensed the danger and tried to warn him.**
Die perd het die gevaar aangevoel en probeer om hom te
waarsku.
**The cup was nearly filled with the deadly snake-poison.**
Die beker was amper vol met die dodelike slanggif.
**The king raised the cup and prepared to drink.**
Die koning het die beker opgelig en gereed gemaak om te
drink.
**But the horse moved wildly, with the king on its back.**
Maar die perd het wild beweeg, met die koning op sy rug.
**The cup fell from his hand, and the poison spilled.**
Die beker het uit sy hand geval, en die gif het uitgestort.
**The king became angry and struck the horse's neck.**
Die koning het kwaad geword en die perd se nek geslaan.
**The blow from the sword immediately killed his horse.**
Die hou van die swaard het sy perd onmiddellik doodgemaak.
**And so the second prince's story concluded.**
En so het die tweede prins se storie afgesluit.
**"You might have to cut a man's head off"**
"Jy sal dalk 'n man se kop moet afkap"
**"But first you should establish the facts"**
"Maar eers moet jy die feite vasstel"
**"You must see whether the man is really faithless"**
"Jy moet kyk of die man werklik ontrou is"

**The king then called to him his third youngest son.**
Die koning het toe sy derde jongste seun na hom geroep.
**"I entrust my life and my honor to men"**

"Ek vertrou my lewe en my eer aan mense toe"
**"But what if one of these men prove faithless?**
"Maar wat as een van hierdie manne ontrou blyk te wees?"
**"How should such a man be punished?"**
"Hoe moet so 'n man gestraf word?"
**"Doubtless such a man's head should be cut off"**
"Sonder twyfel moet so 'n man se kop afgekap word"
**"But first you should establish the facts"**
"Maar eers moet jy die feite vasstel"
**"What do you mean?" inquired the king.**
"Wat bedoel jy?" het die koning gevra.
**"Let your majesty be pleased to listen"**
"Laat u majesteit dit met welgevalle aanhoor"
**Once long ago there reigned a wise and noble king.**
Lank gelede het daar 'n wyse en edel koning geheers.
**In his palace he kept a bird of Suka species.**
In sy paleis het hy 'n voël van die Suka-spesie aangehou.
**One day the bird went out flying into the fields.**
Eendag het die voël uitgegaan en die velde ingevlieg.
**There he saw his father and mother calling from above.**
Daar het hy sy pa en ma van bo af sien roep.
**They asked him to come visit them in their nest.**
Hulle het hom gevra om hulle in hul nes te kom besoek.
**The nest was far away in a distant hidden land.**
Die nes was ver weg in 'n verre, verborge land.
**The Suka said, "I'll come if I get king's leave"**
Die Suka het gesê: "Ek sal kom as ek die koning se verlof kry"
**"I'll speak to the king today and return tomorrow"**
"Ek sal vandag met die koning praat en môre terugkeer "
**"Please wait at this same spot in the morning"**
"Wag asseblief môreoggend op dieselfde plek"
**That very day, Suka spoke with the gentle, kind king.**
Daardie einste dag het Suka met die sagmoedige, vriendelike koning gepraat.
**The king gave permission for the bird to leave.**
Die koning het toestemming gegee dat die voël kon vertrek.
**Although he was sad to part with his bird.**

Alhoewel hy hartseer was om van sy voël afskeid te neem.
**The next morning, Suka met his parents again.**
Die volgende oggend het Suka weer sy ouers ontmoet.
**He flew with them to their nest on a tall tree.**
Hy het saam met hulle na hul nes in 'n hoë boom gevlieg.
**The three birds lived together happily in peaceful joy.**
Die drie voëls het gelukkig in vreedsame vreugde saamgeleef.
**They stayed like this for a fortnight of lovely days.**
Hulle het so vir twee weke van pragtige dae gebly.
**But even those quiet and pleasant days had to end.**
Maar selfs daardie stil en aangename dae moes eindig.
**Suka said, "Beloved parents, the king gave me two weeks"**
Suka het gesê: "Geliefde ouers, die koning het my twee weke
gegee"
**"That time is now over, so I must return tomorrow"**
"Daardie tyd is nou verby, so ek moet môre terugkom"
**His father and mother agreed and blessed his decision.**
Sy pa en ma het saamgestem en sy besluit geseën.
**They told him to carry a gift for the king.**
Hulle het hom beveel om 'n geskenk vir die koning te dra.
**After some talk, they chose some fruit as a gift.**
Na 'n bietjie gesprek het hulle vrugte as geskenk gekies.
**The fruit had grown from the Immortality Tree.**
Die vrugte het van die Onsterflikheidsboom gegroei.
**Early the next morning, Suka went to the tree.**
Die volgende oggend vroeg het Suka na die boom gegaan.
**And he plucked a magical glowing fruit.**
En hy het 'n magiese gloeiende vrug gepluk.
**He held the fruit gently in his beak, full of care.**
Hy het die vrug saggies in sy bek gehou, vol sorg.
**The fruit was heavy and slowed his swift flying pace.**
Die vrugte was swaar en het sy vinnige vliegtempo vertraag.
**He could not reach the city before night arrived.**
Hy kon nie die stad bereik voor die nag aangebreek het nie.
**Suka stopped to rest in a tree along the way.**
Suka het langs die pad in 'n boom gestop om te rus.
**He feared the fruit might drop while he slept.**

Hy was bang dat die vrugte sou val terwyl hy slaap.
**If he kept the fruit in his beak, it could fall.**
As hy die vrug in sy bek gehou het, kon dit val.
**But he saw a hole in the trunk of the tree.**
Maar hy het 'n gat in die stam van die boom gesien.
**He placed the fruit safely inside the dark tree.**
Hy het die vrugte veilig binne-in die donker boom geplaas.
**But inside the hole, there lived a poisonous black snake.**
Maar binne-in die gat het daar 'n giftige swart slang gewoon.
**In the night, the snake bit the fruit with venom.**
In die nag het die slang die vrug met gif gebyt.
**And the fruit became smeared with deadly poison.**
En die vrugte is met dodelike gif besmeer.
**At dawn Suka took the fruit back in his beak.**
Met dagbreek het Suka die vrugte terug in sy bek geneem.
**He flew again on his journey to the king's palace.**
Hy het weer gevlieg op sy reis na die koning se paleis.
**As he reached the palace the king was sitting with ministers.**
Toe hy die paleis bereik, het die koning saam met ministers
gesit.
**The king was overjoyed to see Suka return once more.**
Die koning was verheug om Suka weer te sien terugkeer.
**He greatly admired the beautiful, shining fruit gift.**
Hy het die pragtige, blinkende vrugtegeskenk baie bewonder.
**The fruit was lovely to look at and admire.**
Die vrugte was pragtig om na te kyk en te bewonder.
**It was the finest fruit found across the earth.**
Dit was die beste vrug wat oor die hele aarde gevind is.
**And anyone who ate the fruit was granted immortality.**
En enigiemand wat die vrug geëet het, is onsterflikheid gegun.
**The king was about to eat the beautiful fruit.**
Die koning was op die punt om die pragtige vrugte te eet.
**But his ministers warned him the fruit might be poisoned"**
Maar sy ministers het hom gewaarsku dat die vrugte moontlik
vergiftig kan wees.
**"It would be better to test the fruit before you eat it"**
"Dit sal beter wees om die vrugte te toets voordat jy dit eet"

He threw the fruit to a crow sitting on the wall.
Hy het die vrugte na 'n kraai gegooi wat op die muur gesit
het.
The crow ate from the fruit, and dropped dead instantly.
Die kraai het van die vrugte geëet en onmiddellik dood
neergeval.
The king, thinking Suka tried to kill him, grew furious.
Die koning, wat gedink het Suka het hom probeer doodmaak,
het woedend geword.
He seized the bird and killed him with his bare hands.
Hy het die voël gegryp en hom met sy kaal hande
doodgemaak.
He ordered the seed to be planted outside the city.
Hy het beveel dat die saad buite die stad gesaai word.
The seed became a tree with the same glowing fruit.
Die saad het 'n boom geword met dieselfde gloeiende vrugte.
The king feared the fruit would bring more death.
Die koning het gevrees dat die vrugte meer dood sou bring.
So he had the tree fenced off and guarded.
So het hy die boom laat omhein en bewaak.

There lived in that city an old, poor Brahman man.
Daar het in daardie stad 'n ou, arm Brahman-man gewoon.
He and his wife survived only on the town's charity.
Hy en sy vrou het slegs van die dorp se liefdadigheid oorleef.
One day the Brahman mourned his long, miserable, life.
Eendag het die Brahman oor sy lang, ellendige lewe getreur.
He said, "Instead of begging, I will eat poison fruit."
Hy het gesê: "In plaas van bedel, sal ek giftige vrugte eet."
"I'll end my life beneath that deadly tree in silence."
"Ek sal my lewe onder daardie dodelike boom in stilte
beëindig."
That very night, he rose quietly and left his home.
Daardie selfde nag het hy stil opgestaan en sy huis verlaat.
His wife suspected and followed behind in silence.
Sy vrou het vermoed en stilswyend agterna gevolg.
She had decided to die too, alongside her sad husband.

Sy het besluit om ook te sterf, saam met haar hartseer man.
**She loved him deeply and didn't wish to stay behind.**
Sy het hom innig liefgehad en wou nie agterbly nie.
**The palace guard was asleep that night, unaware of visitors.**
Die paleiswag het daardie nag geslaap, onbewus van besoekers.
**The Brahman reached the garden and plucked a hanging fruit.**
Die Brahman het die tuin bereik en 'n hangende vrug gepluk.
**He looked at it once and ate the entire fruit.**
Hy het dit een keer gekyk en die hele vrug geëet.
**His wife cried, "If you die, my life becomes nothing"**
Sy vrou het uitgeroep: "As jy sterf, word my lewe niks."
**"I will also eat and die here with you now"**
"Ek sal ook hier saam met jou eet en sterwe"
**So saying she plucked a fruit and ate it.**
So het sy gesê, 'n vrug gepluk en dit geëet.
**They thought the poison would act slowly through the night.**
Hulle het gedink die gif sou stadig deur die nag werk.
**So they both went home and quietly lay down in bed.**
So het hulle albei huis toe gegaan en stil in die bed gaan lê.
**They believed they would never again rise from sleep.**
Hulle het geglo dat hulle nooit weer uit die slaap sou opstaan nie.
**To their surprise, they woke up feeling full of life.**
Tot hul verbasing het hulle wakker geword en vol lewe gevoel.
**Not only were they alive, but they were young again.**
Nie net was hulle lewendig nie, maar hulle was weer jonk.
**And they were strong and had new found energy.**
En hulle was sterk en het nuutgevonde energie gehad.
**Neighbors hardly recognized them, so changed they looked.**
Bure het hulle skaars herken, so verander het hulle gelyk.
**The old Brahman was now handsome and full of youth.**
Die ou Brahman was nou aantreklik en vol jeug.
**His grey hair vanished, and had colour again.**

Sy grys hare het verdwyn en het weer kleur gekry.

**His wrinkled cheeks turned smooth, and his skin shone.**

Sy gerimpelde wange het glad geword, en sy vel het geglans.

**And as for his wife, she became extremely beautiful.**

En wat sy vrou betref, sy het buitengewoon mooi geword.

**She looked as beautiful as any lady of the kingdom.**

Sy het so mooi gelyk soos enige dame van die koninkryk.

**The king heard of their miraculous transformation.**

Die koning het van hulle wonderbaarlike transformasie gehoor.

**He asked his guards to send the Brahman to him.**

Hy het sy wagte gevra om die Brahman na hom te stuur.

**And he asked the Brahman the source of his youth.**

En hy het die Brahman die bron van sy jeug gevra.

**The Brahman told the king every detail of the story.**

Die Brahman het die koning elke detail van die storie vertel.

**The king then wept for his poor, loyal pet bird.**

Die koning het toe geween oor sy arme, lojale troetelvoël.

**He deeply regretted killing his faithful bird.**

Hy het diep spyt gehad dat hy sy getroue voël doodgemaak het.

**And he wished he had known the bird's loyalty.**

En hy wens hy het die voël se lojaliteit geken.

**And so the second prince's story concluded.**

En so het die tweede prins se storie afgesluit.

**"You might have to cut a man's head off"**

"Jy sal dalk 'n man se kop moet afkap"

**"But first you should establish the facts"**

"Maar eers moet jy die feite vasstel"

**"You must see whether the man is really faithless"**

"Jy moet kyk of die man werklik ontrou is"

**"I know Your Majesty suspects me of evil last night"**

"Ek weet U Majesteit het my gisteraand van kwaad verdink"

**"Please allow me to explain myself before punishing me"**

"Laat my asseblief myself verduidelik voordat jy my straf"

**"While making rounds I saw a woman leave the palace"**

"Terwyl ek rondgesnuffel het, het ek 'n vrou die paleis sien verlaat"

**"I stopped her, and she said her name was Rajlakshmi"**

"Ek het haar voorgekeer, en sy het gesê haar naam is Rajlakshmi"

**"She claimed to be the guardian deity of the palace"**

"Sy het beweer dat sy die beskermgod van die paleis is"

**"She said she was leaving because death was near"**

"Sy het gesê sy gaan weg omdat die dood naby is"

**"The king," she said, "would be killed later that night"**

"Die koning," het sy gesê, "sou later daardie nag doodgemaak word"

**"I begged her to go back into the palace"**

"Ek het haar gesmeek om terug te gaan na die paleis"

**"And I promised to do my best to protect you."**

"En ek het belowe om my bes te doen om jou te beskerm."

**"I ran quickly into Your Majesty's chamber without delay."**

"Ek het sonder versuim vinnig na U Majesteit se kamer gehardloop."

**"There I saw a cobra circling your golden bedstead."**

"Daar het ek 'n kobra om jou goue bed sien loop."

**"I fought the snake and killed it with my blade."**

"Ek het teen die slang geveg en dit met my lem doodgemaak."

**"I chopped the body into many exactly one hundred pieces."**

"Ek het die liggaam in presies honderd stukke gekap."

**"I placed those pieces inside the pan for proof."**

"Ek het daardie stukkies in die pan geplaas as bewys."

**"But something occurred as I was cutting up the snake."**

"Maar iets het gebeur terwyl ek die slang opgesny het."

**"A drop of blood fell onto the breast of your wife."**

" 'n Druppel bloed het op die bors van u vrou geval."

**"I feared I had saved my father, but killed my stepmother."**

"Ek was bang ek het my pa gered, maar het my stiefma doodgemaak."

**"I wrapped my tongue tightly with cloth seven times."**

"Ek het my tong sewe keer styf met 'n lap toegedraai."

**"Then I licked up the drop of venomous blood."**

"Toe het ek die druppel giftige bloed opgelek."
**"While I was licking the blood, my stepmother awoke."**
"Terwyl ek die bloed gelek het, het my stiefma wakker geword."
**"She saw me and opened her eyes with confusion."**
"Sy het my gesien en haar oë met verwarring oopgemaak."
**"This is the truth of what I did last night."**
"Dit is die waarheid van wat ek gisteraand gedoen het."
**"If Your Majesty commands, then cut off my head now."**
"As U Majesteit beveel, kap dan nou my kop af."
**The king, full of love and joy, embraced his son.**
Die koning, vol liefde en vreugde, het sy seun omhels.
**From that moment, he loved him more than ever before.**
Van daardie oomblik af het hy hom meer as ooit tevore liefgehad.